大智 52

水滸傳

上

白話本

原著◎施耐庵
改寫◎張原

大智系列52

白話本水滸傳【上】

原　　著：施耐庵
改　　寫：張原
編　　輯：林雅萩
插　　畫：趙成偉
出 版 者：英屬維京群島商高寶國際有限公司台灣分公司
Global Group Holdings, Ltd.
地　　址：台北市內湖區洲子街88號3樓
網　　址：gobooks.com.tw
電　　話：(02) 27992788
E-mail：readers@gobooks.com.tw（讀者服務部）
pr@gobooks.com.tw（公關諮詢部）
電　　傳：出版部 (02) 27990909　行銷部（02）27993088
郵政劃撥：19394552
戶　　名：英屬維京群島商高寶國際有限公司台灣分公司
發　　行：希代多媒體書版股份有限公司/Printed in Taiwan
初版日期：2010 年 6 月

國家圖書館出版品預行編目資料

白話本水滸傳【上】／施耐庵原著；張原改寫. --初版.
-- 臺北市：高寶國際出版；希代多媒體發行，2010. 6
冊；公分.　--（大智系列；BI052）

ISBN 978-986-185-463-2(上冊；平裝)

857. 46　　99007622

目錄【上】

目錄【上】

魯達仗義疏財，助賣唱父女脫風塵。

魯提轄拳打鎮關西。

花和尚相國寺內倒拔垂楊柳。

魯智深林沖撮土爲香，義結金蘭。

林沖刺配滄州，路過野豬林，適逢魯智深搭救。

林沖風雪山神廟。

宋公明怒殺閻婆惜。

景陽崗武松打虎。

獅子樓武松踢翻西門慶。

武松大鬧飛雲浦。

鴛鴦樓武松大開殺戒，白粉壁題字昭告天下。

小李廣花榮梁山泊射雁，好身手眾人欽服。

第一回　洪太尉闖禍龍虎山　九紋龍大鬧史家村

話說大宋仁宗嘉年間，京師疫病流行，無良藥可醫，死亡許多軍民。仁宗皇帝派欽差太尉洪信作為天使，前往江西信州龍虎山，請嗣漢天師迅速進京，施展法術以消災保民。

洪太尉到了龍虎山上清宮，住持真人讓洪太尉自己到山頂上去請天師。洪太尉在上山途中遇見一個倒騎黃牛、橫吹鐵笛的小道童，便問嗣漢天師住的地方。道童大笑，說：「天師已經騎鶴到東京去了。」太尉聽了十分驚疑，回到寺院，對住持真人說了以上經過。住持真人說：「太尉可惜了，那道童正是天師。」太尉聽了這話放下心來，便在龍虎山遊山玩水，觀賞宮殿。一日來到「伏魔大殿」，見殿門用大鎖鎖著，鎖上交叉貼著蓋有朱印的數十道封皮。住持真人對他說：「裡邊鎖著魔王，每傳一代天師便添加一道封皮，後代人不得開啟。」

洪太尉不以為然，說：「你把門打開，我要看看魔君是什麼樣子。」真人說：「這個門絕對不能開，放走魔君不是小事。」洪太尉大怒，說：「胡說！你們謊稱這裡鎖著魔王，以顯示你們的道術，我就不信有魔王在裡邊，快給我打開！」

住持真人懼怕太尉，只得讓人揭去封皮，打開鐵鎖，讓洪太尉進殿。只進門便看到殿中央有一塊石碑，上面鑿著四個大字：「遇洪而開」，洪太尉大喜，說：「看看，這不是叫我打開嘛！」洪太尉叫人放倒石碑，掘開石碑下面的一塊大青石板，露出一個地穴。這時，只聽穴內一聲巨響，一道黑氣從穴裡衝出，升到空中。眾人驚散，洪太尉目瞪口呆，面色如土。

洪太尉問：「走了什麼妖魔？」真人說：「當初洞玄真人在殿內鎖住三十六員天罡星，七十二位地煞星，一共一百零八個魔君，今日放出，必然兵戈蜂起，生禍惹災。」洪太尉聽了渾身冒汗，急忙回京去了。

* * *

宋仁宗去世，皇位相繼傳給英宗、神宗、哲宗。這一年，東京開封府，有一個浮浪破落戶子弟，自小不務正業，只喜歡刺槍使棒，因踢得一腳好氣，人們管他叫高俅。

這高俅後來投到小王都太尉那裡做事。這太尉是哲宗皇帝的妹夫，神宗皇帝的駙馬。有一天，小王都太尉取出一個玉龍筆架和兩個鎮紙玉獅子，給小舅端王寫了一封書信，讓高俅送去。這端王便是神宗天子第十一子，哲宗皇帝的御弟。高俅來到端王宮，進入院裡，正見端王和三五個手下踢球。也是高俅運氣來了：那個球騰地彈起，端王沒有接著，在人叢裡一直滾到高俅腳下。高俅見了，也是一時的膽量，使出一個鴛鴦拐，把球踢還給端王。端王頓時大喜，第二天便邀請小王都太尉飲宴，討高俅做了親隨。

沒過兩個月，哲宗皇帝駕崩，沒有太子，於是立端王為天子，立帝號徽宗。沒過半年，喜歡高俅的宋徽宗抬舉高俅當了殿帥府太尉。

話說高俅去殿帥府裡到任，下屬都前來參拜。只有一名八十萬禁軍教頭王進，患病沒有前來。高殿帥大怒，派人到王進家拘喚。王進沒有妻子，只有年已六旬的老母親。王進無奈，帶病前來，高太尉狠狠地訓斥了王進。王進認得是高俅，出了衙門，嘆了口氣，心想：「我的性命難保了！俺還以為是什麼高殿帥，原來是東京幫閒的那個高二！以前高二曾學使棒，被我父親一棒打翻，三四個月臥床不起。他今日發跡，做了殿帥府太尉，正好報仇。我在他手下，如何能和他相處？」王進想來想去，最終決定帶著母親去投靠延安府老種經略相公。高太尉聽說王進私自出走，便下了文書，讓各州各府捉拿逃軍王進。

王教頭母子二人自從離了東京，在路上走了一個多月。一天，來到一個大莊院借宿。第二日，王進老母心痛病發。那莊院太公年近六旬，見此情形便加以挽留。王進無奈，服侍老母服藥，又住了五六天，見母親病好，便收拾行李要上路。

卻說王進當天來到後槽看馬，見空地上有一個赤膊後生，刺著一身青龍，面皮白嫩，大約有十八九歲，正拿著一條棒在那裡使。王進看了半天，不覺失口說道：「這條棒也使得不錯，只是有破綻，贏不得真好漢。」

那個後生聽後不服氣，在空地當中將一條棒使得風車般轉，對王進說：「你過來！你過來！我和你比一比使棒！」王進推託不過，只得對打。將棒一掣，照著後生懷裡只一下，那後生的棒就已經脫手丟在一邊，人也往後倒下了。那後生爬起來，在旁邊拿張凳子，讓王進坐下，然後便拜。王進便答應教這後生學武藝。

太公說：「教頭在上：老漢祖居在這華陰縣界，前面就是少華山。這村叫史家村，村裡有三四百戶人家，都姓史。老漢的兒子從小不務正業，只愛刺槍使棒；他母親說他不聽，一氣死了。老漢只得由著他的性子，也不知使了多少錢財找師父教他；又請高手匠人給他刺了這一身花繡，肩臂胸膛一共有九條龍。全縣的人都叫他九紋龍史進。」

在王進的指點下，史進十八般武藝——矛、錘、弓、弩、銃、鞭、簡、劍、鏈、撾、斧、鉞、戈、戟、牌、棒、槍、杈……一一學得精熟。王進見他學得精熟了，一天執意告辭，仍往延安府去了。

以後不到半年時間，史太公染病去世。

自史太公死後，又早過了三四個月。正當六月中旬，天氣正熱，那一天，史進無事可做，坐在打麥場柳蔭樹下乘涼。正遇到獵戶李吉由這裡經過。李吉告訴史進：「少華山上新出現了一幫強盜，安下一個山寨，聚集著五七百人，還有上百匹好馬。為首的那個大王叫神機軍師朱武，第二個叫跳澗虎陳達，第三個叫白花蛇楊春。他們到處打家劫舍。華陰縣裡對付不了他們，出了三千貫賞錢，號召人們捉拿。」

史進回到廳前，心想：「這幫傢伙這樣猖狂，將來一定會騷擾村子。既然如此……」便叫莊客揀了兩頭肥水牛殺了，備下自釀的好酒，便叫莊客請村裡三四百史家莊戶，到家中草堂上按年紀大小坐下。史進對眾人說：「我聽說少華山上有一幫強盜，這些人早晚要來俺村中。我今天特意請你們眾人前來商議。如果那些人來，各家做好準備。我莊上打起梆子，你們眾人可拿著槍棒前來救應；你們各家有事，也是如此。」眾人齊聲贊同。

卻說少華山寨中有三個頭領：為頭的神機軍師朱武，定遠人，能使兩口雙刀，雖然沒有十分本事，也精通陣法，頗有謀略；第二個好漢陳達，鄴城人，使一條丈八點鋼矛；第三個好漢楊春，蒲州解良縣人，使一口大桿刀。這一日，朱武和陳達、楊春說：「如今我聽說華陰縣裡出了三千貫賞錢，召人捉拿我們，我擔心會與他們廝殺。只是山寨裡錢糧不足，應當去搶些來，以供山寨使用。要去華陰縣，須經過史家莊。史進不好惹，如何是好？」楊春也是這樣附和著。

陳達不服氣，大嚷起來，說：「你們兩個閉嘴！現在便先去打史家莊，然後再取華陰縣！」朱武、楊春再三勸阻，陳達不聽，下山直奔史家莊，正遇著史進。兩個交鋒，打鬥了一會兒，史進賣了一個破綻，讓陳達用矛往心窩裡刺來；史進把腰一閃，陳達連人帶槍撲入史進懷裡；史進只一挾，把陳達輕輕地拿下嵌花鞍，往地上一扔，那匹戰馬跑了。朱武、楊春聽說陳達被捉，一時無計可施。後來朱武對楊春說：「我有一條苦計，如果救不了他，我和你都沒命了。」

再說史進正在莊上，只見莊客飛跑前來報告：「山寨裡的朱武、楊春來了。」史進上馬，正要出莊門，只見朱武、楊春，步行已到莊前，雙雙跪下，一同對史進說：「望英雄將我們三人一起押到官府請賞。」史進聽了，心想：「他們還真義氣！我如果拿他去送官請賞，倒讓天下的好漢恥笑我不英雄。」史進便放了陳達，並在後廳設下酒席，招待三人。

卻說朱武等三人回到寨中，朱武說：「我們如果不是這條苦計，怎麼能救得性命？難得史大郎為義氣放了我們。」過了十幾天，朱武等三人收拾了三十兩蒜條金，派兩個手下送到史家莊。又過了半月，朱武等三人在寨裡商量把搶來的大珠子，又派手下連夜送到莊上。

又過了半月，史進心想：「難得這三個人敬重我，我也準備一些禮物還他們的人情。」第二天，叫莊客王四挑了擔子，送到山上。從此，經常你來我往，只是王四常去山寨裡送東西。

八月中秋快到了。史進要約請朱武、陳達、楊春十五夜前來莊上賞月飲酒，先叫莊客王四拿著一封邀請信，前去少華山，請三位寨主來莊上赴席。王四一直奔到山寨，把信送上，討了回書。下山時，正撞著經常送東西來的小嘍囉，被一把抱住，拖到山路邊村裡的酒店，喝了十幾碗酒。分別後，王四路上酒湧了上來，倒在那綠茸茸的草地上。

李吉正在山坡下捕兔子，認得是史家莊的王四，奔到林子裡前來扶他，哪裡扶得動，只見王四包裡露出了銀子。一扯，那封回信和銀子都抖出來。李吉認得一些字；把信拆開看時，見上面寫著少華山朱武、陳達、楊春；中間還有兼文帶武的話。李吉於是把銀子和信都拿去了，到華陰縣舉報。

再說史進見到王四，問：「有回信嗎？」王四不敢說信丟了，只好撒謊說：「沒有。」

不知不覺中秋節來到。史進當天讓家裡的莊客，宰了一隻大羊，殺了上百隻雞鵝，準備好宴席。天快黑了，少華山上朱武、陳達、楊春，只帶著三五個手下作伴，拿著朴刀，又各挎了腰刀，步行下了山，來到史家莊上。

史進請三位頭領坐下，對席相陪。酒喝了數杯，這時，只聽到牆外一聲喊，華陰縣尉在馬上，帶著兩個都頭以及三四百士兵，圍住莊院。史進找來一個梯子，上牆往外張望，問：「你們兩個都頭，怎麼半夜三更前來我莊？」兩個都頭說：「大郎，你不要再賴了！有原告人李吉在這裡，告你通賊呢。」

史進大喝，問道：「李吉，你為什麼誣告良民？」李吉說：「我本來不清楚，林子裡從王四身上拾到回信，所以才去告發。」

史進下了梯子，來到廳前，先把王四帶進後園，問明白了，一刀把王四殺了；叫眾多莊客，把莊裡的細軟收拾好，點起三四十個火把。史進在中堂上放起火，大開莊門，吶聲喊，衝了出來。兩個都頭見情況不妙，轉身就走。李吉也正想逃走，史進趕到，只一刀，把李吉斬做兩段。陳達、楊春趕上兩個都頭，一朴刀一個，結果了性命。縣尉嚇得飛馬逃了。史進帶著一群人，邊殺邊走，一直來到少華山寨內坐下。

過了幾天，史進尋思後，對朱武三人說：「我的師父王教頭在關西經略府做事，我過去要去找他，因為父親死了，沒能去得了；如今家產莊院都沒了，正好可以去找他了。」史進把帶去的莊客都留在山寨，自己拿了一些零碎銀子，打了一個包裹，提了朴刀，辭寨而去。

史進自從離開了少華山，朝延安府路上去，半月之後，來到渭州城，心中自言自語：「這裡也有一個經略府，難道師父王教頭就在這裡？」史進見到路口有一個小小茶坊，走了進去，在一副座位坐了。正向茶博士打聽，只見一個大漢大步流星地進入茶坊。史進一看，那個人是一個軍官模樣：面圓耳大，鼻直口方，腮邊一部絡腮鬍鬚，身長八尺，腰闊十圍。

茶博士便說：「客官，要找王教頭，問問這位提轄，應當知道。」史進於是便向那個軍官模樣的人問：「小人大膽，請問官人高姓大名？」那人回答：「俺是經略府提轄，名叫魯達。請問阿哥，你姓什麼？」史進說：「小人是華州華陰縣人。姓史，名進。請問官人，小人有一個師父，是東京八十萬禁軍教頭，名叫王進，不知是不是在這經略府裡？」魯提轄問：「阿哥，你就是史家村什麼九紋龍史大郎吧？」史進行了一禮，說：「小人就是。」

魯提轄連忙還禮，說：「聞名不如見面！見面勝似聞名。你要找的王教頭，是那在東京得罪了高太尉的王進吧？俺也聽說過他的名字，那個阿哥不在這裡。我聽說，他在延安府老種經略相公那裡做事。俺這渭州是小種經略相公鎮守。你既然是史大郎，多次聽到你的好名字，你和我上街去喝杯酒吧。」

兩人上街走了幾十步，只見一群人圍在一起。中間有一個人，仗著十多條棍棒，地上攤著十幾個膏藥，原來是江湖上使槍棒賣藥的。史進見了，原來這人是教史進武術入門的師父，叫打虎將李忠。

三個人便一同來到州橋下面一個有名的潘家酒店。三個人酒至數杯，正說得高興，只聽得隔壁閣子裡有人哽哽咽咽地啼哭。魯達聽得心煩，把碟子盞子都摔在了樓板上。酒保上來一看，問清緣故，便說：「官人請息怒。小人實在不敢叫人啼哭打攪官人。哭的人是在這酒座間賣唱的父女兩人，可能是心中有苦處，一時啼哭。」

魯提轄說：「奇怪！你替我把他們叫來問問。」不久，只見父女兩人到來：前面一個十八九歲的婦人，背後有一個五六十歲的老兒，手裡拿著一串拍板。魯達問：「你們兩個是哪裡的人家？為什麼啼哭？」

那婦人回答：「官人有所不知，請容得我說：奴家是東京人，和父母來這渭州投奔親眷，沒想到親眷已經離開這裡搬到南京住去了。母親在客店裡染病身故，父女二人流落在這裡。這裡有個財主，叫鎮關西鄭大官人，見了奴家，強媒硬保，要奴家做妾。誰想寫了三千貫文書，錢沒給，文書卻是真的，要了奴家身體。沒過三個月，他家大娘子十分厲害，將奴趕了出來，還安排店主人家追要原先的所謂典身錢三千貫。他有錢有勢，父親膽小，和他爭執不了。當初沒有得到他一文錢，現在到哪裡借錢還他？沒辦法，父親自小教我一些小曲，來到酒樓上賣唱，每天得一些錢來，來這裡酒樓上趕座子。每日但得些錢來，將大半還他，留些做父女們盤纏。這兩日，酒客稀少，違了他錢限，怕他來討時，受他羞恥。父母們想起這苦楚來，無處告訴，因此啼哭。不想誤犯了官，望乞恕罪，高抬貴手！」

魯提轄問道：「你姓什麼？在哪裡住？那鎮關西又是哪個？」

那老兒忙答：「老漢姓金，排行第二。孩兒小名叫翠蓮。老漢父女兩個在前面東門裡的魯家客店安歇。鄭大官人便是這裡狀元橋下賣肉的鄭屠，外號鎮關西。」

第二回　魯提轄拳打鎮關西　花和尚剃度五臺山

話說魯達聽了，說道：「呸！俺還想是哪個鄭大官人，原來是那個殺豬的鄭屠！這個臭無賴，投靠到俺小種經略相公門下做個肉鋪戶，卻這麼欺負人！」魯達又說：「老兒，你過來。俺給你一些錢，你們明天就回東京去，好不好？」說著，便去身邊摸出五兩銀子，放在桌上，看著史進，說：「俺今天沒有多帶錢出來，你有銀子，借點給俺，俺明天便還給你。」

史進從包裹裡取出一錠十兩銀子放在桌上。李忠去身邊摸出二兩銀子。魯達把銀子給了金老，說：「你們父女兩個拿去做路上花銷，回去收拾好行李。俺明天一早，保著你們兩個出發！」

第二天淩晨，父女兩個打火做飯，吃過，收拾了，正好天色微亮，只見魯提轄已經大步走到店裡來。店小二由於受鄭屠的託付，不肯放金老父女離開。魯達大怒，在那店小二臉上只一掌，打得店小二嘴裡吐血，又一拳，兩個當門牙齒便被打落。金老父女兩個急忙離開了店，出城去了。魯達擔心店小二再去追趕，於是在店裡的凳子上坐了兩個時辰，算計著金老父女走遠了，這才起身，直接來到狀元橋。

那鄭屠開著兩間鋪面，有兩副肉案。這時，鄭屠正在門前櫃身內坐著，看著那十多位刀手賣肉，見魯提轄前來，便叫副手拿了一條凳子給魯提轄坐。魯達坐下，說：「經略相公鈞旨：要十斤精肉，切做臊子，不要見到半點肥的在上面。不要那些小廝，你自來切。」

鄭屠只得自去肉案上揀了十斤精肉，細細地切做臊子。整整切了半個時辰才好，用荷葉包了，問：「提轄，叫人送去？」魯達說：「送什麼！慢來！再要十斤都是肥的，不要見到一些精的在上面，也要切做臊子。」鄭屠於是又選了十斤肥肉細細地切成臊子，用荷葉包了。整整弄了一個早晨。

魯達又說：「再要十斤寸金軟骨，也要細細地剁做臊子，不要見到一些肉在上面。」鄭屠強笑著說：「卻不是特地前來消遣我？」魯達聽了，跳起身，拿著那兩包臊子在手，睜著眼，看著鄭屠，喝道：「俺特地來這裡消遣你！」話音未落，把兩包臊子劈面打過去，卻似下了一陣肉雨。

鄭屠大怒，心頭那一把無名火燃起，騰騰地忍耐不住，從肉案上抄起一把剔骨尖刀，跳了出來。魯提轄早大步走在當街中間。鄭屠右手拿刀，左手便要揪魯達；魯提轄順勢按住鄭屠的左手，前去往小腹上只一腳，鄭屠一下子倒在當街上。

魯達再上前一步，踏住胸脯，提著醋缽子大小的拳頭，看著鄭屠，說：「俺當初投靠老種經略相公，做到關西五路廉訪使，也不枉叫做鎮關西！你是一個賣肉的操刀屠戶，狗一般的人物，也敢叫做鎮關西！你說，如何強行騙了金翠蓮？」撲的一拳，正打在鼻子上，打得鮮血直流，鼻子歪在半邊，好像開了一個油鋪：鹹的、酸的、辣的，一同滾了出來。又提起拳頭朝眼眶眉梢一拳，打得眼棱縫裂，烏珠迸出，也如同開了一個彩帛鋪的：紅的、黑的、紫的，都流了出來。

鄭屠忍受不了，只得討饒。魯達大喝：「咄！你這個破落戶！如果你只和俺強硬到底，俺便饒你了！你如今對俺討饒，俺偏偏不饒你！」又只一拳，正打在太陽穴上，卻好像做了一個全堂的水陸道場：磬、鈸、鐃，一齊響。鄭屠便一動不動了。

魯達心想：「俺只指望打這傢伙一頓，沒想到三拳便打死了。俺一定會吃官司，到時又沒人給送飯，不如趕緊離開這裡。」便假意道：「你這廝裝死，以後慢慢和你算帳。」於是忙回到住處，急急捲了一些細軟銀兩，提了一條齊眉短棒，奔出南門，一道煙般逃走了。

府尹聞訊，便叫當天值班的緝捕使臣四處張榜文書，捉拿犯人魯達。

卻說魯達自從離開了渭州，慌不擇路，不知投到哪裡去才是；一連走了半個多月，來到了代州雁門縣。進城來，只見這市井十分熱鬧，一百二十行，行行經商買賣的都有，雖然只是個縣治，卻不比州府差。魯提轄正走著，見到一幫人圍住十字街口看榜。只聽得眾人邊看邊讀：「代州雁門縣依奉太原府指揮使司，該准渭州文字，捕捉打死鄭屠犯人魯達。」魯提轄正聽著，只聽得背後一個人大叫：「張大哥，你怎麼在這裡？」攔腰抱住，扯離了十字路口。魯提轄扭過身來，看時，卻是渭州酒樓上的金老。那老兒一直拖著魯達來到僻靜的地方，說道：「恩人啊！自從恩人救了老漢，老漢找了一輛車子，本來想回東京，又怕這傢伙追趕過來，所以沒上東京。只是順路往北前來，正撞見一個在京師的鄰居來這裡做買賣，就帶老漢父女到這裡。虧了人家，幫老漢女兒做媒，結交了這裡一個大財主趙員外，做了外宅，衣食豐足。沒有恩人搭救，哪裡會有後來這樣的好事？我的女兒常常對趙員外提起提轄大恩，那個員外也愛刺槍使棒，常說：『如果能和恩人見上一面，多好。』」

魯提轄便和金老同行，來到金老家。快到天晚，聽得金老樓下有喊打聲。魯提轄開窗看時，樓下有二三十人，拿著白木棍棒，在那裡叫喊：「把他拿下來！」人叢裡，有一個官人騎在馬上，大喝：「休叫走了這賊！」魯達見情況不妙，拿起一把凳子，從樓上扔了下去。

金老連忙搖手，叫：「都不要動手！」那老兒跑下樓去，來到那騎馬的官人身邊說了幾句話。那官人笑了，喝散了那二三十人。那官人進來，翻身便拜，說：「聞名不如見面，見面勝似聞名！義士提轄受禮。」老兒解釋說：「這個人便是我女兒的官人趙員外。剛才只以為老漢引來什麼郎君子弟在樓上喝酒，所以帶著莊客前來廝打。老漢說明，這才喝散了。」

魯達從此在趙員外莊上住下。一天，兩個人正在書院裡聊天，只見金老急急奔到莊上來，見了趙員外和魯提轄；看看身邊沒人，便對魯達說：「恩人，不是老漢多心。只是恩人前幾天被老漢請到樓上喝酒，員外誤聽人報，領著莊客鬧了一場，以後卻散了。有的鄰居心疑，把這事說了出去，昨天有三四個做公的來鄰舍街坊那裡打聽，只怕來村裡緝捕恩人。如果出了事，怎麼辦才好？」

趙員外便說：「若是留提轄在這裡，怕一旦出事，叫提轄怨恨；若不留提轄，面子上也過不去。趙某卻有個辦法，一定能讓提轄萬無一失，安身避難；就怕提轄不願意。」趙員外又說：「離這裡三十多里，有一座山，名叫五臺山。山上有一個文殊院，原來是文殊菩薩道場。寺裡有五六百個僧人，為頭的是智真長老，我的弟兄。我祖上曾經捨錢在寺裡，是本寺的施主檀越。我曾經許下安排一僧在寺裡，買下了一道五花度牒，只是沒有一個心腹人了此心願。」事已至此，魯達表示接受。

到了五臺山，見了智真長老，魯提轄便剃度為僧，法名智深。

送走趙員外，魯智深便回到叢林選佛場禪床上，倒頭便睡。當時，左右兩個和尚推他起來，說：「不能這樣。既然要出家，怎麼不學坐禪？」智深問：「俺想睡，關你們什麼事？」和尚說：「善哉！」智深喝道：「團魚俺也吃，什麼『鱔哉』？」和尚說：「卻是苦也！」智深便說：「團魚大腹，又肥甜好吃，哪裡苦也？」兩個和尚都不再理睬他，由他睡了。

魯智深在五臺山寺中不知不覺地過了四五個月，正遇初冬天氣。智深久靜思動，當天天氣正好，便穿了皂衣直裰，繫了鴉青條，換了僧鞋，大踏步走出山門，信步來到半山亭子，坐在鵝頸懶凳上。正想喝酒呢，只見遠遠地有一個漢子挑著一個擔桶，上面蓋著桶蓋，走上山來。不一會兒，這漢子也來到亭子上，放下擔桶。智深問：「那漢子，你那桶裡是什麼東西？」那漢子說：「是酒，挑上去賣給寺內火工、道人、值廳、轎夫、老郎們。」

智深要喝酒。那漢子說：「本寺長老已經有法旨：賣給和尚，我們都要被長老責罰，討回本錢，趕出屋去。我們現拿著本寺的本錢，住著本寺的房子，怎麼敢賣給你？」說完挑起擔桶要走。智深趕下亭子，雙手拿住扁擔，只一腳，正踢到襠部。那漢子雙手掩著，蹲在地下，半天站不起來。

智深把那兩桶酒都提在亭子上，從地下拾起鏇子，開了桶蓋，只顧舀冷酒喝。很快，兩桶酒喝光了一桶。智深在亭子上坐了半天，酒卻湧了上來；下得亭子，在松樹根邊又坐了半天，酒勁越湧上來。智深上山來，看看來到山門下，兩個門子遠遠地望見，知他飲酒，拿著竹篦，來到山門下攔住。其中一個門子飛跑去報告監寺，另一個拖著竹篦攔阻他。智深用手隔過，張開五指，在那門子臉上只是一掌，便打得踉踉蹌蹌。那門子正待掙扎，智深再打一拳，打倒在山門下，門子只是叫苦。

聽得門子報說，寺裡老郎、火工、值廳、轎夫，二三十人，各拿著白木棍棒，從西廊下奔出來，卻好迎著智深。智深望見，大吼了一聲，大踏步衝到階前。眾人開始時不知道他是軍官出身，以後見他來勢洶洶，慌忙退入藏殿裡。智深追到藏殿前，長老正好帶著三四個侍者來到廊下，大喝：「智深！不得無禮！」

魯智深說：「俺不看長老面，俺一定打死你們這幾個禿驢！」眾多職事僧人圍住長老，說：「本寺哪能容得這個野貓，亂了清規！」長老說：「雖然是眼下有些麻煩，他後來卻能得成正果。我自私下埋怨他就是了。」

魯智深自從醉酒鬧了這一場，一連三四個月不敢走出寺門。忽然有一天，天氣暴暖，正是二月間時令，便離開了僧房，信步踱出山門外，看著五臺山，喝采了一回，猛聽得山下丁丁當當的響聲順著風吹上山來，智深便回僧堂裡取了一些銀兩揣在懷裡，一步步走下山來。出了那「五臺福地」的牌樓，見到一個市井，大約有五六百戶人家。那響處卻是打鐵匠在那裡打鐵。

智深走到鐵匠鋪門前，問：「那夥計，有好鐵嗎？俺要打一條禪杖，一口戒刀。不知有上等好鐵沒有？」鐵匠回答：「小人這裡正好有些好鐵，不知道師父要打多重的禪杖、戒刀？」智深說：「俺只要打一條一百斤重的。」鐵匠笑了，說：「重了。師父如何使得動？就是關王刀，也只有八十一斤。」智深焦躁，說：「俺就不及關王？他也只是個人！」那鐵匠說：「依小人說，只可打一條四五十斤的，也十分重了。」智深說：「比關王刀，也打八十一斤的。」鐵匠說：「師父，肥了，不好看，又不中使。依著小人，好好打一條六十二斤水磨禪杖給師父。使不動時，休怪小人。戒刀已經說了，不用囑咐。小人自會用十分好鐵打造。」

智深先付了銀子，離了鐵匠人家，走不到二三十步，見到一個酒望子挑出在房簷上。智深掀起簾子，到裡面坐下，敲著桌子，叫：「拿酒來。」賣酒的主人家說：「師父別怪罪。小人住的房屋是寺裡的，長老已有法旨：如果小人們賣酒給寺裡僧人，便要追討小人們的本錢，還要趕出屋。只得休怪。」

出得店門，行了幾步，又望見一家酒旗兒挑出在門前。智深一直走進去，坐下，叫：「主人家，快把酒拿來賣給俺喝。」店主人說：「師父，你好不懂事！長老已有法旨，你也應知道，卻來這裡壞我們生意！」智深連走了三五家，都不肯賣，智深尋思一計，「不想個辦法，如何能夠有酒喝……」遠遠杏花深處，市梢盡頭，有一家挑出一個草帚兒來。智深走過去，看時，卻是一個傍村的小酒店。

智深走入店裡來，說：「主人家，過往僧人買碗酒喝。」店家看了一看，問：「和尚，你從哪裡來？」智深說：「俺是行腳僧人，遊方到這裡，要買碗酒喝。」店家看見魯智深這般模樣，外鄉口音，便問：「你要打多少酒？」智深說：「不要問多少，大碗只顧篩來。」大約也喝了十多碗，智深問：「有什麼肉？拿一盤來吃。」店家說：「剛才有些牛肉，都賣沒了。」

智深猛聞得一陣肉香，走出空地，看時，只見牆邊砂鍋裡煮著一隻狗。智深問：「你家有狗肉，怎麼不賣給俺吃？」那店家連忙取了半隻熟狗肉，搗了一些蒜泥，拿來放在智深面前。智深大喜，用手扯著那狗肉蘸著蒜泥吃，一連又喝了十多碗酒。接著，智深又喝了一桶酒，剩下一腳狗腿，揣在懷裡，臨出門，又說：「多出的銀子，明天再來吃。」嚇得店家目瞪口呆，不知所措，眼看著他向那五臺山走去了。

智深走到半山亭子上，坐了一會兒，酒湧了上來，跳起身，自言自語：「俺有日子沒有拽拳使腳了，身體都困倦了。俺先使幾路拳！」下了亭子，上下左右使了一回拳，使得力發，只用一膀子，撞在亭子柱上，只聽得刮剌剌一聲響亮，把亭子柱打折了，攤了亭子半邊，門子聽得半山裡響，在高處看時，只見魯智深一步一顛地奔到山上來。

兩個門子叫：「苦啊！這畜生今天又醉得不小！」便把山門關上，閂了。智深敲了一回，扭過身，看著左邊的金剛，大喝一聲：「你這個鳥大漢，不替俺敲門，卻拿著拳頭嚇俺！俺不怕你！」跳上臺基，把柵剌子一拔，如同撅蔥般拔開了，拿起一根折木頭，在那金剛腿上打，簌簌地泥和顏色都脫落下來。

智深等了一會兒，轉過身來，看著右邊金剛，又大喝一聲：「你這傢伙張開大口，也來嘲笑俺！」便跳過右邊臺基，在那金剛腳上打了兩下。只聽得一聲震天價響，那金剛從臺基上倒撞下來。兩個門子忙去報告長老。長老說：「不要惹他，你們去吧。」

魯智深在寺外又喊：「不開門，一把火燒了這個鳥寺！」眾僧聽見，只得叫門子：「拽開大門，放那畜生進來！如果不開，真會做出來！」智深雙手把山門盡力一推，撲地闖進來，摔了一跤，爬起來，摸一摸頭，一直奔到僧堂來。

一眾和尚正在打坐，看見智深揭起簾子，鑽過來，都吃了一驚，低了頭。智深到了禪床邊，喉嚨裡咯咯地響，往地下便吐。智深吐了一回，爬上禪床，拿著那只狗腿，扯來便吃。左右兩個和尚遠遠地躲開了。

智深見他們躲開，便扯一塊狗肉，看著左手邊的那位說：「你也吃一口！」左邊的那和尚把兩隻袖子死死地掩了臉。智深說：「你吃不吃？」把肉又往右邊的和尚嘴邊塞去。那和尚躲閃不及，卻要下禪床，智深把他耳朵揪住，把肉往口裡塞去。四五個和尚過來勸時，智深放下狗肉，提起拳頭，在那幾個光頭上畢畢剝剝地只顧打。

滿堂僧眾大喊起來，都去櫃中取了衣缽要走。此亂，叫做「捲堂大散」。

第三回　小霸王醉入桃花村　史大郎剪徑赤松林

話說第二天智真長老和首座商議，收拾了一些銀兩打發魯智深，叫他到別處去，先寫信說給趙員外知道。趙員外看了來信，心中不快，回信拜覆長老，說：「壞了的金剛、亭子，趙某隨即備價來修。智深任從長老發遣。」

長老得了回書，便叫侍者取出一領皂巾直裰、一雙僧鞋、十兩白銀，在房中喚過智深。長老說：「智深，你前次大醉，鬧了僧堂，算是誤犯；這一次又大醉，打壞了金剛，撞塌了亭子，捲堂鬧了選佛場，你這罪犯得不輕，你又把眾禪客打傷了。我這裡出家地方，是個清淨地。你這樣做，十分不好。我這裡容不得你了。看在你趙檀越面子上，給你這封信，投一個地方安身。我有一個師弟，在東京大相國寺做住持，叫做智清禪師。你去投他那裡討個職事僧做罷。」

魯智深告辭了長老及眾僧人，離開了五臺山，到鐵匠隔壁客店裡歇了，等候禪杖、戒刀打造完備才走。

這天，正走在路上，由於貪看景色，不覺天色已晚，錯過了歇息的地方。又緊走了二三十里，過了一條板橋，遠遠地望見樹木叢中閃著一所莊院，莊後重重疊疊都是亂山。魯智深奔到莊前，看時，見到幾十個莊家，正急急忙忙，把東西搬來搬去，不由得心中十分奇怪。

這時，莊裡走出一個老人，說：「師父不要見怪。雖然我這莊上今夜有事，還是要留師父歇上一晚。」老人又介紹說：「這裡叫桃花村。鄉裡人都叫老漢桃花村劉太公。」

魯智深吃過酒肉，問：「太公，怎麼看你的樣子不太高興？」

太公說：「師父，我家今晚小女招婿，所以如此煩惱。」

魯智深聞言呵呵大笑：「男大須婚，女大須嫁，這是人倫大事，五常之禮，為什麼煩惱？」

太公說：「師父不知，老漢只有這個小女，才一十九歲。這附近有一座山，叫桃花山，近來山上有兩個大王，紮下寨柵，聚集著五六百人，在這裡打家劫舍。因為來到老漢莊上討進奉，見了老漢女兒，撇下二十兩金子，一匹紅錦作為定禮，選著今晚入贅，因此煩惱。」

智深聽了，說：「原來如此！俺有一個辦法叫他回心轉意，不要娶你女兒，如何？」太公說：「他是一個殺人不眨眼的魔君，你如何能讓他回心轉意？」智深說：「俺在五臺山智真長老那裡學得說因緣，就是鐵石心腸的人也能勸得動。今晚你可讓你女兒到別處藏起來。俺就在你女兒房內說因緣，勸他回心轉意。」

太公說：「卻是好啊！得遇這個活佛下降！」太公問智深：「再要些飯吃嗎？」智深說：「飯不要吃了，有酒再拿一些來。」太公說：「有，有。」隨即叫莊客取出一隻熟鵝，大碗酒斟來，叫智深痛痛快快地喝了二三十碗。

智深說：「帶小僧到新婦房裡去。」太公帶他來到房邊，指著說：「這裡面就是。」智深進去，把房中桌椅等物都靠牆邊放好了，又把戒刀放在床頭，禪杖靠在床邊，把銷金帳放下了，脫得赤條條，上床坐了。

天色看看黑了，只聽得山邊鑼鳴鼓響。劉太公聽見，便叫莊客大開莊門，前來迎接。只見那個大王，騎著一匹高頭鬈毛大白馬，來到莊前，下了馬，到廳上坐下，叫道：「丈人，我的夫人在哪裡？」太公回答：「怕羞不敢出來。」那大王笑了，說：「先拿酒來，我敬丈人一杯。」喝了一杯，便說：「我先和夫人見了，再來這裡喝酒不遲。」劉太公一心只要那和尚勸他，便說：「老漢帶大王去。」拿了燭臺，帶著大王轉到屏風背後，來到新人房前，太公指著說：「這間便是，請大王自己進去吧。」

那大王推開房門，見裡面黑洞洞的，便說：「你看我那丈人，真是個會過日子的！房裡也不點盞燈，讓我那夫人在黑地裡坐。明天叫小嘍囉到山寨裡扛一桶好油來給他點。」魯智深坐在帳子裡，聽見了，忍住笑，不做一聲；那大王摸進房中，叫：「娘子，妳如何不出來接我？妳不要怕羞，我明天要妳做壓寨夫人。」一邊叫娘子，一邊摸來摸去。一摸摸著銷金帳子，便揭起來探出一隻手來摸時，正摸著魯智深的肚皮；被魯智深把頭巾角揪住，一按按在床下。那大王還在掙扎。魯智深右手揑起拳頭，罵了一聲：「直娘賊！」連耳根帶脖子打了一拳。

那大王叫一聲：「為什麼要打老公！」魯智深喝道：「叫你認得老婆！」拖倒在床邊，拳頭腳尖一齊上，打得那大王連聲呼救。劉太公在外邊驚得呆了。原以為那和尚說因緣勸那大王，卻聽得裡面叫救人。太公慌忙拿著燈燭，帶著小嘍囉嘍囉，一齊奔了進去。眾人在燈下一看，只見一個胖大和尚，赤條條的，騎翻大王在床面前打。為頭的小嘍囉叫：「大家都來救大王！」眾嘍囉一齊來救時，魯智深見了，撇下大王，從床邊拿了禪杖，打了過去。小嘍囉們見來勢凶猛，發聲喊，都走了。劉太公只管叫苦。

打鬧裡，那大王爬出房門，奔到門前摸著空馬，樹上折了一枝柳條，跳在馬背上，用鞭條打那馬，卻跑不去。再看時，原來心慌，沒有解開韁繩，連忙扯斷了，騎著馬飛跑，出了莊門，大罵劉太公：「老驢你等著！不怕你飛了去！」劉太公扯住魯智深，說：「師父！你害苦老漢一家了！」

智深說：「太公不要怕，俺說給你。俺不是別人，俺是延安府老種經略相公帳前提轄官。只因為打死了人，出家做了和尚。別說這兩個鳥人，便是一二千軍馬來，俺也不怕。你們眾人不信時，提提俺的禪杖看。」莊客們哪裡提得動。智深接到手裡，好像撚燈草一般使了起來。太公說：「師父不要走了，請救護我們一家！」智深說：「什麼話！俺死也不走！」

卻說這桃花山大頭領坐在寨裡，正要派人下山去打聽做女婿的二頭領如何了，只見數個小嘍囉，氣急敗壞，奔到山寨，大叫：「苦也！苦也！」大頭領大驚。正在詢問，只見又有小嘍囉報告：「二哥哥來了！」接著，聽了二頭領一番話。大頭領便說：「原來如此。你先去房中休息，我幫你拿那賊禿來。」

魯智深正喝酒呢。莊客報告：「山上大頭領來了！」魯智深把直裰脫了，拽紮起下面衣服，挎了戒刀，提了禪杖，大踏步，來到打麥場。只見大頭領在火把叢中，騎馬搶到莊前，挺著長槍，高聲喝道：「那禿驢在哪裡？早早出來決個勝負！」智深大怒，大罵。掄起禪杖，衝過去。

那大頭領大叫：「和尚，先不要動手。你的聲音聽起來好熟悉。你先通個姓名。」

魯智深說：「俺不是別人，是老種經略相公帳前提轄魯達。如今出家做了和尚，叫魯智深。」那大頭領呵呵大笑，跳下馬，撇了槍，翻身便拜，說：「哥哥，別來無恙？」

魯智深定睛看時，卻是江湖上使槍棒賣藥的教頭打虎將李忠。李忠說：「小弟自從那天和哥哥在渭州酒樓上同史進三人分散，第二天聽說哥哥打死了鄭屠。我去找史進商議，他又不知投到哪裡去了。小弟聽得差人緝捕，慌忙也走了，卻從這座山經過。剛才被哥哥打的那漢子，在這裡桃花山紮寨，叫做小霸王周通，那時帶人下山來和小弟廝殺，被我贏了他，所以留小弟在山上當寨主，把第一把交椅讓小弟坐了，在這裡落草。」

智深說：「既然兄弟在此，劉太公這頭親事再也不要提了；他只有這一個女兒，要養終身。」李忠說：「這個沒關係。先請哥哥去小寨住上一段時間。劉太公也走上一趟。」

卻早天色大明，眾人上山來。周通見了智深，心中大怒，說：「哥哥不替我報仇，反倒請他來寨裡！」李忠笑著說：「這個和尚便是我平時和你說的三拳打死鎮關西的，便是他。」周通把頭摸一摸，叫聲「啊呀！」翻身便行禮。魯智深答禮：「休怪衝撞。」然後勸周通放過劉太公和他的女兒。周通便說：「聽大哥的話，兄弟再不敢登門了。」劉太公拜謝了，納還金子緞匹，自己下山回莊去了。

李忠、周通，殺牛宰馬，安排筵席，管待智深多日。住了幾天，魯智深見李忠、周通，做事慳吝，不是慷慨人，便要下山；兩個人苦苦挽留，哪裡肯住，智深只推說：「俺如今既然出了家，如何肯落草？」李忠、周通便說：「哥哥既然不肯落草，要去時，我們明天下山去，不管得到多少，都送給哥哥當路費。」

第二天，山寨裡面殺羊宰豬，做送路筵席，安排許多金銀酒器，放在桌上。正要入席飲酒，只見小嘍囉報告：「山下有兩輛車，十多個人來了！」李忠、周通見報，召集許多小嘍囉下山，只留下一二個服侍魯智深飲酒。

魯智深心想：「這兩個人真是慳吝！這裡放著許多金銀，不送給俺；要去打劫別人的，再送給俺！這個卻不是把官路當人情，只苦了別人？俺先讓他們吃俺一驚！」才飲得兩盞酒，就跳起身，兩拳打翻了兩個小嘍囉，一塊兒綑了，嘴裡都塞了一些麻核桃。然後取出包裹，沒要緊的都扔了，只拿了桌上的金銀酒器，踏扁了，拴在包裹裡；胸前度牒袋內，藏了智真長老的書信；挎了戒刀，提了禪杖，頂了衣包，出寨來。到山後一望，都是險峻之處，尋思道：「俺從前山去，一定撞見他們，不如就在這裡亂草處滾下去。」於是先把戒刀和包裹拴了，扔了下去，又把禪杖也扔下去，身子往下一滾，骨碌碌地滾到山腳，並無傷損，跳起來，找到了包裹，挎了戒刀，拿了禪杖，拽開腳步，取路便走。

魯智深離開桃花山，放開腳步，從早晨走到午後，大約走了五六十里，肚飢，東張西望，猛然聽得遠遠的鈴鐺聲。魯智深走過數個山坡，大約有半里地，抬頭看時，見到一所敗落寺院，山門上寫著「瓦罐之寺」。入方丈，看時，只見滿地都是燕子糞，門上有一把鎖鎖著，鎖上盡是蜘蛛網。智深把禪杖朝地下一放，叫：「過往僧人前來投齋。」叫了半天，沒有一個人答應。來到香積廚，鍋沒了，灶頭都塌了。找到後面一間小屋，才見到有幾個老和尚坐在地上，一個個面黃肌瘦。

老和尚告訴說：「這裡被一個雲遊和尚帶著一個道人把有的沒的都毀壞了。他們兩個無所不為，把眾僧趕出去了。」智深問：「這兩個人叫什麼名字？」老和尚說：「那和尚姓崔，法號道成，外號生鐵佛；道人姓邱，排行小乙，外號飛天夜叉。」

智深正問時，猛然聞得一陣香飄來。智深提了禪杖，轉過後面一看，見到一個土灶，蓋著一個草蓋，氣騰騰透進來。智深揭起看時，煮著一鍋粟米粥。智深肚飢，見了粥，要吃，只見灶邊破漆春臺有些灰塵在上面，智深見了，從灶邊拾把草，把春臺揩去灰塵；雙手把鍋端起，粥往春臺裡一傾。智深吃了五六口。只聽得外面有人唱歌。

智深洗了手，提了禪杖，出來看時：破壁子裡有一個道人，挑著一個擔子，一頭是一個竹籃，裡面露出魚尾，荷葉托著些肉；一頭擔著一瓶酒，也是荷葉蓋著。幾個老和尚趕出來，搖著手，悄悄地指給智深看，說：「這個道人就是飛天夜叉邱小乙！」智深見了，便提著禪杖，隨後跟去。智深跟到裡面看時，見綠槐樹下放著一張桌子，鋪著一些盤饌，三個盞子，三雙筷子。當中坐著一個胖和尚，生得眉如漆刷，臉似墨裝，一身橫肉，胸脯下露出黑肚皮。旁邊坐著一個年幼婦人。

智深奔到裡面，只見那生鐵佛崔道成拿著一把朴刀，從裡面趕到槐樹下來戰智深。智深見了，大吼一聲，掄起手中禪杖，來鬥崔道成。兩個鬥了十四五個回合，那崔道成鬥不過智深，抵擋不住，卻待要走。這邱道人見他抵擋不住，從背後拿了一把朴刀，大踏步奔過來。

智深一來肚裡無食，二來走了許多路，三來當不得他兩個生力；只得賣了一個破綻，拖了禪杖便走。走了幾里地，見前面有一個大林，都是赤松樹。正看著，只見樹影裡一個人探頭探腦，望了一望，吐了一口唾沫，又閃了進去。智深心想：「俺猜這個撮鳥是一個剪徑的強盜，正在這裡等買賣，見俺是一個和尚，他可能覺得沒油水，所以吐了一口唾沫，又縮進去了。那傢伙卻不是晦氣！」提了禪杖，奔到松林邊，大喝一聲：「那林子裡的撮鳥！快出來！」

那漢子在林子裡聽得，大笑：「禿驢！你來送死！不是我要找你！」那漢子捻著朴刀來鬥和尚，正要向前，肚裡尋思：「這和尚聲音好熟悉。」便說：「那和尚，你的聲音好熟悉。你叫什麼名字？」智深說出姓名，那漢子撇了朴刀，翻身便行禮，說：「認得史進嗎？」智深笑著說：「原來是史大郎！」

史進說：「自從那天酒樓前和哥哥分手，第二天聽得哥哥打死了鄭屠，逃了，有緝捕的得知史進和哥哥發送了那賣唱的金老，因此，小弟也只得離開了渭州，去找師父王進。一直到了延州，仍是沒找到。回到北京住了一段時間，錢物用完了，所以來這裡找些花銷。沒想到得遇哥哥。哥哥為什麼做了和尚？」智深把和史進分手後發生的事從頭說了一遍。

史進說：「哥哥既然肚飢，小弟有乾肉燒餅。」又說：「剛才吃了虧，現在如何不去結果了那兩個傢伙？」智深和史進吃得飽了，各自拿了器械，再回到瓦罐寺。到寺前看見那崔道成、邱小乙，在橋上坐著。智深一來有了史進在旁邊，肚裡膽壯；二來吃得飽了，那精神氣力也能使出來了。可憐兩個強徒，化作南柯一夢，分別被智深和史進殺了。

兩個再趕入寺裡，找到廚房，看見有魚有酒有肉，兩個打水燒火，煮熟，都吃飽了。又一同趕了一夜路。天色微明，兩個遠遠地看見一個村鎮。在鎮裡吃了酒飯，智深便問史進：「你如今投到哪裡去？」史進說：「我如今只得再回到少華山去，和朱武等三人搭夥，先過一段時間，再從容理會。」

史進去了，只說智深獨自前往東京，來見智清禪師。

第四回　花和尚倒拔垂楊柳　豹子頭誤入白虎堂

話說智清長老召集兩班許多職事僧人，都來到方丈，商量如何安排智深。議罷，叫智深到方丈，告訴他去看護菜園子。智深便問：「本師智真長老，叫俺投靠大剎討一個職事僧做，卻不叫小僧做一個都寺監寺，怎麼卻讓俺去管菜園子？」

知客說：「你聽我說。僧門中職事人員，各有分工。比如小僧做個知客，只打理管待往來客官僧眾。那維那、侍者、書記、首座，這些都是清職，不容易做。都寺、監寺、提點、院主，這些都是掌管財物。你才來到方丈，怎麼便得到上等職事？還有那管藏的，叫藏主；管殿的，叫殿主；管閣的，叫閣主；管化緣的，叫化主；管浴堂的，叫浴主；這些都是主事人員，中等職事。還有那管塔的塔頭，管飯的飯頭，管茶的茶頭，管東廁的淨頭和這管菜園子的菜頭；這些都是頭事人員，末等職事。假如師兄，你管了一年菜園子，好，便升你做塔頭，又管了一年，好，升你做浴主；又一年，好，才做監寺。」智深說：「既然如此，也有出身時，俺便去。」

且說這菜園周圍有二三十個好賭博、不成才的破落戶無賴，經常在園內偷盜菜蔬，聽說菜園子換了管事，一同商議對策。其中一個說：「等他到來，引誘他去糞窖邊，裝作參賀他的樣子，然後雙手抱住腳，把他摔到糞窖裡，耍耍他。」

這天，智深來到菜園子裡東張西望，只見這二三十個無賴拿著一些果盒酒禮，嘻嘻哈哈地笑著走來：「聽說師父新來住持，我們鄰舍街坊前來作慶。」智深不知是計，一直走到糞窖邊。張三、李四，拜在地上不肯起來，指望和尚來扶他，便要動手。智深見了，心裡犯疑，心想：「這夥人不三不四，又不肯近前來，難道要顛俺？……他們倒來捋虎鬚！俺先走過去，叫他們看看俺的手腳！」

智深大踏步走過去。那張三、李四便說：「小人兄弟們特來參拜師父。」嘴裡說著，身子向前，一個來抱左腳，一個來抱右腳。智深不等他們近身，右腳早起，把李四先踢下糞窖裡。張三正要走，智深左腳早起，兩個無賴在糞窖裡掙扎。那二三十個破落戶目瞪口呆，嚇得轉身要走。智深喝道：「一個走的一個下去！兩個走的兩個下去！」眾無賴便都不敢動彈。

那兩個一身臭屎，頭髮上蛆蟲盤滿，站在糞窖裡，叫：「師父！饒了我們！」智深大喝：「你們那些無賴，快扶那兩個鳥上來，我便饒了你們！」兩個無賴上來洗了一回，眾人脫件衣服給他們兩個穿了。

智深在中間坐了，指著眾人，問：「你們那夥鳥人，休要瞞著俺！你們都是什麼鳥人，到這裡來戲弄俺？」那張三、李四和眾夥伴一齊跪下，說：「小人祖居在這裡，都只靠賭博討錢為生。這片菜園子是俺們的飯碗。大相國寺裡多次花錢要奈何我們，也沒能成功。師父卻是哪裡來的長老？這麼了得！相國寺裡沒有見過師父。從今往後我們情願服侍師父。」

智深聽了這話，便做了一番自我介紹，眾無賴都投伏在地。第二天，眾無賴一齊商量，湊了一些錢物，買了十瓶酒，牽了一頭豬，來請智深。吃到半酣，也有唱的，也有說的，也有拍手的，也有笑的。正在那裡喧鬧，只聽門外老鴉哇哇地叫。眾人說：「老鴉叫，怕有口舌。拿梯子來，去那上面拆了那巢好了。」有幾個說道：「我們便去。」

智深也乘著酒興，來到外面看，果然綠樹上有一個老鴉巢。智深觀察了一下，走到樹前，把直裰脫了，右手向下，身子倒著，左手拔住上截，腰往上只一趁，把那株綠楊柳帶根拔起。眾無賴見了，一齊拜倒在地，只叫：「師父不是凡人，是真羅漢！身體若沒有千萬斤氣力，如何拔得起！」

正是三月盡，天氣正熱。智深在綠槐樹下鋪了蘆席，回請那眾位無賴喝酒。大碗斟酒，大塊切肉，眾人吃得飽了，又吃果子吃酒。吃得正濃，眾無賴說：「這幾天見到師父使拳，沒能見師父使器械，怎麼也得請師父叫我們看一看才好。」智深去房內取出鐵禪杖，頭尾長五尺，重六十二斤。

智深颼颼使動，渾身上下沒半點兒差錯。智深正使得活泛，只聽牆外喝一聲采：「使得好！」智深聽得，收住手，看時，只見牆缺邊站著一個官人。眾無賴說：「這位教師喝采，必然是好。」智深問：「那軍官是誰？」眾人回答：「這官人是八十萬禁軍槍棒教頭林武師，名喚林沖。」智深說：「何不就請來相見？」那林教頭便跳過牆來。

林教頭便問：「師兄哪裡人？法諱叫什麼？」智深回答：「俺是關西魯達。只因為殺得人多，情願為僧。年幼時也曾經到過東京，認得令尊林提轄。」林沖大喜，撮土為香，以智深為兄。智深問：「教頭今天緣何到了這裡？」林沖回答：「剛才和荊婦一同來隔壁嶽廟裡還香願，林沖聽得使棒，看得入眼，讓女使錦兒和荊婦去廟裡燒香，林沖在這裡等，沒想到得遇師兄。」

正說著，只見女使錦兒，慌慌急急，紅著臉，在牆缺邊叫：「官人！快來！娘子在廟裡正被人家欺負呢！」林沖聽說，告別了智深，跳過牆缺，和錦兒快步奔向嶽廟裡來。趕到五嶽樓，見到有幾個人拿著彈弓、吹筒、黏竿，站在欄杆邊，胡梯上有一個年少的後生獨自背立著，攔著林沖的娘子。林沖趕到跟前，把那後生肩胛扳過來，大喝：「調戲良人妻子當得何罪！」恰待下拳打時，認得是本管高太尉螟蛉之子高衙內。

原來高俅新發跡，由於沒有親兒，無人幫助，過房這阿叔高三郎兒子。那高衙內在東京倚勢豪強，專門喜歡淫垢人家妻女。當時林沖認得是本管高衙內，先自軟了。眾閒漢勸開了林沖，哄著高衙內出廟上馬去了。林沖帶著妻子和使女錦兒轉出廊來，見智深提著鐵禪杖，帶著那二三十個破落戶，大踏步奔到廟裡來。

且說這高衙內帶了一班兒閒漢，自從見了林沖娘子，又被沖散，心中怏怏不樂，回到府中納悶。有一個幫閒的，叫做乾鳥頭富安，知道高衙內的意思，便說：「衙內怕林沖是個好漢，不敢欺他。這個無妨；他現在帳下聽使喚，怎麼敢得罪太尉？輕則刺配了他，重則害了他的性命。我尋思一計，使衙內能夠得到那個娘子。」富安又說：「門下有個心腹人陸虞候陸謙，他和林沖最要好。明天衙內可以躲在陸虞候樓上的深閣，擺下一些酒，叫陸謙去請林沖到樊樓上深閣裡喝酒。我便去他家對林沖娘子說：『妳丈夫林教頭和陸謙喝酒，一時重氣，悶倒在樓上，叫娘子快去看呢！』賺得那個娘子來到樓上，婦人家水性，見衙內這般風流人物，再說些甜話哄她高興，不由她不答應。」

陸虞候一時聽了，也沒奈何；只要衙內歡喜卻顧不得朋友交情。第二天，陸謙來到林家，邀請林沖到樊樓喝酒。當時，林沖喝了八九杯酒，因為要解手，下樓來，出了酒店門，投東小巷內去淨了手，回身轉出巷口，只見女使錦兒叫：「官人，找得我好苦！原來卻在這裡！」林沖慌忙問：「什麼事？」

錦兒說：「官人和陸虞候出來，沒半個時辰，只見一個漢子慌慌急急奔到家裡，對娘子說：『我是陸虞候家鄰舍。妳家教頭和陸謙喝酒，教頭一口氣上不來，撞倒在地了！』叫娘子快來看視，娘子聽了，連忙託隔壁王婆看了家，帶我跟著那漢子去。一直來到太尉府前巷內一戶人家，上到樓上，只見桌子上擺著一些酒食，不見官人。正要下樓，只見前幾天在嶽廟裡欺負娘子的那個後生出來說：『娘子少坐，妳丈夫來了。』錦兒慌忙下得樓，只聽得娘子在樓上叫：『殺人！』因此，我到處找尋官人，正撞著賣藥的張先生，說：『我在樊樓前過，見教頭和一個人進去喝酒。』因此奔到這裡。官人快去！」林沖見說，吃了一驚，三步併做一步，跑到陸虞候家，奔到胡梯上，裡面卻關著樓門。

只聽得娘子叫：「清平世界，如何把我良人關在這裡！」又聽得高衙內說：「娘子，可憐可憐俺！」林沖站在胡梯上，叫：「大嫂！開門！」那婦人聽得是丈夫聲音，只顧來開門。高衙內吃了一驚，開了樓窗，跳牆走了。林沖把陸虞候家打得粉碎，帶娘子下樓；出得門外看時，鄰舍兩邊都關閉了門。女使錦兒接著，三個人歸家去了。

林沖拿了一把解腕尖刀，奔到樊樓前去找尋陸虞候，沒有找見；回到他家門前等了一晚，也沒見他回家，林沖只好歸去。第四天，魯智深找到林沖家打聽消息，問：「教頭怎麼幾天沒出來見面？」林沖回答：「小弟有點事情，沒有去看望師兄；既然蒙師兄到我寒舍，本當喝上三杯，只是家中一時沒能準備，先和師兄一同上街閒逛逛，在街上喝上兩盞如何？」從此每天和智深上街喝酒，把這件事慢慢就淡忘了。

且說高衙內從那天在陸虞候家樓上吃了那驚，跳牆走脫，不敢對太尉說，因此在府中臥病。陸虞候和富安兩個前來府裡看望衙內，見他容顏不好，精神憔悴。便設計要害林沖。高俅也聽得陸虞候設的計策，便叫來陸虞候、富安，說：「你們兩個若能救得我的孩兒，我自然會抬舉你們二人。」

再說林沖每天和智深喝酒，這件事已經不記在心上了。一天，兩個同行到閱武坊巷口，見到一條大漢，手裡拿著一口寶刀，插著一個草標，站在街上，嘴裡自言自語：「不遇識者，屈沒了我這口寶刀！」林沖也不理會，只顧和智深邊說邊走。那漢子又跟在背後說：「好口寶刀！可惜不遇識者！」林沖只顧和智深走著，說得投入。那漢子又在背後說：「這麼大的一個東京，沒一個識得軍器的！」林沖聽得說，回過頭來。

那漢颼地把那口刀掣出來，明晃晃地奪人眼目。林沖也趕上要有事，猛然說：「拿過來看看。」那漢子遞了過來。林沖接在手裡，同智深看了，吃了一驚，失口說：「好刀！你要賣幾錢？」那漢子說：「索價三千貫，實價二千貫。」林沖說：「價是值二千貫，只是沒個識主。你若肯一千貫時，我買你的。」那漢子說：「我急等著要錢使；你如果真的肯要，饒你五百貫，實要一千五百貫。」林沖說：「只是一千貫，我便買了。」林沖別了智深，自帶了賣刀的那漢子去家中取銀子。

第二天上午，只聽到門前有兩個承局叫：「林教頭，太尉鈞旨，說你買了一口好刀，就叫你拿去比看。太尉在府裡專等。」兩個承局催促林沖穿了衣服，拿了那口刀，隨著這兩個來到府前。進到廳裡，林沖站住了腳，只不見太尉。兩個承局領著，又過了兩三重門，到了一個地方，邊上都是綠欄杆，便帶著林沖到堂前，說：「教頭，你只在這裡等一等，我們進去稟告太尉。」

林沖拿著刀，立在簷前。兩個人進去了；一盞茶工夫，不見出來。林沖心疑，探頭入簾看時，只見簷前額上有四個青字，寫著：「白虎節堂」。林沖猛省：「這節堂是商議軍機大事的地方，如何敢無故輒入……」急待回身，只聽得靴履響，腳步鳴，一個人從外面進來。林沖看時，不是別人，卻是本管高太尉，林沖見了，執刀向前聲喏。

太尉喝道：「林沖！你沒有呼喚，安敢輒入白虎節堂！你知法度不知？你手裡拿著刀，難道要來刺殺下官！有人對我說，你兩三天前就拿刀在府前伺候，必有歹心！林沖躬身稟告：「恩相，剛才有兩個承局呼喚林沖拿刀來比看。」太尉喝道：「承局在哪裡？」林沖說：「恩相，他們兩個已經投堂裡去了。」太尉說：「胡說！有什麼承局，敢進我府堂裡去？左右！給我拿下這傢伙！」話音剛落，旁邊耳房裡走出三十多人把林沖橫推倒拽下去。

且說當時太尉喝叫左右，排列軍校拿下林沖要斬。林沖大叫冤屈。太尉叫左右，「解去開封府，讓滕府尹好生推審，勘理明白處決！把這刀也封了去！」開封府尹在廳上聽了林沖口詞，取出刑具枷鎖來上了，推入牢裡監下。

正值有一個當案孔目，姓孫，名定，為人耿直，只要周全人，因此人們都叫他孫佛兒。他清楚這件事，稟告：「這件事屈了林沖，只可周全他。」府尹問：「他做下這般罪，高太尉批仰定罪，一定要問他『手執利刃，故入節堂，殺害本官』，怎麼周全得他？」孫定說：「看林沖口詞，是個無罪的人。只是沒有辦法拿那兩個承局。如今叫他招認做『不合腰懸利刃，誤入節堂』，脊杖二十，刺配遠惡軍州。」

府尹也知道這件事了，便去高太尉面前再三稟說林沖口詞。高俅情知理短，又礙著府尹情面，只得准了。當天，府尹回來升廳，叫出林沖，除了長枷，斷了二十脊杖，喚個文筆匠刺了面頰，量地方遠近，該配滄州牢城；當廳打了一面七斤半團頭鐵葉護身枷釘了，貼上封皮，押了一道牒文，派兩個防送公人監押前去。兩公人是董超，薛霸。二人領了公文，各自回家，收拾行李。

只說董超正在家裡拴著包裹，只見巷口酒店裡酒保來說：「董端公，一位官人在小店中請說話。」董超問：「是誰？」酒保回答：「小人不認得，只叫請端公去。」原來宋時的公人都稱呼「端公」。當時董超和酒保到店中閣兒內看時，見坐著一個人，那人見了董超，慌忙作揖：「端公請坐。」又問：「薛端公在哪裡住？」董超說：「只在前邊巷內。」那人喚酒保：「幫我去請來。」酒保去了一盞茶時間，只見薛霸到了閣兒裡。董超說：「這位官人，請俺說話。」薛霸問：「不敢動問大人高姓？」那人便說：「稍刻便知，先請飲酒。」酒至數杯，那人去袖子裡取出十兩金子，放在桌上，說：「二位端公各收五兩，有些小事相煩。」

第五回　魯智深搭救野豬林　小旋風禮待林教頭

話說二公說：「小人一向不認得尊官，為什麼給我們金子？」那人問：「二位是不是投滄州去？」董超說：「小人兩個奉著本府差遣，監押林沖前去。」那人便說：「既然如此，相煩二位。我是高太尉府心腹人陸謙陸虞候。」陸謙又說：「你們二位也知道林沖和太尉是對頭。今天奉著太尉鈞旨，叫把這十兩金子送給二位；望你兩個答應，不必遠去，就在前面僻靜處把林沖結果了，就彼處討紙狀回來就是了。如果開封府有話說，太尉自會處置，沒有關係。」

當下薛霸收了金子，說：「官人，放心。多是五站路，少便兩程，便有分曉。」董超、薛霸，把金子送回家中，取了行李包裹，拿了水火棍，便來使臣房裡取出林沖，監押上路。

時遇六月天氣，炎暑正熱。林沖初吃棒時，倒也無事；以後兩三天，天氣炎熱，棒瘡卻發，又是一個新挨棒的人，路上走一步挨一步，實在走不動。一天，天色又晚，三個人投村中客店裡來。到得房內，兩個公人放了棍棒，解下包裹。林沖也把包解了，不等公人開口，便去包裹裡取出一些碎銀兩，央煩店小二買些酒肉，糴些米，請兩個防送公人吃。

董超、薛霸，又添酒來，把林沖灌醉了，和枷倒在一邊，薛霸燒了一鍋滾水，提過來，傾在腳盆裡，叫：「林教頭，你也洗了腳好睡。」林沖掙扎著起來，被枷礙住了，屈身不得。薛霸說：「我替你洗。」林沖不知是計，只顧伸下腳，被薛霸一按，按在滾水裡。林沖大叫一聲：「哎啊！」急忙縮起腳時，腳面已經紅腫了。

睡到後半夜，同店人都還沒起，薛霸起來燒了水洗臉，安排打火，做飯吃。林沖起來，暈了，吃不得，又走不動。薛霸拿了水火棍，催促動身。董超從腰裡解下一雙新草鞋，耳朵並索兒是麻編的，叫林沖穿。林沖看時，腳上滿面都是燎泡，要找舊草鞋穿，哪裡去討！沒辦法，只得把新草鞋穿上。

店小二算過酒錢，兩個公人帶了林沖出店，卻剛天色微明。林沖走不到二三里，腳上的泡被新草鞋磨破了，鮮血淋漓，聲喚不止。看看走不動了，望見前面煙籠霧鎖，一座猛惡林子，名喚野豬林，這是東京去滄州路上第一個險峻去處。宋時，這座林子內，有些冤仇的，使用一些錢給公人，帶到這裡，不知結果了多少好漢。

薛霸說：「我也走不得了，先在林子裡歇一歇。」三個人奔到裡面，解下行李包裹，都搬在樹根頭。林沖叫聲「啊呀」，靠著一株大樹倒了下去。只見董超、薛霸說：「走一步，等一步，倒走得困倦起來。先睡一會兒，再走。」放下水火棍，倒在樹邊；略略閉上眼，又從地下叫起來。

林沖問：「有什麼事嗎？」董超、薛霸說：「俺兩個正要睡一會兒，這裡又沒有關鎖，只怕你走了；我們放心不下，所以睡不穩。」林沖答道：「小人是好漢，官司既然已經吃了，一世也不走！」薛霸說：「哪裡能信得你說！若要我們安心，須把你縛一縛。」林沖說：「你們要縛便縛，小人敢說什麼。」

薛霸從腰裡解下索子，把林沖連手帶腳和枷緊緊地縛在樹上，轉過身，拿起水火棍，看著林沖，說：「不是俺要結果你，只是前幾天來時，有那陸虞候，傳著高太尉鈞旨，叫我們兩個到了這裡結果你，立等金印回話。多走幾天，也是死數！只今天就在這裡做成，好讓我們兩個回去快些。你不要怨我弟兄兩個，只是上司差遣，由不得自己。你記住，明年今日是你的週年。我們已限定日期，也要早去回話。」薛霸便提起水火棍往林沖腦袋上打來。

說時遲，那時快，薛霸的棍剛舉起來，只見松樹背後，雷鳴也似一聲，一條鐵禪杖飛來，把這水火棍一隔，丟到九霄雲外，跳出一個胖大和尚，喝道：「俺在林子裡聽你們說話多時了！」林沖方才閃開眼看，認得是魯智深。林沖連忙叫：「師兄！不可下手！我有話說！」智深聽得，收住禪杖。兩個公人呆了半晌，動彈不得。

魯智深扯出戒刀，把索子都割斷了，扶起林沖，說：「兄弟，自從和你相別後，俺憂得你好苦。自從你受了官司，俺又沒地方去救你。打聽得你斷配滄州，又見酒保來請這兩個公人，說：『店裡一位官人說話。』所以，俺疑心，恐怕這兩個傢伙路上害你，俺特地跟來。見這兩個撮鳥帶你進店，俺也在那店裡歇。夜間聽得那兩個，做神做鬼，把滾水傷了你的腳，那時俺便要殺這兩個撮鳥，卻因客店裡人多。俺見這兩個不懷好心，你一大早出門，俺先投奔這林子裡等，正想殺這兩個撮鳥，他們倒來這裡害你，正好殺了這兩個！」

林沖勸說：「既然師兄救了我，你不要害他兩個性命。」智深便喝令兩個公人扶起林沖走路。兩個公人哪裡敢回話，只叫：「林教頭救俺兩個！」背上包裹，拾了水火棍，扶著林沖，又替他拿了包裹，一同跟出林子。被智深監押，走了十七八天，離滄州只有七十里，一路都有人家。智深對林沖說：「兄弟，這裡去離滄州不遠了，前路都有人家，沒有僻靜去處，俺已經打聽實在了。俺如今和你分手，異日再得相見。」魯智深看著兩個公人，問：「你們兩個撮鳥的頭硬似這松樹嗎？」

二人回答：「小人的頭是父母皮肉包著些骨頭。」智深掄起禪杖，把松樹只一下，打得樹有二寸深痕，齊齊折了，大喝一聲：「你這兩個撮鳥，但有歹心，叫你們的頭也和這樹一般！」說完回去了。董超、薛霸，吐出舌頭，半晌縮不進去。

行到晌午，早望見官道上有一座酒店，三個人到裡面，林沖讓兩個公人上首坐了，准知坐了半個時辰，酒保並不來問。林沖等得不耐煩，敲著桌子，說：「你這店主人好欺客，見我是一個犯人，便不來理睬！我又不白吃你的！這叫什麼事啊？」主人說：「你這人原來不知我的好意。」林沖問：「不賣酒肉給我，有什麼好意？」

店主人說：「你不知道，俺這村中有個大財主，姓柴，名進，稱做柴大官人，江湖上都喚做小旋風。他是大周柴世宗子孫。自從陳橋讓位，太祖武德皇帝敕賜給柴世宗誓書鐵券在家，沒人敢欺負他家。他專愛召集天下往來的好漢，三五十個養在家中。常常囑咐我們酒店：『如有流配的犯人，可叫他投我莊上來，我自資助他。』我如今賣酒肉給你，你面皮紅了，他覺得你有錢物，便不會幫助你。我是好意。」

林沖三人謝了店主人出門，走了二三里，一條平坦大路，早望見綠柳蔭中顯出那座莊院。只見遠遠林子深處，有一隊人馬奔到莊上來：中間有一位官人，騎一匹雪白鬈毛馬。林沖看了尋思：「敢是柴大官人嗎……」又不敢問他，只在肚裡躊躇。只見那馬上年少的官人縱馬前來問：「這位帶枷的是什麼人？」林沖慌忙躬身回答：「小人是東京禁軍教頭，姓林，名沖。因為得罪了高太尉，尋事發下開封府，問罪斷遣刺配滄州。聽得前面酒店裡說，這裡有個招賢納士好漢柴大官人，特來相投。」

那官人滾鞍下馬，飛奔前來，說：「柴進有失迎接！」在草地上便拜。那官人攜住林沖的手，共同到莊上，柴進便叫莊客：「先把果盒酒拿來，殺羊相待。快去整治！」吃過一道湯，五六杯酒，只見莊客來報：「教師來了。」柴進說：「就請來一起相會也好。」

林沖起身看時，只見那個教師進來，歪戴著一頂頭巾，挺著胸脯，來到後堂。林沖尋思：「莊客稱他教師，必是大官人的師父。」急急躬身唱喏：「林沖謹參。」那人全不理睬，也不還禮。柴進指著林沖對洪教頭說：「這位是東京八十萬禁軍槍棒教頭林武師林沖，就請相見。」林沖聽了，看著洪教頭便拜。那洪教頭說：「休拜。起來。」卻不躬身答禮。柴進看了，心中不快。林沖拜了兩拜，起身讓洪教頭坐。洪教頭也不相讓，走去上首便坐。柴進看了，又不喜歡。

洪教頭問：「大官人今天為什麼用這麼樣的厚禮管待配軍？」柴進說：「這一位非比其他人，他是八十萬禁軍教頭師父，如何輕慢！」洪教頭說：「大官人只因為好習槍棒，往往流配軍人都來倚草附木，都說：『我是槍棒教頭』，投莊上誘得一些酒食錢米。大官人如何當真！」林沖聽了，並不作聲。

柴進便說：「凡人不可易相，休小看他。」洪教頭怪柴進說「休小看他」，便跳起身，說：「我不信他有本事！他敢和我使一棒看，我便認他是真教頭！」柴進大笑：「也好，也好。林武師，你心下如何？林沖回答：「小人卻是不敢。」

洪教頭心中忖量：「那人必是不會，心中先怯了。」因此，越要來惹林沖使棒。柴進起身說：「二位教頭，較量一棒。」林沖肚裡尋思：「這洪教頭必是柴大官人師父，我若一棒打翻了他，柴大官人面上不好看。」柴進見林沖躊躇，便說：「這一位洪教頭也到這裡沒多久。這裡又無對手，林武師不要推辭。我正要看二位教頭的本事。」林沖見柴進說明白，方才放心。

柴進又命二公人將林沖頭上枷卸了，只見洪教頭先起身，說：「來，來，來！你使一棒看！」柴進叫莊客取出一錠銀子，重二十五兩，說：「二位教頭比試，非比其他。這錠銀子當做獎勵。如果贏了，便把銀子拿去。」柴進心中只要林沖使出本事來，故意把銀子丟在地下。

洪教頭深怪林沖前來，又要爭這個大銀子，又怕輸了銳氣，把棒來盡心使了一個旗鼓，吐一個門戶，喚做把火燒天勢。林沖心想：「柴大官人心裡只要我贏他。」也橫著棒，使一個門戶，吐個勢，喚做撥草尋蛇勢。

洪教頭喝一聲：「來，來，來！」便使棒打來。林沖往後一退。洪教頭趕入一步，提起棒，又複一棒下來。林沖看他腳步已亂，把棒從地下一挑。洪教頭措手不及，就那一挑裡和身一轉，那棒直掃著洪教頭身上，撇了棒，撲地倒了。洪教頭哪裡能掙扎起來，眾莊客一頭笑著扶了。洪教頭羞慚滿面，投莊外去了。

柴進攜住林沖的手，再入後堂飲酒，叫將獎勵送給教師。柴進又置席面相待送行，又寫了兩封信，囑咐林沖：「滄州大尹和柴進要好，牢城管營、差撥，也和柴進有交情。可將這兩封信帶去，必然好好照看教頭。」又捧出二十五兩一錠大銀送給林沖，又把銀五兩送兩個公人，喝了一夜酒。

林沖依舊帶上枷，辭了柴進便行。快到中午，到了滄州城裡。到州衙裡下了公文，當廳引林沖參見了州官。大尹收了林沖，押了回文，一面判送牢城營內。牢城營內收管林沖，發在單身房裡聽候點視。

差撥過來問：「哪個是新來的配軍？」林沖見問，向前答應：「小人便是。」那差撥不見他拿錢出來，變了面皮，指著林沖便罵！把林沖罵得一佛出世，哪裡還敢抬頭應答。林沖等他發作過了，取出五兩銀子，賠著笑臉，說：「差撥哥哥，一點小意思，不要嫌少。」差撥看了，問：「你叫我送給管營和俺的都在裡面？」林沖說：「只是送給差撥哥哥；另有十兩銀子，就麻煩差撥哥哥送給管營。」

差撥見了，看著林沖笑著說：「林教頭，我也聽說過你的好名字。是個好男子！想必是高太尉陷害你了。雖然目下暫時受苦，久後必然發跡。據你的大名，這表人物，必不是等閒之人，久後必做大官！」

林沖笑著說：「總賴照顧。」差撥說：「你只管放心。」林沖又取出柴大官人的書信，說：「相煩老哥把這兩封信下一下。」差撥說：「有柴大官人的信，還煩惱做什麼？這一封信值一錠金子。我先去幫你下了這信。過一會兒管營來點你，要打一百殺威棒時，你便只說一路有病，還沒治好。我來幫你對付，要瞞生人的眼目。」差撥拿了銀子和信，離開了單身房，去了。林沖嘆了口氣，說：「『有錢可以通神』，這話一點不差！真有這般好用處！」

林沖從此在天王堂內安排宿食，每天只是燒香掃地。不覺光陰早過了四五十日。時遇隆冬將近，忽然有一天，林沖偶然出營閒走。路上，只聽得背後有人叫：「林教頭，如何卻在這裡？」回頭看時，認得是酒生兒李小二。當初在東京時，多得林沖看顧，後來偷了店主人家錢財，被捉住了，要送官司問罪，又是林沖幫助賠話，使他免送官司，又給了他一些錢財，才得以脫身。京中安不得身，又虧林沖給他錢物，沒想到今天卻在這裡撞見。

李小二拜道：「自從得恩人救濟，發送小人，到處投奔人沒有著落，來到滄州，投托了一個酒店主人，姓王，留小人在店中做過買賣。見小人勤謹，能安排好菜蔬，調和好汁水，來吃的人都喝采，買賣便順利，主人家有一個女兒，就招了小人做了女婿。如今丈人丈母都死了，只剩得小人夫妻兩個，在營前開了一個茶酒店，因討錢過來遇見恩人。」李小二就請林沖到家裡坐，叫妻子出來拜了恩人。當時管待林沖酒食，晚上才送回天王堂，第二天又來相請。因此，林沖在店小二家來往，時不時店小二送湯送水來營裡給林沖吃。

光陰迅速，卻早冬來。一天，李小二正在門前安排菜蔬，只見一個人閃了進來，在酒店裡坐下，隨後又有一人閃進來。看時，前面那個人是軍官打扮，後面這個走卒模樣。

第六回　林沖風雪山神廟　柴進相薦梁山泊

話說那人對李小二說：「麻煩你幫我去營裡請管營、差撥兩個前來說話。問時，你只說有個官人請說話，商議些事務。專等，專等。」李小二應承了，來到牢城，先請了差撥，又一同到管營家裡請了管營，都到酒店裡。只見那人說：「我自有手下燙酒，不叫，你不要過來。我們有話說。」

李小二答應了，來到門邊，把老婆叫過來，說：「大姐，這兩個人來得有點奇怪！」老婆問：「有什麼地方奇怪？」李小二說：「這兩個人說話帶有東京人口音。初時又不認得管營，後來我拿酒進去，只聽得差撥嘴裡吐出一句高太尉，這人來難道和林教頭有關？」又吃了半個時辰，算還了酒錢，管營、差撥，先去了。然後，那兩個人也低著頭去了。

沒多久，只見林沖走到店裡來，說：「小二哥，連日好買賣？」李小二慌忙請林沖到裡面坐下，說：「剛才有個東京來的可疑人，在我這裡請管營、差撥，喝了半天酒。差撥口裡吐出高太尉三個字，小二心下疑惑，只怕和恩人有關。」林沖問：「那人長得什麼模樣？」李小二說：「五短身材，白淨面皮，沒什麼髭鬚，大約有三十多歲。那跟來的也不長大，紫棠色面皮。」林沖聽了大驚，說：「這三十多歲的正是陸虞候！那潑賤賊敢來這裡害我！休要撞著我，叫他骨肉為泥！」

第六天，只見管營叫林沖到點視廳，說：「你來這裡有一段時間了，柴大官人的面子，沒能抬舉得你。這裡東門外十五里有一座大軍草料場，每月但是納草料的，有一些常例錢可取。原來是一個老軍看管。如今我抬舉你去替百老軍，你在那裡尋幾貫錢財。你可和差撥同去那裡交接手續。」

林沖到天王堂，取了包裹，帶了尖刀，拿了一柄花槍，和差撥一同辭了管營。兩個人取路投草料場來。正是嚴冬天氣，彤雲密布，朔風漸起。紛紛揚揚，捲下一天大雪。來到草料場外，看時，四周有些黃土牆，兩扇大門。推開看裡面時，七八間草屋當做倉廒，四下裡都是馬草堆，中間草廳。到那廳裡，只見老軍在裡面烤火。老軍拿了鑰匙，領著林沖，囑咐：「倉廒內有官府封記。這幾堆草，一堆堆都有數目。」老軍指著牆壁上掛的一個大葫蘆，說：「你要買酒時，出了草場投東大路去二三里便有市井。」老軍說完，和差撥一同回營裡去了。

林沖在床上放了包裹被臥，在床邊生些火。屋後有一堆柴炭，拿幾塊過來，放在地爐裡。仰面看那草屋時，四下裡崩壞了，又被朔風吹撼，搖搖晃晃。烤了一回火，仍覺得身上寒冷，尋思：「剛才老軍所說，二里路外有那市井，為何不去買些酒來？」便去包裹內取了一些碎銀子，用花槍挑了酒葫蘆，把火炭蓋了，取氈笠子戴在頭上，拿了鑰匙出來，把草廳門拽上。出了大門，把兩扇草場門反拽上鎖，帶了鑰匙，信步投東，一邊踏雪一邊冒著北風前行。

那雪正下得緊。走不到半里多路，看見一間古廟；又走了一回，望見一戶戶人家。林沖停住腳看時，見籬笆中，挑著一根草帚兒在露天裡。林沖直接到店裡去。店家切了一盤熟牛肉，燙了一壺熱酒，請林沖邊吃邊喝。林沖又買了一些牛肉，又喝了數杯酒，順便又買了一葫蘆酒，包了那兩塊牛肉，留下一些碎銀子，用花槍挑著酒葫蘆，懷內揣了牛肉，叫聲打擾，便出籬笆門，仍舊迎著朔風回來。看看那雪到晚越下得緊了。

再說林沖踏著那瑞雪，迎著北風，飛奔著來到草場門口，開了鎖進去看時，只叫得苦。原來天理昭然，佑護善人義士，因為這場大雪，救了林沖的性命：那兩間草廳已被雪壓倒了。林沖見天色黑了，尋思：「又沒打火的地方，怎麼安排？這半里路上有個古廟可以安身，我先去那裡住一夜，等到天明，卻做理會。」林沖用手在床上摸時，只拽得一條絮被，然後把被捲了，花槍挑著酒葫蘆，依舊把門拽上，鎖了，往那廟裡來。

入得廟門看時，殿上塑著一尊金甲山神，兩邊一個判官，一個小鬼，側邊堆著一堆紙。林沖將那條絮被放開，先取下氈笠子，把身上雪都抖了；把白布衫脫下來，早有五分溼了，和氈笠放在供桌上，把被子扯過來，蓋了下半身；卻把葫蘆裡的冷酒慢慢地喝，就著懷中牛肉下酒。正吃時，只聽得外面畢畢剝剝地爆響。林沖跳起來，在壁縫裡看時，只見草料場裡火起，刮刮雜雜地燒著。

當時林沖便拿了花槍，卻待開門來救火，只聽得外面有人說話，林沖就伏在門邊，聽到三個人的腳步響。三個人在廟簷下站住看著那場大火。其中一個說：「這一條計可好嗎？」一個應著說：「幸虧管營、差撥兩位用心！到了京師，稟過太尉，都保你二位做大官。這一番張教頭沒辦法推故了！」一個說：「林沖今天被我們對付了！高衙內這病必然好了！」又一個說：「張教頭那老傢伙！三四五次託人去說，『你的女婿歿了』。張教頭仍不肯應承，眼看著衙內病患得更重了，太尉特使俺兩個央求二位幹這件事，沒想到現在事情辦妥了！」又一個說：「小人一直爬到牆裡去，四下草堆上點了十來個火把，他還能跑到哪裡去！」聽得一個說：「就是逃得性命，燒了大軍草料場，也得個死罪！」又一個說：「我們回城裡去吧。」一個說：「再看一看，拾得他的兩塊骨頭回京，府裡見太尉和衙內時，也說我們會幹事。」

林沖聽那三個人時，一個是差撥，一個是陸虞候，一個是富安，自思：「天可憐見林沖！如果不是倒了草廳，我肯定被這幾個傢伙燒死了！」林沖挺著花槍，左手拽開廟門，大喝一聲：「潑賊哪裡去！」三個人都急要走時，驚得呆了，走不動，林沖舉手一槍，先搠倒差撥。陸虞候叫：「饒命！」嚇慌了，手腳走不動。那富安走不到十來步，被林沖趕上，後心上一槍，搠倒了。翻身回來，陸虞候卻才走出三四步，林沖喝道：「潑賊！你待哪裡去！」劈胸只一提，倒翻在雪地上，把槍搠在地裡，用腳踏住胸脯，身邊取出那口刀來，便把陸謙上身衣服扯開，用尖刀向心窩裡只一剜，七竅迸出血來，把心肝提在手裡，回頭看時，那差撥正爬起來要走，林沖按住，大喝：「你這傢伙原來這麼壞，吃我一刀！」早把頭割下來，挑在槍上。又來把富安、陸謙的頭都割下來，用尖刀插了，把三個人頭髮結做一處，提到廟裡，都擺在山神面前的供桌上。

林沖往東邊走了兩個時辰，身上穿的單薄，擋不過那冷，在雪地裡看時，離草料場遠了，只見前面疏林深處，樹木交雜，遠遠有數間草屋，被雪壓著，破壁縫裡透出火光。林沖奔到那草屋來，推開門，只見數人圍坐那中間燒著柴火。林沖走到面前，叫：「眾位拜揖：小人是牢城營差使人，被雪打溼了衣裳，想借這個火烘一烘，望給予方便。」莊客說：「你烘就是了，沒關係的。」

林沖烘著身上的溼衣服，等到略有些乾，只見火炭裡煨著一個甕兒，裡面透出酒香。林沖便說：「小人身邊有一些碎銀子，望麻煩給些酒喝。」老莊客說：「我們夜裡輪流看守米囤，如今是後半夜，天氣正冷，我們這幾個人喝還嫌不夠，哪能給你喝。不要指望！」林沖說：「你們好無道理！」把手中槍挑起一塊燃燒的木柴頭，丟到老莊家臉上；又用槍去火爐裡一攪。那老莊家的髭鬚燒著了。林沖槍桿亂打，老莊家先走了，莊客們都動彈不動，被林沖趕打一頓，都走了。土炕上有兩個椰瓢，取一個下來，傾那甕酒來喝了一會兒，剩下一半，提了槍，出門便走。一步高一步低，踉踉蹌蹌，走不過一里，被朔風一吹，在那山澗邊倒了下來，哪裡還掙扎得起。當時林沖醉倒在雪地上。

卻說眾莊客領來二十多人，拖槍拽棒，都奔草屋下看時，不見了林沖；沿著蹤跡趕來，只見林沖倒在雪地上，花槍丟在一邊。眾莊客一齊上手，拿住林沖，一條索子縛了，趁天色微亮，把林沖押到一個莊院裡，眾人把林沖高吊在門樓下。看看天色越來越亮，只見一個莊客來叫：「大官人來了。」

那官人向前來看時，認得是林沖，慌忙喝退莊客，親自解下，問：「教頭為什麼被吊在這裡？」林沖看時，不是別人，卻是小旋風柴進！林沖跟柴進到裡面坐下，把這火燒草料場一事詳細告訴。柴進聽了，說：「兄長如此多難！今天天假其便，請放下心。這裡是小弟的東莊。先住一段時間，然後再商量。」

且說滄州牢城營裡管營首告林沖殺死差撥、陸虞候、富安等三人，放火燒了大軍草料場。州尹大驚，隨即押了公文帖，派出緝捕人員，沿鄉歷邑，道店村坊，畫影圖形，出三千貫信賞錢，捉拿正犯林沖。

柴進回莊，林沖便說：「不是大官人不留小弟，只是官司追捕太緊，排家搜捉，如果找到大官人莊上，負累大官人不好。既然蒙大官人仗義疏財，還求借林沖一點錢財，投奔其他地方安身。異日不死，當效犬馬之報。」柴進便說：「山東濟州管下有一個水鄉，地名梁山泊，方圓八百多里，中間是宛子城、蓼兒窪。如今有三個好漢在那裡紮寨：為頭的叫做白衣秀士王倫，第二個叫做摸著天杜遷，第三個叫做雲裡金剛宋萬。那三個好漢聚集著七八百小嘍囉打家劫舍。多有做下彌天大罪的人投奔前去躲災避難，他都予以收留。三位好漢和我也有交情，經常寄信來。我今天寫一封信給兄長，兄長投到那裡入夥，如何？」林沖說：「若得如此照顧，最好。」

且說林沖和柴大官人分別後，上路走了十多天，時遇暮冬天氣，紛紛揚揚下著滿天大雪。林沖踏著雪只顧走，看看天色漸漸晚了，遠遠望見枕溪靠湖有一個酒店，被雪漫漫地壓著。林沖奔入那酒店裡，喝了三四碗酒，只見店裡一個人背叉著手，走出來門前看雪。林沖說：「酒保，你也來喝碗酒。」酒保喝了一碗，林沖問：「這裡距梁山泊還有多遠？」酒保回答：「這裡要去梁山泊雖然只有數里，卻都是水路。如果要去，必須坐船，才能到那裡。」

林沖說：「你幫我找隻船。」酒保說：「這般大雪，天色又晚了，哪裡去找船隻。」林沖尋思：「這般卻怎麼是好？」又喝了幾碗酒，悶上心來，討得筆墨，乘著一時酒興，在那白粉壁上寫下八句：「仗義是林沖，為人最樸忠。江湖馳聞望，慷慨聚英雄。身世悲浮梗，功名類轉蓬。他年若得志，威鎮泰山東！」撇下筆再取酒來。

正飲著，只見在門外看雪的漢子向前把林沖劈腰揪住，說：「你好大膽！你在滄州做下彌天大罪，卻在這裡！現在官司出三千貫信賞錢捉你，你說怎麼辦吧？」林沖問：「你要拿我？」那漢笑著說：「我拿你做什麼！」便邀請到後面一個水亭上，叫酒保點起燈，向林沖施禮，對面坐下。那漢子問：「剛才見兄長只顧問梁山泊，要尋船，那裡是強人山寨，你要去做什麼？」

林沖說：「實不相瞞，如今官司追捕緊急，小人無安身處，特來投這山寨好漢入夥。」聽得林沖說有柴進引見，那漢子便說：「王倫當初不得第時，和杜遷投奔柴進，多得柴進留在莊子上住了幾時，臨起身又給銀兩，因此有恩。今天有柴進書信在此，定要安排你上山。」林沖聽了，便拜：「有眼不識泰山！願求大名。」

此人說：「小人是王頭領手下耳目，姓朱，名貴。原是沂州沂水縣人。江湖上都叫小弟旱地忽律。山寨裡叫小弟在這裡以開酒店為名，專門探聽往來客商經過的情報。只要有財帛可圖，便去山寨裡報知。孤單客人到這裡，沒有財帛的便放過去；有財帛的，輕則蒙汗藥麻翻，重則馬上結果性命。剛才見兄長只顧問梁山泊，因此不敢下手。以後見寫出大名來，曾經有東京來的人傳說兄長豪傑，沒想到今日得會。既然有柴大官人書信相薦，也是兄長名震寰海，王頭領必然重用。」

睡到淩晨時分，朱貴起來叫起林沖，到水亭上取出一張鵲畫弓，搭上一枝響箭，朝著對面敗蘆折葦裡面射過去。沒多久，只見對過蘆葦泊裡，有三四個小嘍囉搖著一隻快船過來，到水亭下。朱貴領著林沖，取了刀杖行李下船。二人進得關來，兩邊夾道旁擺著隊伍旗號；又過了兩座關隘，方才到達寨門口。林沖看見四面高山，三關雄壯，團團圍定；中間裡鏡面也似一片平地，有三五百丈；靠著山口才是正門，兩邊都是耳房。

朱貴領著林沖來到聚義廳，中間交椅上坐著一個首領，正是白衣秀士王倫，左邊交椅上坐著摸著天杜遷，右邊交椅坐著雲裡金剛宋萬。林沖把柴進的引薦信從懷中取出遞上。王倫接來拆開看了，便請林沖坐第四位交椅，朱貴坐了第五位。一面叫小嘍囉取酒，把了三巡，然後問：「柴大官人近日無恙？」林沖回答：「每天只在郊外獵校樂情。」

王倫詢問了一回，驀然尋思：「我是個不及第的秀才，因生鳥氣同杜遷來這裡落草，然後宋萬來，聚集了這許多人馬伴當。我又沒十分本事，杜遷、宋萬武藝也很平常。如今如果有了這個人，他是京師禁軍教頭，必然是好武藝。如果被他識破我們手段，他定要占強，我們如何迎敵？不如推卻事故，發付他下山去便了，免致後患。只是柴進面子上不好看。如今也顧不了那許多了！」重新叫小嘍囉安排酒席，請林沖赴席。

第七回　青面獸汴京賣刀　急先鋒東郭爭功

話說臨近席終，王倫叫小嘍囉用一個盤子托出五十兩白銀，兩匹絹絲。王倫起身說：「大官人舉薦教頭來敝寨入夥，無奈小寨糧食缺少，屋宇不整，人力寡薄，恐怕日後誤了足下，也不好看。這裡有些薄禮，望乞笑留。尋個大寨安身，切勿見怪。」朱貴、杜遷、宋萬都為林沖求情。

王倫便說：「既然如此，你如果真心入夥，拿一個投名狀來。」林沖便說：「小人認識幾個字，請拿來紙筆便寫。」朱貴笑著說：「教頭，你搞錯了。但凡好漢入夥，要納投名狀，是叫你下山去殺一個人，把頭獻納，他便無疑心。這個便稱為投名狀。」林沖說：「這事也不難，林沖便下山去等。只怕沒有人過。」王倫說：「給你三天期限。如果三天內有投名狀來，便容你入夥；如果三天內沒時，只得休怪。」林沖應承了。

林沖第二天一早起來，吃了點飯，帶了腰刀，提了朴刀，叫一個小嘍囉領路下山；坐船渡過去，在僻靜小路上等候客人過往。從朝到暮，等了一天，並無一個孤單客人經過。林沖悶悶不已，和小嘍囉再渡過水來，回到山寨中。

王倫問：「投名狀在哪裡？」林沖回答：「今天並沒有一個人經過，所以沒有取得。」王倫說：「你明天如果還沒有投名狀，也難在這裡了。」林沖再不敢答應，心裡自己不樂，來到房中討了些飯吃了，歇了一夜。天亮時，起來，和小嘍囉吃了早飯，拿了朴刀又下了山。小嘍囉說：「俺們今天往南山路上去等。」兩個過渡，來到林子裡等候，仍不見一個客人經過。等到中午，有一夥客人，大約有三百多人，結隊而過，林沖不敢動手，眼看著他們過去。又等了一歇，看看天色晚了，又不見一個客人經過。林沖對小嘍囉說：「我真是運氣背！等了兩天，不見一個孤單客人經過，如何是好？」小嘍囉說：「哥哥先寬心，明天還有一天期限，我和哥哥去東山路上等候。」

過了一夜，天明起來，討飯食吃了，挎了腰刀，提了朴刀，又和小嘍囉下山過渡往東山路上來。林沖說：「我今天如果還取不到投名狀時，只得去別的地方安身立命了！」兩個人來到山下東路林子裡潛伏等候。看看日頭中了，又沒一個人來。

時遇殘雪初晴，日色明朗。林沖提著朴刀，對小嘍囉說：「眼見得又不行了！不如趁天色未晚，回去取了行李，只得到別處去！」小嘍囉用手一指，說：「好了！那裡不是有一個人來了？」林沖看時，叫聲：「慚愧！」

只見那個人遠遠地在山坡下走來。待他來得較近，林沖把朴刀桿剪了一下，跳了出來。那漢子見了林沖，叫：「啊也！」撇了擔子，轉身便走。林沖趕上去，哪裡趕得上，那漢子閃過山坡去了。林沖說：「你看我命苦嗎？來了三天，等得一個人，又讓他跑了！」小嘍囉說：「雖然沒有殺得人，這一擔財帛也可以充數。」林沖說：「你先挑到山上去，我再等一等。」

小嘍囉先把擔兒挑出林子，只見山坡下轉出一個大漢。那人挺著朴刀，大叫如雷，喝道：「潑賊！殺不盡的強徒！想把俺的行李拿到哪裡去！俺正要捉你們這夥強徒，倒來拔虎鬚！」飛跑著沖了過來。林沖見他來得勢猛，也前來迎他。林沖一看，只見那漢子面皮上老大一搭青記，挺著手中朴刀，高聲大喝：「你那潑賊！把俺的行李財帛弄到哪裡去了？」林沖正沒好氣，哪裡答應，圓睜怪眼，倒豎虎鬚，挺著朴刀，鬥那個大漢。一往一來，鬥到三十來個回合，不分勝敗，兩個接著又鬥了十多個回合。

正鬥到分際，只見山高處有人叫：「兩位好漢，不要鬥了。」兩個人收住手中朴刀，看那山頂上，卻是白衣秀士王倫和杜遷、宋萬，還有許多小嘍囉。王倫說：「兩位好漢，使得好兩口朴刀！神出鬼沒！這個是俺的兄弟豹子頭林沖。青面漢，你是誰？願通姓名。」

那漢子說：「俺是三代將門之後，五侯楊令公之孫，姓楊名志。流落在關西。年紀小時曾經應過武舉，做到殿司制使官。道君因蓋萬歲山，派一班十個制使去太湖邊搬運花石綱赴京交納。沒想到俺時乖運蹇，押著那花石綱來到黃河裡，被風打翻了船，失陷了花石綱，不能回京，逃到他處避難。如今赦了俺們罪犯。俺今來收的這一擔錢物，待回東京樞密院使用，再理會本身的差事。打從這裡經過，雇請莊家挑那擔子，沒想到被你們奪了。請把擔子還給俺，如何？」

王倫說：「你是不是外號叫青面獸的那個人？」楊志說：「俺便是。」王倫說：「既然是楊制使，就請到山寨，喝三杯水酒，然後納還行李，如何？」楊志聽說了，只得跟了王倫一行人過了河，上了山寨。

酒至數杯，王倫心想：「若留林沖，顯得我們不濟，不如我做個人情，一併留下楊志，跟他做敵。」王倫請求楊志入夥。楊志答道：「重蒙眾頭領帶攜，只是俺有個親眷，現在東京居住。前者官事連累了他，沒能酬謝他，今日想要往那裡走一遭，望眾頭領還了俺的行李。如不肯還，楊志空手也去了。」王倫見挽留不住，只得第二天一早，置酒為楊志送行。

王倫自此才肯叫林沖坐了第四位，朱貴坐第五位。

* * *

只說楊志取路，來到東京，入城來，找了一個客店安歇。過了數日，便央求人來樞密院打點，用那擔金銀物買上告下，還要補殿司府制使職役。把許多東西都使盡了，這才得申文書，去見殿帥高太尉，卻又被高俅趕出殿帥府來。

在客店裡又住了幾天，盤纏使盡了。楊志尋思：「這可怎麼好？只有祖上留下的這口寶刀，從來跟著俺，如今事急無措，只得拿到街上賣掉，弄千百貫錢鈔，好做生活費，往其他地方安身。」當天把寶刀插了草標，上街去賣。到了晌午時分，轉到天漢州橋熱鬧處。

楊志還沒在這裡站多久，只見兩邊的人都跑到河下巷內。楊志看時，只見人們都在亂攛，邊跑邊說：「快躲！大蟲來了！」楊志說：「作怪！這麼一片錦城池，哪裡有大蟲來？」當時站住腳看時，只見遠遠地黑凜凜一個大漢，喝得半醉，一步一顛撞上前來。楊志看那人時，卻是京師有名的破落戶無賴，叫做「沒毛大蟲牛二」，專門在街上撒潑、行兇、撞鬧，連著為了幾頭官司，開封府也拿他沒有好主意。所以，滿城人見到他來都躲了。

卻說牛二跑到楊志面前，從楊志手裡把那口寶刀扯過去，問：「漢子，你這刀要賣幾個錢？」楊志說：「祖上留下的寶刀，要賣三千貫。」牛二喝道：「什麼鳥刀！要賣這麼多錢！我三十文買一把，也能切得肉，切得豆腐！你的鳥刀有什麼好處，叫做寶刀？」楊志說：「俺的刀須不是店上賣的白鐵刀。這是寶刀。」牛二問：「怎麼叫做寶刀？」楊志說：「第一件，砍銅剁鐵，刀口不捲；第二件，吹毛得過；第三件，殺人刀上沒血。」牛二問：「你敢剁銅錢嗎？」楊志說：「你拿來，剁給你看。」

牛二便去州橋下香椒鋪裡拿了二十文銅錢，一垛兒放在州橋欄杆上，叫楊志：「漢子，你若剁得開時，我給你三千貫！」那時看的人雖然不敢近前，都遠遠地圍住觀望。楊志說：「這有什麼難事！」把衣袖捲起，拿刀在手，看著校準，只一刀把銅錢剁做兩半。眾人喝采。

牛二說：「喝什麼鳥采！你說第二件是什麼？」楊志說：「吹毛得過。如果把幾根頭髮，往刀口上只一吹，齊齊都斷。」牛二說：「我不信！」自己從頭上拔下一把頭髮，遞給楊志：「你吹給我看。」楊志左手接過頭髮，照著刀口上盡氣力一吹，那頭髮都做兩段，紛紛飄下。眾人喝采。看的人更多了。

牛二又問：「第三件是什麼？」楊志說：「殺人刀上沒血。」牛二問：「怎麼殺人刀上沒血？」楊志說：「把人一刀砍了，刀上沒有血痕。只是因為刀快。」牛二說：「我不信！你用刀來剁一個人給我看。」楊志說：「禁城之中，如何敢殺人？你不信時，取一隻狗來殺給你看。」牛二說：「你說殺人，沒說殺狗！」楊志說：「你不買就算了！一直纏人做什麼？」牛二說：「你拿來給我看！」楊志說：「你只顧糾纏！俺又不是你想撩撥就撩撥的！」

牛二說：「你敢殺我！」楊志說：「我和你往日無冤，近日無仇，一物不成，兩物現在，沒緣由殺你做什麼。」牛二揪住楊志，說：「我偏偏要買你這口刀！」楊志說：「你要買，拿錢來！」牛二說：「我沒錢！」楊志說：「你沒錢，揪住俺做什麼？」牛二說：「我要你這口刀！」楊志說：「我不給你！」牛二說：「你若是好男子，剁我一刀！」

楊志大怒，把牛二推了一跤。牛二爬起來，鑽到楊志懷裡撒潑。楊志叫道：「街坊鄰舍都是證見！楊志無錢，賣這口刀，這個無賴強奪俺的刀，又把俺打！」街坊人都怕這牛二，誰敢向前來勸。牛二揮起右手，一拳打來。楊志躲過，拿著刀上來，一時性起，往牛二嗓根上只一刺，撲地倒了。楊志趕上去，把牛二胸脯上又連刺了兩刀，血流滿地，死在地上。

那楊志便直接到開封府自首。當時正值府尹坐衙。天漢州橋下眾人因為是楊志除了街上害人之物，都湊些銀兩給他送飯，又替他上下使用。推司也看他是個有名的好漢，又為東京街上除了一害，牛二家又沒苦主，所以把款狀都改輕了，三推六問，只招做「一時鬥毆殺傷，誤傷人命」。等六十天限滿，當廳推司稟過府尹，把楊志帶到廳前，除了長枷，斷了二十脊杖，喚個文墨匠人面上刺了兩行金印，疊配北京大名府留守司充軍。

原來北京大名府留守司，上馬管軍，下馬管民，最有權勢。那留守叫做梁中書，諱世傑，是東京當朝太師蔡京的女婿。

開封府公人解楊志到大名府留守司廳前，呈上公文。梁中書看了。原來在東京時也曾經認得楊志。見了，備問情由。梁中書聽得大喜，當廳就開了枷，留在廳前聽用。

以後，梁中書見他勤謹，有心要抬舉他，想要遷他做個軍中副牌，月支一分請受，只恐眾人不服，因此，傳下號令，叫軍政司告示大小諸將人員來日出東郭門教場中演武試藝。

時當二月中旬，正值風和日暖。

梁中書吃過早飯，帶領楊志上馬，前遮後擁，往東郭門來。到得教場中，左右兩邊齊齊地排著兩行官員：指揮使、團練使、正制使、統領使、牙將、校尉、正牌軍、副牌軍。前後周圍惡狠狠地列著百員將校。正將臺上立著兩個都監：一個喚做李天王李成，一個喚做聞大刀聞達。二人都有萬夫不當之勇，統領著許多軍馬，一齊朝梁中書呼了三聲喏。

梁中書傳下令來，叫副牌軍周謹向前聽令，說：「令副牌軍施逞本身武藝。」周謹得了將令，持槍上馬，在演武廳前，左盤右旋，右旋左盤，把手中槍使了幾路。眾人喝采。梁中書說：「叫東京撥來的軍健楊志。」楊志轉到廳前，唱個大喏。梁中書說：「楊志，我知道你原來是東京殿司府制使軍官，犯罪配來這裡。即日盜賊猖狂，國家用人之際。你敢和周謹比試武藝高低嗎？如果贏得，便遷你充他的職役。」梁中書叫取一匹戰馬，讓甲仗庫隨行官吏應付軍器，叫楊志披掛上馬，和周謹比試。

當時周謹、楊志在演武廳後去了槍尖，都用氈片包了，縛成骨朵，身上各換了皂衫，各用槍在石灰桶裡蘸了石灰，再各自上馬，出到陣前。那周謹躍馬挺槍，直取楊志；這楊志也拍戰馬，撚手中槍，來戰周謹。兩個鬥了四五十回合，看那周謹時，恰似打翻了豆腐，衣上斑斑點點，大約有三四十處；看楊志時，只有左肩胛下一點白。

梁中書大喜，叫周謹上廳，看了白跡，說：「前官參你做個軍中副牌，量你這般武藝，如何南征北討？怎麼能做得正請受的副牌？楊志可替此人職役。」

不想階下左邊轉上一個人，叫：「休要替職！我和你比試！」梁中書看時，不是別人，卻是大名府留守司正牌軍索超。他性子急，撮鹽入火，為國家面上只要爭氣，當先廝殺。所以人們都叫他急先鋒。梁中書聽了，心想：「我指望一力要抬舉楊志，眾將不服，等他贏了索超，他們也死而無怨，卻無話說。」月臺上傳下將令，早把紅旗招動，兩邊金鼓齊鳴。

索超憤怒，掄手中大斧，拍馬來戰楊志；楊志逞威，捻手中神槍來迎索超。二將相交，各賭平生本事。一來一往，一去一回；四條臂縱橫，八隻馬蹄撩亂。兩個鬥到五十多個回合，不分勝敗，將臺上梁中書看得呆了。兩邊眾軍官看了，喝采不止。陣前上軍士們你看看我，我看看你，都說：「我們做了許多年兵士，也曾經出了幾次征戰，什麼時候見過這樣一對好漢的廝殺啊！」

李成、聞達在將臺上不住聲叫：「好鬥！」聞達心裡只怕兩個中傷了一個，慌忙招呼旗牌官，拿著令字旗，分開了。楊志、索超，這才收了手中軍器，下馬，各跑回本陣，立馬在旗下看那梁中書，只等將令。李成、聞達，下將臺，直到月臺下，稟覆梁中書：「相公，都可重用。」

梁中書大喜，叫取兩錠白銀賞賜二人，入班做了提轄。自東郭演武之後，梁中書十分愛惜楊志，早晚和他不相離，月中又有一分請受，漸漸地有人來結識他。那索超見了楊志手段高強，心中也自欽服。

不覺光陰迅速，又早春盡夏來。時逢端午，梁中書和蔡夫人在後堂舉行家宴，慶賀端陽。蔡夫人問：「相公想給我父親生辰做些什麼？」梁中書說：「下官記得泰山是六月十五日生辰。已經安排人用十萬貫收買金珠寶貝，送上京師慶壽。一月之前，幹人都去了，現如今有九分齊備。數日之間，也就能打點妥當，差人起程。只是有一件令我躊躇：上年收買了許多玩器和金珠寶貝，使人送去，不到半路，都被賊人劫了，枉費了心思，至今嚴捕賊人不獲，今年叫誰去送才好？」

第八回　吳學究勸三阮入夥　公孫勝應七星聚義

話說蔡夫人對梁中書說：「帳前有許多軍校，你選擇心腹人去就是了。」梁中書點頭稱是。

話分兩頭。卻說山東濟州鄆城縣新到任一個知縣，姓時，名文彬。當日升廳，左右兩邊排著公吏。知縣隨即喚尉司捕盜官員和兩個巡捕都頭來見。這馬兵都頭姓朱，名仝，關雲長模樣，滿縣人都稱他美髯公。原是本地富戶，只因為他仗義疏財，專好結識江湖上好漢，學得一身好武藝。那步兵都頭姓雷，名橫，身長七尺五寸，膂力過人，能跳二三丈闊澗，滿縣人都稱他插翅虎。原是本縣打鐵匠人出身，後來殺牛放賭，雖然仗義，只有些心地褊窄。也學得一身好武藝。

當天，知縣呼喚兩個上廳，說：「我自從到任後，聽說本府濟州管下所屬水鄉梁山泊賊盜，聚眾打劫，抗拒官軍。也恐各鄉村盜賊猖狂。今天召喚你們兩個，不要怕辛苦，給我帶著本管士兵，一個出西門，一個出東門，分別進行巡捕。如果有賊人，馬上剿獲解來。不可以打擾鄉民。我知道東溪村山上有一株大紅葉樹，別處都沒有，你們眾人採幾片來縣裡呈納，以表明你們曾經巡邏到那裡。如果沒有紅葉，便是你們弄虛作假，定行責罰。」

只說雷橫當晚領著二十個士兵出了東門繞村巡察，遍地裡走了一遭，回來後到東溪村山上，眾人採了那紅葉，下村來。走不到二三里，早到了靈官廟前，見殿門不關。雷橫說：「這殿裡又沒有廟祝，殿門不關，難道有壞人在裡面嗎？我們進去看一看。」眾人拿著火把一齊進入。只見供桌上赤條條地睡著一個大漢。天熱，那漢子把一些破衣裳團做一塊做枕頭枕在頭下，睡在供桌上。

雷橫看了，說：「好怪！好怪！知縣相公忒神明！原來這東溪村真有個賊！」那漢子卻待要掙扎，被二十個士兵一齊向前，把那漢子用一條索子綁了，押出廟門。雷橫說：「我們先押這傢伙到晁保正莊上，討些點心吃，然後解到縣裡審問。」一行眾人奔向保正莊。

原來那東溪村保正姓晁，名蓋，是本縣本鄉富戶，平生仗義疏財，專愛結識天下好漢，只要有人來投奔他，不論好壞，都留在莊上住；如果要去時，又將銀兩資助他起身；平時最愛刺槍使棒。

且說晁蓋叫置酒給眾人，莊客請眾人，都帶到廊下客位裡管待，大盤肉，大碗酒。晁蓋一邊相待雷橫飲酒，一邊肚裡尋思：「村中有什麼小賊讓他拿了？我先去看看是誰。」陪喝了五六杯酒，便叫家裡一個主管出來，「陪著都頭坐一坐，我去淨個手便來。」

晁蓋去裡面拿了個燈籠，來到門樓下，士兵沒一個在外面。晁蓋推開門一看，只見高高吊起那漢子在裡面。晁蓋用燈照那人臉，紫黑闊臉，鬢邊一搭朱砂記，上面生著一片黑黃毛。晁蓋便問：「漢子，你是哪裡人？我村中沒有見過你。」那漢子說：「小人是遠鄉客人，來這裡投奔一個人，卻把我拿來做賊。我自有分辯的地方。」晁蓋問：「你來我這村中投奔誰？」那漢子說：「他叫晁保正。」晁蓋問：「你找他有什麼事情？」那漢子說：「他是天下聞名的義士好漢，如今我有一套富貴，要向他說知，因此前來。」

晁蓋說：「你先別說了，我便是晁保正。要我教你，你只認我做娘舅。過一會兒我送雷都頭出來，你便叫我阿舅，我認你做外甥。便說四五歲時離開了這裡，今天前來尋阿舅。因此不認得。」那漢子說：「如果能如此救護，深感厚恩。請義士多多照顧！」

當時晁蓋提了燈籠出房，仍舊把門拽上，急忙到後廳來見雷橫，說：「甚是慢客。」兩個人又喝了數杯酒，只見窗子外已經射入天光。雷橫說：「東方動了，小人告退，好去縣中畫卯。」兩個人一同走出來，那夥士兵都吃了酒食，吃飽了，各自拿了槍棒，便去門房裡解下那漢子，背剪縛著，帶出門外。晁蓋見了，說：「好一條大漢！」

話音未落，只見那漢子叫了一聲：「阿舅！救我！」晁蓋假意看他一看，喝問：「這傢伙不是王小三嗎？」那漢子說：「我就是。阿舅救我！」眾人吃了一驚。

雷橫便問晁蓋：「這個人是誰？怎麼會認得保正？」晁蓋說：「他是我的外甥王小三。他怎麼會在廟裡安歇？是家姐的孩子，從小在這裡生活，四五歲時跟隨家姐夫和家姐上南京去住，一去就是十幾年。他還是十四五歲時來過一次，跟著一個本京客人來這裡，以後再也沒有見過面。聽得人說這傢伙不成器，如何卻在這裡！我本也認不出他，只因為他的鬢邊有這一搭朱砂記，因此記得。」

雷橫便說：「保正休怪，早知是令甥，也不會如此。小人們回去了。」晁蓋便送雷橫十兩銀子，雷橫推卻，晁蓋執意給了雷橫。雷橫率士兵走後，晁蓋便問那漢子姓啥名誰，哪裡人。

那漢子說：「小人姓劉，名唐，祖貫東潞州人。因為這鬢邊有這搭朱砂記，人們都叫小人赤髮鬼。今天特地送一套富貴給保正哥哥，小弟打聽到北京大名府梁中書收買十萬貫金珠寶貝玩器等物要送上東京給他丈人蔡太師慶生辰。去年也曾經送十萬貫金珠寶貝，半路裡不知被誰人打劫了，至今也沒找到下落。今年又收買了十萬金珠寶貝，早晚就要安排起程，要趕這六月十五日生辰。小弟想這一套是不義之財，取之何礙？商議商議，半路上取了多好。天理知之，也不怪罪，聽說哥哥大名，是個真男子，武藝過人。小弟不才，也學得本事。倘蒙哥哥不棄，情願相助一臂之力。不知哥哥心裡怎麼想？」

晁蓋說：「壯哉！容再商量，你既然來到這裡，想必你吃了許多苦，你先去客房休息。等我從長商議，來日說話。」

且說劉唐在房裡尋思：「無緣無故地遇到被抓這樣的事，多虧晁蓋，解脫了這件事。可恨雷橫那傢伙說我做賊，把我吊了這一夜！想想那傢伙還沒去太遠，我不如拿條棒子趕上去，打倒那傢伙，奪回銀子送還晁蓋，也出出這一口惡氣！」劉唐便出房門，在槍架上拿了一把朴刀，出了莊門，大踏步往南趕。天色已明，早見到雷橫領著士兵，慢慢地走著。劉唐趕上來，大喝一聲：「那個都頭不要走！」捻著朴刀，直奔雷橫。雷橫見劉唐趕上，挺著手中朴刀來迎。兩個人在大路上鬥了五十多個回合，不分勝敗。

眾士兵見雷橫贏不得劉唐，正要一齊上前，只見一邊籬門，有一個人掣著兩條銅鏈，叫：「你們兩個好漢先不要鬥，先歇一歇。我有話說。」兩個人都收住了朴刀，跳出圈子外，站住。看那個人時，秀才打扮，這人是智多星吳用，表字學究，道號加亮先生，祖貫本鄉人氏。吳用正在勸著，這時，只見眾士兵說：「保正來了！」

劉唐回身看時，只見晁蓋披著衣裳，前襟攤開，從大路上趕來，大喝：「畜生！不得無禮！」那吳用大笑，說：「還得保正親自來，方才勸得這場鬧。」

雷橫走後，吳用隨晁蓋到晁家莊，對晁蓋說：「不是保正親自來，幾乎鬧出一場大事，這個令甥武藝非凡！小生在籬笆裡看了，這個有名慣使朴刀的雷都頭也敵不過他，只是架隔遮攔，如果再鬥上幾個回合，雷橫必然性命有失。因此，小生慌忙出來。這個令甥卻是從哪裡來的？莊上沒有見過。」晁蓋便把劉唐的來意說了。

吳用笑著說：「小生見劉兄趕來蹺蹊，也猜出七八分了。這一事卻好。只是有一件：人多做不得，人少又做不得。宅上有許多莊客，一個也用不得。如今只有保正、劉兄、小生三人，這件事如何辦？便是保正和劉兄十分了得，也擔負不了。這件事，需要七八個好漢才可以，多了也無用。」當時吳學究接著說：「我尋思，有三個人義膽包身，武藝出眾，敢於赴湯蹈火，同死同生。這三人是弟兄三個，在濟州梁山泊邊石碣村住，打魚為生，也曾經在泊子裡做些私商買賣。本身姓阮，弟兄三人：一個叫立地太歲阮小二，一個叫短命二郎阮小五，一個叫活閻羅阮小七。小生以前在那裡住了幾年，和他們相交，他們雖然是不通文墨的人，但和人結交，最有義氣，是好男子，因此和他們來往。已經有兩年沒有相見了。如果得到這三人的幫助，大事必成。」

晁蓋說：「我也曾經聽說這阮家三弟兄的名字，只是沒有見過。石碣村離這裡只有百十里，使人請他們來商議好不好？」吳用說：「使人去請他們，他們如何肯來。小生必須親自去那裡，憑著三寸不爛之舌，說服他們入夥。」

且說吳學究來到石碣村，見到阮小二、阮小五、阮小七，一同來到酒店喝酒。將來意說明，事情一拍即合。阮小二說：「晁保正敢做這件私商買賣，有心要帶挈我們？真的有這樣的事，我們三個願以殘酒為誓，如果不一心一意去做，叫我們都遭橫事，惡病臨身，死於非命！」阮小五和阮小七把手拍著脖子，說：「這腔熱血只賣給識貨的！」當夜過了一宿。第二天一早起來，吃了早飯，阮家三兄弟安排好家事，跟著吳學究，四個人離開石碣村，往東溪村來。晁蓋和劉唐在那裡等，大家都見了面。

且說六個好漢正在堂後飲酒，聽得外邊有個先生求見晁蓋。晁蓋請那先生到後堂吃茶。那先生直言相告：「貧道複姓公孫，單諱一個勝字，道號一清先生。貧道是薊州人，自幼在鄉中好習槍棒，學成武藝多般，又學得一家道術，能呼風喚雨，駕霧騰雲，江湖上都稱貧道入雲龍。貧道久聞鄆城縣東溪村晁保正大名，無緣拜識。今有十萬貫金珠寶貝，專門送給保正做進見之禮。不知義士肯不肯接受？」

正說著，只見一個人從閣子外闖進來，揪住公孫勝，說：「好呀！明有王法，暗有神靈，你們如何商量這樣的勾當！我聽得多時了！」嚇得公孫勝面如土色。原來那人卻是智多星吳學究。

三個人到了裡面，和劉唐、三阮，都相見了。然後聚義飲酒，重整杯盤，再備酒肴。公孫勝說：「貧道已經打聽他們來的路數了，只是從黃泥崗大路上來。」晁蓋說：「黃泥崗東十里路，地名安樂村，有一個閒漢叫白日鼠白勝，也曾經來投奔我，我曾經資助他。」吳用便說：「自有用到他的地方。」

卻說北京大名府梁中書，收買了十萬貫慶賀生辰禮物，複叫楊志上廳，說：「你替我送生辰綱去，我自然會抬舉你。」楊志說：「如果依小人說時，我便去。把禮物都裝成十多條擔子，扮做客人的樣子，派十個壯健的廂禁軍，裝做腳夫，挑著擔子。只需要一個人和小人去，打扮成客人，悄悄連夜上東京交付，這樣方好。」

梁中書便說：「夫人也有一擔禮物，另外送給府中寶眷，也要你領去。怕你不知頭路，特地再安排老都管和兩個虞候一同去。他們三個都聽你的提調。」

臨行，老都管和兩個虞候前來聽命。禮物共十一擔，安排了十一個壯健的廂禁軍，腳夫打扮。楊志戴上涼笠，穿著青紗衫子，繫了纏帶行履麻鞋，挎著一口腰刀，提著一條朴刀。老都管也打扮成客人的模樣，兩個虞候假裝做伴當。

此時正是五月半天氣，雖然晴明得好，只是酷熱難行。這一行人要取六月十五日生辰，只得上路。自從離開北京五六日，只是趁著早涼便行，日中熱時便歇。以後，路上人家漸少，一站站又都是山路。楊志便要白天熱時起身，天晚涼時便歇。

那十一個廂禁軍，擔子又重，天氣熱了，走不動，見著林子便要去休息。楊志催促著要行，如果停住，輕則痛罵，重則藤條鞭打，逼趕要行。兩個虞候雖然只背著一些包裹行李，也氣喘吁吁，跟不上。這樣走了十四五天，那十四個人沒有一個不抱怨楊志。

當天在客店裡慢慢地打火吃了早飯上路，正是六月初四時節，沒到晌午，一輪紅日當天，天空沒有半點雲彩，十分大熱。當天走的路都是山僻崎嶇小徑，大約走了二十多里，那軍人們思量去柳樹蔭下歇涼，被楊志拿著藤條打過來，喝道：「快走！誰叫你們早歇！」眾軍人看那天空時，四下裡沒有半點雲彩，熱不可耐。楊志喝著軍漢，說：「快走！過了前面崗子，再休息。」

正走著，前面迎著那土崗子。一行十五人奔向土崗子，歇下擔子，十四人都去松林樹下睡倒。楊志說：「苦啊！這裡是什麼地方，你們卻在這裡歇涼！起來快走！「眾軍漢一齊叫起來。其中一個分辯說：「提轄，我們挑著百十斤擔子，比不得你空手走著。你真的不把人當人！便是留守相公親自來監押，也會容得我們說上一句。你好不知疼癢！只顧逞辯！」楊志大罵：「這畜生不嘔死俺！打你就是了！」拿起藤條，劈頭又打過去。

正在此時，對面松林裡閃出一個人，在那裡探頭探腦。楊志撇下藤條，拿了朴刀，趕到松林裡，大喝一聲：「你這傢伙好大膽！怎麼敢來看俺的行貨！」趕來看時，只見松林裡一字兒擺著七輛江州車子；六個人，脫得赤條條，在那裡乘涼；一個鬢邊老大一搭朱砂記，拿著一條朴刀。見楊志趕來，七個人齊叫一聲：「啊也。」都跳了起來。楊志大喝：「你們是什麼人？」

第九回　吳用智取生辰綱　曹正協奪寶珠寺

話說那七人問：「你是什麼人？」楊志說：「你們是小本經紀人，偏俺會有大本錢？」那七人說：「你顛倒問！我們是小本經紀，哪裡有錢給你！」楊志又問：「你們是不是壞人啊？」那七人說：「我們弟兄七人是濠州人，販棗子到東京，從這裡經過，聽得人們說這裡黃泥崗上時常有賊打劫客商。我們一面走，一頭念叨：『我們七個只有些棗子，沒有其他東西，只顧過崗子來。』上得崗子，敵不過這熱，暫時在這林子裡歇一歇，等天晚涼快就走，聽到有人上崗子，我們只怕是壞人，因此叫這個兄弟出去看一看。」

楊志說：「原來如此。也是一般的客人。剛才見你們窺望，恐怕是壞人，因此趕過來看一看。」楊志說完，提了朴刀再回到擔邊。老都管坐著，說：「既然有賊，我們去吧。」楊志說：「俺只怕是壞人，原來是幾個販棗子的客人。」老都管說：「若照你方才說時，他們都是沒命的了！」楊志說：「不必鬧，俺只要沒事便好。你們先歇了，等涼些時再走。」眾軍漢都笑了。

楊志也把朴刀插在地上，去一邊樹下坐了歇涼。

沒半碗飯時，只見遠遠地來了一個漢子，挑著一副擔桶，唱著上崗子來，唱道：「赤日炎炎似火燒，野田禾稻半枯焦。農夫心內如湯煮，公子王孫把扇搖！」那漢子唱著，走上崗子來，松林裡頭歇下擔桶，坐地乘涼。

眾軍漢看見了，便問那漢子：「你桶裡是什麼東西？」那漢子說：「是白酒。」眾軍漢說：「挑到哪裡去？」那漢子說：「挑到村裡賣。」眾軍漢問：「多少錢一桶？」那漢子說：「五貫足錢。」眾軍漢商量：「我們又熱又渴，如何不買些喝？也好解解暑氣。」

正在那裡湊錢，楊志見了喝住：「你們又做什麼？」眾軍漢說：「買碗酒喝。」楊志調過朴刀桿便打，罵著：「你們不得俺的話，胡亂便要買酒，好大膽！」眾軍漢說：「沒事又來搗亂！我們自己湊錢買酒，關你什麼事？也來打人！」

楊志說：「你們這幫人懂得什麼！一點不懂得路途上的艱難！有多少好漢被蒙汗藥麻翻了！」那挑酒的漢子看著楊志，冷笑著說：「你這客官好不懂事！幸虧我不賣給你們，卻說出這般沒意思的話來！」

正在松樹邊鬧動爭說，只見對面松林裡那夥販棗子的客人提著朴刀走出來，問：「你們鬧什麼？」那挑酒的漢子說：「我挑這個酒過崗子到村裡賣，熱了在這裡歇涼。他們眾人要向我買些酒喝，我又沒有賣給他們，這個客官說我的酒裡有什麼蒙汗藥，你說好笑不好笑？居然說出這樣的話來！」

那七個客人說：「呸！我還以為有壞人出來。原來如此。說一聲也不打緊。我們正想酒來解渴，既然他們疑心，先賣一桶給我們吃。」那挑酒的說：「不賣！不賣！」這七個客人說：「你這鳥漢子也不懂事！你反正要到村裡去賣，便賣些給我們，有什麼要緊？」

那挑酒的漢子便說：「賣一桶給你們是沒有關係，只是被他們說的不好，又沒碗瓢舀著喝。」那七人說：「你這漢子忒認真！便說一聲，有什麼要緊？我們自有瓢在這裡。」只見兩個客人去車子前取出兩個椰瓢，一個捧出一大捧棗子。七個人站在桶邊，開了桶蓋，輪換著舀那酒喝，用棗子下酒。

沒一會兒，一桶酒都喝盡了。七個客人說：「還沒有問你要多少錢？」那漢子說：「我不說價，五貫足錢一桶，十貫一擔。」七個客人把錢還給他，只說要再舀一瓢，一個客人便去揭開桶蓋兜了一瓢，拿上便喝。那漢子去奪，這客人手拿著半瓢酒，往松林裡去，那漢子趕過去。只見這邊一個客人從松林裡走出來，手裡拿著一個瓢，也來桶裡舀了一瓢。那漢子看見，搶來奪過來，望桶裡一傾，蓋了桶蓋，把瓢往地下一扔，嘴裡說：「你這個客人真不是君子！這麼麻煩！」

那對過眾軍漢見了，心內癢起來，都待要喝。

老都管見到這種情形，心裡也要喝點，對楊志說：「那販棗子客人已經買了他一桶，只有這一桶，隨便叫他們買了避避暑氣。崗子上實在沒地方討水喝。」

楊志尋思：「俺在遠遠處望這些人都買了他的酒喝了，那桶裡當面也吃了半瓢，想必是好的。打了他們半天，胡亂容他買碗喝吧。」楊志說：「既然老都管說了，買來喝了，便起身。」

眾軍漢聽到這話，湊了五貫足錢，來買酒喝。那賣酒的漢子說：「不賣了！不賣了！這酒裡有蒙汗藥！」眾軍漢陪著笑，說：「大哥，值得這樣生氣嗎？」那漢子說：「不賣了！休要糾纏！」

這邊販棗子的客人勸說：「你這個鳥漢子！他們也說得不對，你也忒認真，連累我們也被你說了幾聲。這不關他眾人的事，胡亂賣給他眾人好了。」那漢子說：「沒事招別人疑心做什麼？」這販棗子客人把那賣酒的漢子推開一邊，只顧把這桶酒提給眾軍漢喝。

那軍漢開了桶蓋，無東西舀喝，賠個小心，問客人借椰瓢。眾客人說：「就送這幾個棗子給你們下酒。」眾軍漢謝了，說：「什麼道理！」客人說：「休要相謝。都是一般客人。這百十個棗子有什麼可計較的？」眾軍漢謝了。先兜兩瓢，叫老都管喝一瓢，楊提轄喝一瓢。

楊志哪裡肯喝。老都管先喝了一瓢。兩個虞候各喝了一瓢。眾軍漢一起上，那桶酒立即喝光了。楊志見眾人喝了無事，本不想喝，一來天氣十分炎熱，二來口渴難耐，於是拿起來，只喝了一半，棗子也分了幾個吃了。

那賣酒的漢子說：「這桶酒被那客人舀了一瓢，少了你們一些酒，我今天饒了你眾人半貫錢吧。」眾軍漢湊出錢來給他。那漢子收了錢，挑了空桶，依然唱著山歌，下崗子去了。

那七個販棗子的客人站在松樹旁邊，指著這一十五人，說：「倒也！倒也！」只見這十五個人，頭重腳輕，一個個都軟倒了。那七個客人從松樹林裡推出七輛江州車兒，把車子上的棗子都扔在地上，把這十一擔金珠寶貝裝在車子內，遮蓋好，叫聲：「打擾」，一直往黃泥崗下推去。楊志只是叫苦，軟了身體，掙扎不起，十五個人眼睜睜地看著那七個人把這金珠寶貝裝了去，只是起不來，掙不動，說不得。

這七人是誰？不是別人，原來正是晁蓋、吳用、公孫勝、劉唐、三阮這七個。剛才那個挑酒的漢子便是白日鼠白勝。怎的用藥？原來挑上崗子時，兩桶都是好酒，七個人先喝了一桶，劉唐揭起桶蓋，又兜了半瓢喝，故意要他們看著，只是為了叫人死心塌地，然後吳用去松林裡取出藥，抖在瓢裡，只做走來舀他酒喝，把瓢去兜時，藥已攪在酒裡，假意兜半瓢吃，那白勝奪來傾在桶裡。這個便是計策。

這個喚做「智取生辰綱」。

楊志率先醒來，心中悲憤，無處發洩，撩衣邁步，正要望著黃泥崗下跳。猛可醒悟，收住腳，尋思：「爹娘生下俺，堂堂一表，凜凜一軀。自小學成十八般武藝，終究不成只這般休了？與其今天尋死，不如日後等賊人拿著時，卻再理會。」再看看那十四個人，正眼睜睜地看著楊志，沒有人掙扎得起。

楊志提著朴刀，悶悶不樂，離開黃泥崗。走得辛苦，到了一酒店，要店家上飯。楊志吃過飯，起身，拿了朴刀便出店門。那店家婦人說：「你的酒肉飯錢還沒有給！」楊志說：「等俺回來還你，先容得咱賒一賒。」說完繼續走。

只聽得背後一個人趕來，叫：「你那傢伙到哪裡去！」楊志回頭看時，那人光著膀子，拖著桿棒，奔了過來。兩三個莊客，各拿著桿棒，飛奔前來。楊志便挺著手中朴刀來鬥這漢子。這漢也掄轉手中桿棒架隔遮攔，上下躲閃。那後來的後生和莊客正要一齊上，只見這個漢子跳出圈子，叫：「先都不要動手！使朴刀的大漢，你可通個姓名。」

那楊志拍著胸，說：「俺行不更名，坐不改姓，青面獸楊志！」這漢撇了槍棒便拜，說：「小人有眼不識泰山！」楊志便扶這人起來，問：「足下是誰？」這漢子說：「小人原來是開封府人。是八十萬禁軍教頭林沖的徒弟。姓曹，名正。屠戶出身。小人能殺牲口，挑筋剮骨，開剝推斬，因此被人們叫做操刀鬼。因為本處有一個財主用五千貫錢叫小人來山東做客，沒想到折了本，回鄉不了，在這裡入贅莊農人家。剛才灶邊婦人便是小人的老婆。這個拿叉的便是小人的妻舅。剛才小人和制使交手，見制使手段和小人師父林教師一般。」

楊志便同曹正再到酒店裡來。曹正請楊志坐下，叫老婆和妻舅拜了楊志，一面再置酒食相待。飲酒中間，曹正問：「制使緣何到了這裡？」楊志把做制使失陷花石綱以及如今失陷了梁中書的生辰綱一事，從頭告訴了一遍。

曹正說：「小人這裡不遠就是青州地面，有座山叫做二龍山，山上有座寺叫做寶珠寺。那座山險峻，裹著這座寺，只有一條路能上去。如今寺裡住持還了俗，剩下的和尚都隨順了。那裡聚集著四五百人打家劫舍。那人叫做金眼虎鄧龍。制使如果有心落草，到那裡入夥，足可以安身。」

楊志說：「既然有這個去處，為何不去奪過來安身立命？」當下就在曹正家裡住了一宿，借了一些錢財，拿了朴刀，相別曹正，拽開腳步，投向二龍山。

行了一天，看看天晚，早望見到一座高山。轉到林子裡，吃了一驚。只見一個胖大和尚，脫得赤條條，背上刺著花繡，坐在松樹根頭乘涼。那和尚見了楊志，就在樹頭綽了禪杖，跳起來，大喝：「你是從哪裡來的！」

楊志說：「俺是東京制使楊志。」那和尚問：「你是不是在東京賣刀殺了破落戶牛二的？」楊志說：「請問，師兄是誰？你怎麼知道俺賣刀？」那和尚說：「俺不是別人，俺是延安府老種經略相公帳前軍官魯提轄。因為三拳打死了鎮關西，在五臺山淨髮為僧。人們見俺背上有花繡，都叫俺花和尚魯智深。」

楊志笑著說：「原來是自家鄉里。俺在江湖上多聞師兄大名。聽得說師兄在大相國寺裡做事，如今何故來到這裡？」

魯智深說：「一言難盡！俺在大相國寺管菜園子，遇著那豹子頭林沖被高太尉陷害。俺路見不平，送他到了滄州，救了他一命。沒想到那兩個防送公人回來對高俅說：『正要在野豬林裡結果林沖，卻被大相國寺魯智深救了。那和尚送到滄州，因此害他不得。』這直娘賊恨殺俺：囑咐寺裡長老不許俺做事，又派人來捉俺。一夥無賴通報給俺，俺一把火燒了那菜園子裡的廨宇，逃走在江湖上。後來經過孟州十字坡，險些被一個酒店婦人害了性命：把俺用蒙汗藥麻翻了。幸虧他的丈夫歸來早，見了俺這般模樣，又見了俺的禪杖戒刀，連忙用解藥救俺醒來，問起俺的名字，留俺住了幾天，結義俺做了弟兄。那人夫妻兩個也是江湖上好漢中有名的：都叫他菜園子張青，其妻母夜叉孫二娘，好義氣。一住四五天，打聽得這裡二龍山寶珠寺可以安身，俺特地來投靠鄧龍入夥，誰想到那傢伙不肯容俺在這山上，和俺爭鬥，又打不過俺，把這山下三座關牢牢地拴住，又沒別的路上去。那撮鳥由你叫罵，只是不下來，氣得俺正苦。沒想到卻是大哥來了！」

楊志大喜。便邀請魯智深一同到曹正那裡商量攻打二龍山。

曹正說：「如果真的閉了關，別說你們二位，便有一萬軍馬，也上去不得！看來，只可智取，不可力求。」魯智深說：「可恨那撮鳥，開始投靠他時只在關外相見。因為不肯留俺，打起來，那傢伙小肚子上被俺的腳點翻了。正要結果他的性命，被他那裡依著人多，救到山上去，閉了這鳥關，隨你在下面罵，只是不肯下來！」

曹正說：「小人有一條計策，不知中二位意不中？」楊志說：「願聞良策。」曹正說：「制使也不要這般打扮，只依小人這裡的莊家穿著。小人把這位師父禪杖戒刀都拿了，叫小人的妻弟領著幾個夥家，送到那山下，用一條索子綁住師父。小人自會做個活結頭。卻去山下叫：『我們是近村開酒店莊家。這和尚來我店中喝酒，喝醉了，不肯還錢，嘴裡還說，去報人來打你的寨，因此，我們聽得，乘他醉了，把他綁縛在這裡，獻給大王。』那傢伙必然放我們上山去。到得他山寨裡面見到鄧龍時，把索子拽脫了活結頭，小人便遞過禪杖給師父。你們兩個好漢一齊上，那傢伙往哪裡去！如果結果了他，以下的人不敢不服。這條計策好不好？」

魯智深、楊志齊說：「妙哉！妙哉！」以後的事情發展正應了此計。於是，魯智深、楊志便落草在二龍山。

卻說蔡太師得知生辰綱被劫，押了一紙公文，派一個府乾親自拿著，星夜往濟州，要求府尹，馬上捉拿這夥賊人，便要回報。

且說濟州府尹當時召喚緝捕人員，並把壓力壓在了三都緝捕使臣何濤身上。何濤為此十分煩惱，回到家中，悶悶不已。

老婆說：「這可怎麼好？」正說著，只見兄弟何清來看望哥哥。得知哥哥心煩事，何清拍著大腿，說：「這夥賊已經被我都捉在便袋裡了！」何濤大驚，問：「兄弟，你如何說這夥賊在你便袋裡？」

第十回　林冲怒殺王倫　晁蓋為尊水寨

話說何清不慌不忙，從身邊招文袋裡摸出一個經摺子，說：「不瞞哥哥說，兄弟前幾天因為賭博輸了，沒一文錢。有個朋友，帶著兄弟去北門外十五里，地名安樂村，有個王家客店內進行碎賭。為是官司下了文書：要求本村，凡是開客店的必須要設立文簿，每夜有客商來歇息，必須要問他：『從哪裡來？到何處去？姓甚名誰？做什麼買賣？』都要抄寫在簿子上。官司查驗時，每月一次，去里正處報名。因為小二哥不識字，央求我幫助代抄了半個月。當天是六月初三，有七個販棗子的客人推著七輛江州車兒來那裡安歇。我認得一個為頭的客人是鄆城縣東溪村晁保正。我以前曾經跟著一個賭漢去投奔他，因此我認得。我寫著文簿，問他：『客人高姓？』只見一個三鬚髭白淨面皮的過來答應：『我們姓李，從濠州來販棗子，去東京賣。』我雖然寫下了，有了疑心。第二天，他們去了。店主帶我去村裡相賭，來到一處三叉路口，見到一個漢子挑著兩個桶來。我不認得他。店主人和他說話：『白大郎，到哪裡去？』那人說：『有擔醋，去村裡財主家賣。』店主人和我說：『這個人叫白日鼠白勝，也是一個賭客。』我也只安在心裡。後來沸沸湯湯地聽說：『黃泥崗上一夥販棗子的客人用蒙汗藥麻翻了押差，劫了生辰綱。』我猜不是晁保正卻是誰？如今只要捉拿了白勝，一問便知分曉。」

何濤聽了大喜，立即派八個做公的，連夜來到安樂村。把白勝抓住。連打三四頓，打得皮開肉綻，鮮血迸流。白勝熬不過，只得招了：「為首的是晁保正。他和六人來，糾合白勝給他挑酒，其實不認得那六個人。」

知府說：「這個不難。只要拿住晁保正，那六個人便有下落。」命何濤親自帶領二十個眼明手快的公人前去鄆城縣，要求本縣立即捉拿晁保正和不知姓名的六個正賊，帶著原解生辰綱的兩個虞候做眼線捉人。

何觀察領了一幫人星夜來到鄆城縣，先把一幫公人以及兩個虞候藏在客店，只帶著一兩個人跟著來下公文，到鄆城縣衙門前來。當時正值知縣退了早衙，縣前靜悄悄地。何濤走到縣對門一個茶坊裡坐下吃茶等待，喝了一個泡茶，問茶博士：「今天縣裡不知是哪個押司值日？」

茶博士指著說：「今天值日的押司來了。」何濤看時，只見縣裡走出一個吏員。那人姓宋，名江，表字公明，排行第三。祖居鄆城縣宋家村。因為他面黑身矮，人們都叫他黑宋江。又因他大孝，為人仗義疏財，被稱作孝義黑三郎。上有父親在堂，母親早喪，下有一個兄弟，叫做鐵扇子宋清，和他父親宋太公在村中務農，守些田園過活。宋江最肯扶人之困，山東、河北聞名，都稱他及時雨，把他比做天上下的及時雨一般，能救萬物。當時宋江帶著一個伴當走出縣衙前來。

何濤迎上，宋江得知是觀察，問：「觀察到敝縣，不知上司有什麼公務？」何濤說：「押司是當案的人，便說也沒有關係。敝府管下黃泥崗上有一夥賊人，一共是八個，用蒙汗藥麻翻了北京大名府梁中書差遣送蔡太師的生辰綱軍健一十五人，劫去了十一擔金珠寶貝，共計十萬貫正贓。今天捕得從賊一名白勝，指說七個正賊都在貴縣。如今太師府特派一個幹辦，在本府專門等著要了這件公事，還望押司早早給予協助！」

宋江說：「別說是太師處要有結果，便是觀察自己拿著公文來要，敢不捕送。只是不知道白勝供認哪七個人？」何濤說：「不瞞押司，是貴縣東溪村晁保正為首。還有六名從賊，不知姓名，還煩用心查驗。」

宋江聽了，吃了一驚，肚裡尋思：「晁蓋是我心腹兄弟。他如今犯了彌天大罪，我不救他，一旦捕獲，性命休了。」心內自慌，卻答應說：「晁蓋這傢伙是個奸戶，本縣內的人沒有一個不怪他。這一次做出事來了，正好讓他受！」

何濤說：「麻煩押司馬上辦理這件事。」宋江說：「沒關係，這件事容易。『甕中捉鱉，手到拿來。』只是有一件：這實封公文，還須是觀察自己當廳投下，本官看了，便可施行發落，差人去捉。小吏怎麼敢私下擅開？這件公事非同小可，不當輕洩於人。」宋江又說：「本官發放了一早晨事務，倦怠了稍稍休息一會兒。觀察先等等，等一會兒本官坐廳時，小吏來請。」何濤說：「望押司千萬作成。」

宋江起身，出閣，囑咐茶博士：「那官人要再用茶，都算在我的帳上。」離開了茶坊，飛跑到住處，先讓伴當去叫值司在茶坊門前伺候：「如果知縣坐堂，便可去茶坊裡安撫那公人說：『押司穩便』，叫他稍稍等一等。」然後從槽上拉了馬，牽出後門；袖了鞭子，慌忙跳上馬，慢慢地離開縣治。出得東門，打上兩鞭，那馬撥喇喇地望東溪村跑去，沒半個時辰早到了晁蓋莊上。

且說晁蓋正和吳用、公孫勝、劉唐在後園葡萄樹下喝酒。這時三阮已經分得錢財，回到石碣村去了。晁蓋見說宋江求見，說：「必然有事！」慌忙出來迎接。宋江道了一個喏，攏了晁蓋手，便來到側邊小房裡。晁蓋問：「押司怎麼這樣急慌慌的？」

宋江說：「哥哥不知。我捨著一條性命前來救你。如今黃泥崗事發！白勝已經拿在濟州大牢裡，供出你們七人。濟州府派了一個何緝捕，帶著許多人，奉著太師府鈞帖和本州文書來捉你們，說你為首。天幸撞在我手裡！我只推說知縣睡著，先讓何觀察在縣對門茶坊裡等我，飛馬而來，報告哥哥。『三十六計，走為上計。』如果不快走，還等什麼？我回去帶他在廳下了公文，知縣很快就會派人連夜下來。你們不可耽擱。若有些疏失，怎麼是好？休怨小弟不來救你。」說完，宋江出莊，上了馬，打上兩鞭，飛奔到縣裡去了。

再說宋江到茶坊裡來，說：「觀察久等了。剛才被村裡有個親戚纏住，耽擱了一點時間。」何濤說：「麻煩押司引進。」宋江說：「請觀察到縣裡。」兩個進到衙門來，正值知縣時文彬在廳上發落事務。

宋江把實封公文，帶著何觀察，一直來到書案邊，叫左右掛上迴避牌，低聲稟告：「奉濟州府公文，為賊情緊急公務，特派緝捕使臣何觀察到這裡下文書。」知縣接著，拆開當廳看了，大驚，對宋江說：「這是太師府遣幹辦來馬上要回話的大事！這一干賊便立即派人去捉拿！」

當時朱仝、雷橫兩個來到後堂，領了知縣的話，和縣尉一齊上了馬，來到尉司，領著馬步弓手及士兵一百多人，和何觀察以及兩個虞候作眼線拿人。

到東溪村時，已經天黑，眾人都到一個觀音庵集結。朱仝說：「前面便是晁家莊。晁蓋家前後有兩條路，如果一齊去打他的前門，他從後門走了；一齊去打他的後門，他奔前門走了。我知道晁蓋好生了得；又不知那六個是什麼人，肯定也不是什麼善良君子。那些人都是死命，如果一齊殺出來，又有莊客協助，我們如何抵敵？只好聲東擊西，那幫人亂攛，便好下手。不如我和雷都頭分做兩路：我分一半人，都是步行去，先在他的後門埋伏；等候呼哨響為號，你們從前門打進來，見一個捉一個，見兩個捉一雙！」說完，朱仝領著十個弓手，二十個士兵，先去了。

雷橫把馬步弓手都擺在前後，幫護著縣尉，一齊奔晁家莊來。到得莊前，有半里多路，只見晁蓋莊裡一縷火起，從中堂燒了起來，黑煙遍地，紅焰飛空。又走不到十多步，只見前後四面八方，大約有三四十把火，騰騰地一齊都著了。晁蓋叫莊客四下裡只顧放火，他和公孫勝領著十多個同去的莊客，吶著喊，挺起朴刀，從後門殺出，大喝：「擋吾者死！避吾者生！」

朱仝在黑影裡叫：「保正快走！朱仝在這裡等你多時了。」朱仝撇了士兵，挺著刀去趕晁蓋。見後面沒人，方才敢說：「保正，你不見我的好處。我怕雷橫執迷，不會做人情，被我賺他到你前門，我在後門等你出來放你。你見我閃開條路讓你過去。你不可投別處，只有梁山泊可以安身。」

晁蓋說：「深感救命之恩，異日必報！」朱仝一面和晁蓋說著話，一面趕他，卻如同防送的相似。漸漸黑影裡不見了晁蓋，朱仝只做失了腳，倒在地下。

何觀察見眾人四分五落，趕了一夜，沒有拿得一個賊人，只叫苦說：「怎麼好回得濟州去見府尹！」

卻說晁蓋、公孫勝，自從一把火燒了莊院，帶著十多個莊客來到石碣村，半路上撞見三阮弟兄，接應到家。那時阮小二已經把老小搬到湖泊裡，眾人集合，一同來到旱地忽律朱貴的酒店。眾好漢在這裡過了一夜，第二天一早起來，朱貴叫了一隻大船，請眾多好漢下船，一齊朝山寨來。

王倫領著一班頭領出關迎接，眾頭領飲酒中間，晁蓋把胸中事，從頭到尾，都告訴給王倫等眾位。王倫聽了，駭然了半晌，心內躊躇，作聲不得；自己沉吟，虛作應答。吳用早已經看了出來。筵宴到晚席散，眾頭領送晁蓋等眾人關下客館內安歇。

第二天天明，只見有人報告：「林教頭來訪！」七個人慌忙起來迎接，邀請林沖到客館裡見面。吳用問：「小生以前久聞頭領在東京時，十分豪傑，不知為什麼和高俅不睦，反被陷害？後聽說在滄州也被火燒了大軍草料場，又是他的計策，只是不知是誰薦頭領上了山？」

林沖回答：「都是柴大官人舉薦到這裡。」

吳用又對林沖說：「這位柴大官人，名聞寰海，聲播天下，教頭如果不是武藝超群，他如何肯推薦上山？不是吳用過稱，理該王倫讓這第一位給頭領坐。這是天下公論，也不負了柴大官人的書信。」

林沖說：「先生高談了。只因為我犯下大罪，投奔柴大官人，非他不留林沖，誠恐連累他不便，自願上山。沒想到今天去住無門！非在位次低微，只是因為王倫心術語言不定，難以相聚！今天山寨幸得眾多豪傑到此相扶相助。這個人懷妒賢忌能之心，怕眾豪傑勢力相壓。夜來見兄長所說眾位殺死官兵一節，他有些不然，已經有不肯相留的意思，所以才會請眾豪傑來關下安歇。」

吳用說：「既然王頭領有此心，我們不要等他發落，自己投到別的地方去就是了。」

林沖說：「眾豪傑不要生見外之心。林沖自有分曉。我只怕眾豪傑生退去之意，特來早早說知。今天看他如何相待。如果這傢伙語言有理，不同昨天，則萬事不提；如果這傢伙今天有半句話不對勁，都在林沖身上！」說完，林沖告辭離去。

沒多久，只見小嘍囉前來相請，說：「今天山寨裡頭領請眾好漢去山南水寨亭上筵會。」晁蓋說：「上覆頭領，馬上便到。」晁蓋問吳用：「先生，這一會如何？」吳學究笑著說：「兄長放心。這一會倒有分做山寨之主。今天林教頭必然有火併王倫的意思。請兄長身邊各自藏了暗器，只看小生把手捻鬚為號，兄長便可協力。」晁蓋等眾人暗喜。

晁蓋和眾頭領各各帶了器械，暗藏在身上，卻來赴席。

王倫和四個頭領杜遷、宋萬、林沖、朱貴坐在左邊主位上；晁蓋和六個好漢吳用、公孫勝、劉唐、三阮坐在右邊客席。階下小嘍囉輪番把盞。酒至數巡，食供兩次，晁蓋和王倫說著話，只要提起聚義事，王倫便用閒話支開。吳用把眼來看林沖時，只見林沖側坐在椅上把眼瞅著王倫。

看看飲酒到午後，王倫回頭叫小嘍囉取來。三四個人去不多時，只見有一人捧個大盤子，裡面放著五錠大銀。王倫起身把盞，對晁蓋說：「感蒙豪傑到此聚義，只恨敝山小寨是一窪之水，如何安得許多真龍？備些小薄禮，萬望笑留，麻煩投大寨安歇，我會使人親自到麾下納降。」

這時，只見林沖雙眉剔起，兩眼圓睜，坐在交椅上，大喝：「我上山來時，你也推託不止！今天晁兄和眾豪傑到山寨，你又這樣說，是什麼道理？」

吳用便說：「頭領息怒，是我們來的不是，不要壞了你們山寨情分。今天王頭領以禮發付我們下山，送給錢財，又沒有趕我們。請頭領息怒，我們去了就是。」林沖說：「這是笑裡藏刀，言清行濁的人！我今天放他不過！」王倫喝道：「你看你這畜生！又沒有醉，反倒用話來傷我！真是有失上下！」

林沖大罵：「你是一個落第窮儒，胸中又沒才學，怎麼能做得山寨之主！」吳用便說：「晁兄，只因為我們上山相投，反壞了頭領面皮。請辦了船隻，我們馬上告退。」晁蓋等七人便要起身，下亭子。王倫挽留，說：「先請席終了再去。」林沖把桌子一腳踢在一邊，起身，從衣襟底下掣出一把明晃晃的刀。

吳用便把手將髭鬚一摸。晁蓋、劉唐，上亭子來虛攔王倫，叫：「不要火併！」吳用便假意扯林沖，說：「頭領，不可造次！」公孫勝也說：「不要因為我們而壞了大義！」阮小二便去幫住杜遷，阮小五幫住宋萬，阮小七幫住朱貴。嚇得小嘍囉們目瞪口呆。

林沖拿住王倫。杜遷、宋萬、朱貴本待要向前勸，被這幾個人緊緊幫著，哪裡敢動。王倫那時也要走，卻被晁蓋、劉唐兩個攔住。

王倫見情形不好，嘴裡叫：「我的心腹都在哪裡？」雖然有幾個心腹人，本待要來救，見了林沖凶猛勢頭，誰敢向前。林沖拿住王倫，又罵了一頓，在心窩裡只一刀，搠倒在亭上。

晁蓋見搠王倫，各掣刀在手。

林沖把王倫首級割下來，提在手裡，嚇得那杜遷、宋萬、朱貴都跪下，說：「願隨哥哥執鞭墜蹬！」林沖說：「今有晁兄仗義疏財，智勇足備，天下之人，聞其名沒有不服。我今天以義氣為重，要立他為山寨之主，好嗎？」眾人都說：「頭領言之極當。」

第十一回　宋江無奈閻婆惜　柴進留賓橫海郡

話說眾人一致讓晁蓋坐了第一位。林沖又讓吳用坐了第二位，公孫勝坐了第三位，林沖自己坐了第四位。以下，劉唐坐了第五位，阮小二坐了第六位，阮小五坐了第七位，阮小七坐了第八位，杜遷坐了第九位，宋萬坐了第十位，朱貴坐了第十一位。

數天後，濟州府派出軍官，帶領大約二千人馬，乘大小船四五百隻，前來征討。吳用設下計策，把前來的近二千官軍基本消滅，生擒了濟州觀察何濤，將何濤的耳朵割下，放了回去。

一天，晁蓋對吳用說：「俺們弟兄七人性命都出於宋押司、朱都頭兩個。最近可收拾一些金銀，使人親自到鄆城縣走一趟。這是第一件要緊的事。再有白勝陷在濟州大牢裡，我們必須救他出來。」

卻說濟州府太守見何濤手下逃回的軍人詳細說知梁山泊殺死官軍，生擒何濤事，濟州府孔目派人拿著一紙公文通知所屬鄆城縣，叫守禦本境，防備梁山泊賊人。

宋江見了公文，心中鬱悶，囑咐貼書後司張文遠把這個文書立成文案，通知各鄉各保。宋江卻信步走出縣衙，不過二三十步，只聽得背後有人叫：「押司。」

宋江轉回頭來看時，卻是做媒的王婆，領著一個婆子，對宋江說：「押司，這一家從東京來，不是這裡人家，嫡親三口。夫主閻公，還有個女兒婆惜。他那閻公平時是一個好唱的人，自小教他那女兒婆惜唱諸般耍令。年方一十八歲，頗有些姿色。三口因為來山東投奔一個官人，沒有遇著，被迫流落在這鄆城縣。沒想到這裡的人不喜風流宴樂，因此無法生活，在這縣後一個僻靜巷內暫時住下。昨天他的家公因為害病死了，這閻婆無錢送葬，沒有辦法，央求老身做媒。我說：『這個時節，哪裡有這麼恰好的？』」

宋江說：「原來如此。妳們兩個跟我來，去巷口酒店裡借筆硯寫個帖子給妳，你去縣東三郎家取具棺材。」那閻婆千恩萬謝去了。

忽然有一天，那閻婆來謝宋江，見他住處沒有一個婦人家，回來問隔壁王婆：「我這個女兒長得好模樣，又會唱曲，會諸般耍笑。我前天去謝宋押司，見他住處沒有娘子，我情願把婆惜給他。」王婆聽了這話，第二天見到宋江，宋江開始時沒答應，可架不住這婆子撮合山的嘴，一勁攛掇，宋江只好答應。就在縣西巷內討了一所樓房，置辦一些傢伙什物，安頓了閻婆惜娘兒兩個在那裡居住。

初時，宋江夜夜和婆惜在一起歇臥，以後漸漸地就不這樣了。卻是因為什麼原因？原來宋江是一個好漢，只愛學使槍棒，在女色上並不十分要緊。這閻婆惜長得漂亮，十八九歲，正在妙齡之際，因此，宋江也不中那婆娘的意。

一天，宋江帶著後司貼書張文遠來閻婆惜家喝酒，這張文遠是宋江的同房押司，又叫做小張三，生得眉清目秀、齒白唇紅。平時只愛去三瓦兩舍，學得一身風流俊俏，更兼有品竹調絲，沒有不會。這婆惜是一個酒色娼妓，一見張三，心裡便喜，言來語去，成了此事。後來，有些風聲吹在宋江耳裡。宋江半信不信，只是有幾個月不去。

話分兩頭。

一天將晚，宋江從縣衙出來，正遇專程前來找他的赤髮鬼劉唐。見了面，劉唐打開包裹，取出信，遞給宋江。宋江看過，便提起褶子前襟，摸出招文袋。打開包時，劉唐取出金子。宋江取了其中一條和這信一同包了，插在招文袋內，放下衣襟，便說：「賢弟，把這些金子仍舊包起來帶回去。」劉唐是個直性子的人，見宋江如此推卻，見是不肯接受了，便把金子依前包了。然後相別。

宋江轉過身往回走，卻好遇著閻婆趕上前來，叫：「押司，多日使人相請，好貴人，難見面！就是小賤人有些言語高低，衝撞了押司，也須看老身的薄面。我自會教訓她，讓她給押司賠禮。今晚老身有緣，得以見到押司，來吧，一同回家去。」

宋江是個快性的人，被那婆子糾纏不過，便說：「妳先放了手，我和妳去就是了。」來到住處，宋江勉強上樓。閻婆惜一副愛搭不理的樣子。閻婆備了酒食，把三隻酒盞、三雙箸、一桶盤托上樓來，放在春臺上，開了房門，搬進來，擺滿了金漆桌子。

那婆子把酒來勸宋江，又笑著對閻婆惜說：「我兒不要這樣焦躁，先開懷喝上兩盞再睡。押司也痛痛快快地飲上幾杯。」宋江被勸不過，只得連飲了三四杯。

喝完酒，那婆娘也不脫衣裳，上床去，自己靠了個繡枕，扭過身，朝裡邊睡下了。宋江看了，心中尋思：「這賤人全不理睬我，她先自睡了！我今天被這婆子言來語去，喝了幾杯酒，熬不得，夜深了，只得先在這裡睡了吧。」把頭上巾幘摘了下來，放在桌子上，脫下衣裳，搭在衣架上，從腰裡解下鸞帶，上有一把壓衣刀和招文袋，掛在床邊欄桿上，又脫去了絲鞋淨襪，上床，在那婆娘腳後睡了。挨到凌晨，宋江忍著那口氣，走下樓來。

宋江出門，從縣衙前經過，見到賣湯藥的王公在縣衙前趕早市。那老兒捧著一盞二陳湯遞給宋江吃。宋江吃了，突然想起：「經常吃他的湯藥，不收我的錢。我以前曾經答應給他一具棺材，這件事還沒辦。」想起昨天有那晁蓋送來的金子，接受了一條，放在招文袋裡。「何不就給那老兒做棺材錢，讓他歡喜？」

去取那招文袋時，吃了一驚：「苦啊！昨夜正忘在那賤人的床頭欄杆子上，我一時生氣，只顧走了，沒有繫在腰裡。這幾兩金子不值得什麼，只是有晁蓋寄來的那封信，正包著這條金子！」宋江慌慌急急奔回閻婆家。

且說這婆惜聽到宋江出門去了，爬了起來，嘴裡自言自語：「那傢伙攪得老娘一夜沒睡著！那傢伙還指望老娘賠禮？沒有的事！老娘自和張三要好，誰還耐煩理睬你！你不上門來倒好！」嘴裡說著，一面鋪被，床前燈亮著，照見床頭欄桿上拖著一條紫羅鑾帶。婆惜見了，提起招文袋和刀子，只覺得袋裡有些沉重，便用手抽開，往桌子上只一抖，正抖出那包金子和信來。

這婆娘拿起來看時，燈下照見一條黃黃的金子。

婆惜笑著說：「天叫我和張三買東西吃！這幾天我見張三瘦了，也正要買些東西給他調養！」把金子放下，卻把那信打開，在燈下看時，上面寫著晁蓋及許多事務。婆惜尋思：「好啊！我只知道『吊桶落在井裡』，原來也有『井落在吊桶裡』！我正要和張三做個夫妻，單單只多你這傢伙！今天也撞在我的手裡！」就把這封信仍舊包了金子，慢慢地插在招文袋裡。正在樓上自言自語，只聽得樓下呀地門響。

那婆娘聽得是宋江來了，慌忙把鑾帶、刀子、招文袋，捲做一塊，藏在被子裡，扭過身體，靠了床裡邊，裝做睡著的樣子。

宋江撞到房裡，直接去床頭欄杆上取時，卻不見。宋江心內發慌，只得忍了昨夜的氣，用手搖那婦人，說：「妳看我日前的交情上，還我招文袋。」婆惜說：「你是在哪裡交給我的，卻來向我討？」宋江說：「忘在妳腳後的小欄杆上。這裡沒人來，只有妳收得。」婆惜說：「呸！你莫不是撞見鬼了！」宋江說：「妳起先沒有脫衣裳睡，如今蓋著被子睡，一定是起來鋪被時拿了。」

只見那婆惜柳眉倒豎，星眼圓睜，說：「老娘拿是拿了，只是不還你！你叫官府的人拿我去做賊斷！」宋江聽了，怒氣直起，哪裡按捺得住，睜著眼，說：「妳還不還？」那婦人說：「你這麼狠，休想讓我還給你！」宋江便來扯那婆惜蓋的被。婦人身邊有這件東西，也不顧被，兩手隻緊緊地抱在胸前。

宋江扯開被，見這鸞帶正在那婦人胸前拖著。一不做，二不休，兩手便來奪。宋江狠命一扯，那把壓衣刀子倒在席上，宋江搶在手裡。那婆娘見宋江搶刀在手，叫：「黑三郎殺人了！」只這一聲，提起了宋江這個念頭。那一肚皮氣，正沒出處，婆惜卻叫第二聲時，宋江左手早按住那婆娘，右手刀落，在那婆惜嗓子上一勒，鮮血飛出，那婦人還在吼呢。

宋江怕她不死，再刺一刀，那顆頭伶伶仃仃地落在枕頭上，連忙取過招文袋，抽出那封信，在殘燈下燒了，繫上鸞帶，走下樓。那婆子在下面睡，起先聽他們倆口吵架，倒也沒有在意，只聽得女兒叫「黑三郎殺人了！」正不知發生了什麼事，慌忙跳起來，穿了衣裳，奔上樓來，卻好和宋江撞上。那婆子看宋江殺了閻婆惜，便把宋江一把扭住，大喊：「有殺人賊在這裡！」

嚇得宋江慌做一團，連忙掩住嘴，說：「不要叫！」有幾個做公的走來看時，認得是宋江，便勸那婆子：「婆子閉上嘴！押司不是這般的人，有事好好說！」閻婆說：「他正是凶首，幫我捉住他，一同到縣裡去！」原來宋江為人最好，上下愛敬，滿縣人沒有一個人不讓他。因此，做公的都不肯下手拿他，又不信這婆子的話。

宋江得以逃脫，一直走了。

知縣聽得有殺人的事，說：「宋江是一個誠實君子，怎麼肯做出殺人的事？」當下傳上押司張文遠，張文遠聽閻婆告宋江殺了她女兒，正是他的相好。隨即取了口詞，替閻婆寫了狀子，疊了一宗案，便叫當地仵作、行人、地廂、里正、鄰佑等眾人來到閻婆家，開了門，把屍首當場簡單查驗了。身邊放著行凶刀子一把。

張文遠上廳稟告：「現場有刀子是宋江的壓衣刀，必須捉拿宋江來對問，便有下落。」知縣見他多次來稟告，遮掩不住，只得派人到宋江住處捉拿。宋江這時已經在逃了。知縣本不肯馬上採取捉拿行動，禁不住這張文遠立主文案，唆使閻婆上廳，只管來告。知縣情知阻擋不住，只得押了一紙公文，派兩個做公的，去宋家莊勾追宋太公及兄弟宋清。公人領了公文，來到宋家村宋太公莊上。

太公出來迎接。到草廳上坐下。公人拿出文書，遞給太公看。宋太公說：「各位請坐，容老漢說明。老漢祖代務農，守著此田園生活。不孝子宋江，從小忤逆，不安本分，要去做吏，百般勸說他，就是不從。因此，老漢多年前，在本縣官長那裡告了他忤逆，出了他戶籍，他已經不在老漢戶內，單獨在縣裡居住，老漢自己和孩兒宋清在這荒村守些田畝生活。他和老漢水米無交，並無關聯。老漢也怕他做出事來，連累自身，因此，在前官手裡告了。執憑文帖在此，老漢取來請各位看看。」

眾人都是和宋江要好的，明明知道這是預先開的門路，只是不肯做冤家。眾人便說：「太公既然有執憑，拿來給我們看，以便抄去到縣裡回話。」

知縣又是要出脫宋江的，便說：「既然有執憑公文，他又別無親族，只可出一千貫賞錢，通知各地捉拿就是了。」縣裡有那些和宋江要好的人都替宋江在張三面前說情。那張三也耐不過眾人面皮。況且婆娘已經死了，張三平常也受到宋江好處，因此也不再追究了。

朱仝自己湊了一些錢物給閻婆，叫她不要去州裡告狀。這婆子得了錢物，沒辦法，只得答應了。朱仝又把許多銀兩讓人上州裡去使用，以便文書不要駁回。又有知縣一力主張，出一千貫賞錢，發了一個海捕文書。

話說宋江藏在家裡，向弟弟宋清說：「現今有三個安身之處：一是滄州橫海郡小旋風柴進莊上，二是青州清風寨小李廣花榮那裡，三是白虎山孔太公莊上。他有兩個孩子：長子叫毛頭星孔明，次子叫獨火星孔亮，好幾次來縣裡相會。不知投到哪處最好？」

宋清回答：「我聽江湖上人傳說滄州橫海郡柴大官人，說他是大周皇帝嫡派子孫，只是沒有拜識。何不去投奔他？」

弟兄兩個商量了，往滄州路上來。到得柴進莊，通報過後，柴大官人領著三五個伴當，慌忙跑出來，在亭子上和宋江相見。宋江說：「久聞大名，如雷貫耳。今天宋江做出一件沒出息的事來，弟兄二人尋思，沒有地方安身，想起大官人仗義疏財，特來投奔。」

柴進聽了，笑著說：「兄長放心，就是做下十惡大罪，到了敝莊，都不用擔心。不是柴進誇口，那些捕盜官軍，不敢正眼看俺這小莊。」說完，柴進邀宋江去後堂深處，那裡已經安排下酒食，便請宋江兄弟正面坐下喝酒。

看看天色晚了，點起燈燭。宋江說：「酒夠了。」柴進哪裡肯放，又繼續喝下去。宋江起身去淨手。柴進叫上一個莊客，提盞燈籠，領著宋江去東廊盡頭處淨手。宋江穿出前面廊下，走著，等轉到東廊前面。宋江已經有八分酒意，腳步趔趄，只顧走去。那廊下有一個大漢，正害著瘧疾，忍不住那天的寒冷，正烤著一薪火。宋江仰著臉，只顧走過去，正踏在火鍁柄上，把那火鍁裡的炭火，都掀在那漢子臉上。那漢子吃了一驚，出了一身冷汗。

那漢子大怒，把宋江揪住，大喝：「你是什麼鳥人！敢來消遣我！」宋江也吃了一驚，正解釋不得，那個提燈籠的莊客慌忙叫：「不得無禮！這位是大官人最相待的客官！」那漢子說：「『客官！』『客官！』我初來時也是『客官』，也曾經最相待過。現在聽了莊客搬弄是非，便疏慢了我，正是『人無千日好』！」正要動手打宋江，那莊客撇了燈籠，便向前來勸。正勸不開，只見柴大官人親自趕到，說：「我接不著押司，怎麼卻在這裡吵鬧？」那莊客便把踏了火鍁的事說了一遍。

柴進說：「大漢，你不認得這位押司嗎？」那漢子說：「他就是個押司，那問問他敢比得我鄆城的宋押司嗎？」柴進大笑，問：「大漢，你認得宋押司嗎？」那漢子說：「我雖然沒有見過，江湖上久聞他是一個及時雨宋公明，是個天下聞名的好漢！」

柴進問：「怎麼見得他是天下聞名的好漢？」那漢子說：「剛才說了，他是真正的大丈夫，有頭有尾，有始有終！我如今只等病好，便去投奔他。」柴進說：「你要見他嗎？」那漢子說：「不要見他說這些做什麼！」柴進便說：「大漢，遠便十萬八千里，近便只在你面前。」柴進指著宋江，說：「這一位便是及時雨宋公明。」

那漢子問：「真的嗎？」宋江說：「我便是宋江。」那漢子定睛看了看，納頭便拜，說：「我不是在夢裡吧？這麼容易就和兄長見了面！」宋江問：「何故這樣錯愛？」那漢子說：「剛才我十分無禮，萬望恕罪！我是有眼不識泰山！」跪在地下，哪裡肯起來。

宋江慌忙扶住，問：「足下高姓大名？」柴進指著那漢子，說出他姓名，何處人氏。

第十二回　陽穀縣店家產烈酒　景陽崗武松打大蟲

話說宋江扶起那個漢子，問：「足下是誰？高姓大名？」柴進指著他說：「這個人是清河縣人。姓武，名松，排行第二。在這裡已經有一年了。」宋江在燈下看了武松這表人物，心中歡喜，便問武松：「二郎為什麼來到這裡？」

武松回答：「小弟在清河縣，因為酒後醉了，和本處機密相爭，一時怒起，只一拳打得那傢伙昏了過去，小弟以為他死了，因此，投奔大官人這裡躲災避難。現已經一年多了。後來打聽到那傢伙沒有死，救活了。現在正要回鄉去尋找哥哥，沒想到染上瘧疾，不能夠動身回去。剛才正覺得身上寒冷，吃了那一驚，驚出一身冷汗，敢情病倒好了。」

宋江聽了大喜，共席飲酒直到後半夜。以後，宋江每天帶武松在一起，飲酒相陪，武松的病都不發了。相伴宋江住了十多天，武松拜宋江為義兄。以後，武松思念故鄉，要回清河縣看望哥哥便辭去上路了。

武松自從和宋江分別後，在路上走了幾天，來到陽穀縣地面。走著走著，肚中飢渴，正好望見前面有一個酒店，挑著一面招旗在門前，上頭寫著五個字：「三碗不過崗」。

武松來到裡面坐下，把哨棒放下，叫：「主人家，快拿酒來。」只見店主人拿著三只碗、一雙筷子、一碟熱菜，放在武松面前，滿滿篩了一碗酒。武松拿起碗一飲而盡，叫：「這酒好有勁！主人家，能填肚子的拿過來，買些好喝酒。」酒家說：「只有熟牛肉。」

武松說：「好的，切二三斤來。」

店家在裡面切了二斤熟牛肉，整整一大盤子，拿過來放在武松面前；隨即再篩一碗酒。武松喝下，又說：「好酒！」又篩下一碗。恰好喝了三碗酒，再也不來篩。武松敲著桌子，叫：「主人家，怎麼不來篩酒了？」

酒家說：「客官，要肉便添來。」武松說：「我也要酒，也再切些肉來。」酒家說：「肉便切來添給客官吃，酒卻不添了。」武松說：「卻又作怪！」便問主人家：「你為什麼不肯賣酒給我？」酒家說：「客官，你明明見到我門前招旗上面寫道：『三碗不過崗』。」

武松問：「怎麼叫做『三碗不過崗』？」酒家說：「俺家的酒雖然是村酒，卻如同老酒的滋味；凡是客人，來到我店中飲了三碗，便醉了，過不得前面的山崗：所以叫做『三碗不過崗』。如果是過往客人到此，只飲三碗，便不再問。」

武松笑了，說：「原來是這樣，我卻飲了三碗，怎麼沒有醉？」酒家說：「我這個酒，叫『透瓶香』，又叫『出門倒』：初入口時，醇濃好吃，不一會兒便倒下了。」武松說：「不要胡說！我又不會欠你的酒錢！再篩三碗來！」酒家見武松看上去沒有什麼醉意，又篩了三碗。

武松邊飲邊說：「真是好酒！主人家，我飲一碗還你一碗酒錢，你就繼續篩來吧。」酒家說：「客官，不要只管飲。這酒真的要醉倒人，沒藥醫！」武松說：「不要胡說！就是你使蒙汗藥在裡面，我也有鼻子！」店家被他說不過，一連又篩了三碗。

武松說：「再拿二斤肉來吃。」酒家又切了二斤熟牛肉，再篩了三碗酒。武松吃得嘴滑，只顧要吃，從身邊取出一些碎銀子，叫：「主人家，你先來看看我這銀子！還你酒肉錢夠嗎？」酒家看了，說：「有餘，還要找你錢。」武松說：「不要你找錢了，再拿酒來篩。」酒家說：「客官，你要飲酒時，還有五六碗酒呢！就怕你飲不得了。」武松說：「就把那五六碗都篩過來。」酒家說：「你這麼一條大漢，如果醉了，怎麼能扶得你起來？」武松說：「要你扶，那不算好漢！」酒家哪裡肯拿酒來篩。武松心急，說：「我又不白飲你的！不要惹老爺發怒，我會讓你這個屋子粉碎！把你這鳥店倒翻轉來！」

酒家說：「這傢伙醉了，不要惹他。」再篩了六碗酒給武松。前後共飲了十八碗，武松拿了哨棒，站起來，說：「看看，我根本沒醉！」走出門，笑著說：「還說什麼『三碗不過崗』！」手提哨棒便走。

酒家趕出來，叫：「客官，哪裡去？」武松站住，問：「叫我做什麼？我又沒有少你的酒錢。」酒家叫：「我是好意，你先回來在我家看抄的官司榜文。」武松問：「有什麼榜文？」

酒家說：「如今前面景陽崗上有一隻吊睛白額大蟲，出來傷人，已經壞了二三十條大漢性命。官司如今杖限獵戶擒捉。崗子路口上都有榜文；讓往來客人結夥成隊，限時過崗。如果是那單身客人，也務必要等伴結夥才過。我見你走都不問人，怕你白白送了性命。你不如就在我這裡歇上一夜，等明天慢慢湊上二三十人，一齊好過崗子。」

武松聽了，笑著說：「我是清河縣人，這條景陽崗上少說也走過了一二十遍了，從來沒聽說有什麼大蟲。你不要用這般鳥話來嚇我！就是有大蟲，我也不怕！」酒家說：「我是好意救你，你不信時，進來看官司榜文。」武松說：「就是真有虎，老爺也不怕！你留我在家裡安歇，怕不是半夜三更，要謀我財，害我性命，卻來用什麼鳥大蟲嚇我？」

酒家說：「你看看！我是一片好心，反被當成惡意！你不信我時，那請尊便！」一面說，一面搖著頭，進店去了。

武松提了哨棒，大步前去景陽崗。大約走了四五里，來到崗子下，見到一棵大樹，刮去了皮，留一片白，上面寫著兩行字。武松也認識幾個字，抬頭看時，上面寫道：「近因景陽崗大蟲傷人，但有過往客商可於巳午未三個時辰結夥成隊過崗，請勿自誤。」

武松看了，笑著說：「這是酒家詭詐，嚇唬那些膽小的客人，以便去那傢伙處歇宿。我卻怕什麼！」橫拖著哨棒，便上崗子來。

一輪紅日已經落下山去。武松乘著酒興，只管走上崗子。走不到半里，看見一個敗落的山神廟。這廟門上正貼著一張印信榜文。武松讀了印信榜文，才知道真的有虎；欲待轉身再回酒店，又肚裡尋思：「我回去時定會讓他恥笑不是好漢。」想了一回，說：「怕什麼鳥！先只顧走上去，看能怎麼樣！」

武松走著，酒慢慢地湧了上來，便把氈笠兒掀在脊梁上，把哨棒夾在肋下，一步步上那崗子來。武松走了一陣子，酒力發作，身體焦熱起來，一隻手提哨棒，一隻手把胸膛袒開，踉踉蹌蹌，奔過亂樹林，見到一塊大青石，便把哨棒倚靠在一邊，放倒身體。正待要睡，只感覺起了一陣狂風。那一陣風過後，聽得亂樹背後撲的一聲響，跳出一隻吊睛白額大蟲。武松見了，叫聲「啊也」，從青石上翻身下來，便拿起那條哨棒在手，閃在青石邊。那大蟲又餓又渴，把兩隻爪子在地上略按一按，往上一撲，從半空裡攛下來。武松吃那一驚，酒都做冷汗出了。

說時遲，那時快，武松見大蟲撲來，只一閃，閃在大蟲背後。那大蟲背後看人最難，便把前爪搭在地下，把腰胯一掀，掀起來。武松又一閃，閃在一邊。大蟲見掀他不著，大吼一聲，卻似半空裡起了個霹靂，震得那山崗也動，把這鐵棒似的虎尾倒豎起來一剪。武松卻又閃在一邊。原來那大蟲拿人只是一撲、一掀、一剪，三般都沒成功，氣性先自沒了一半。那大蟲又剪不著，再吼了一聲，轉了一個身。

武松見那大蟲翻身轉了過來，雙手掄起哨棒，盡平生氣力，只一棒，從半空劈下來。只聽得一聲響，簌簌地，把那樹連枝帶葉打了下來。定睛看時，這一棒沒劈著大蟲，原來打急了，正打在枯樹上，把那條哨棒折做兩截，只拿得一半在手裡。那大蟲咆哮，發威起來，翻身又是一撲。武松又只一跳，退了十步遠。那大蟲恰好把兩隻前爪子搭在武松面前。武松把半截棒丟在一邊，兩隻手順勢把大蟲頂花皮疙瘩揪住，一按按下來。那只大蟲急切要掙扎，被武松盡力氣按住，不肯放鬆。

武松把腳朝大蟲面門上、眼睛裡只顧亂踢。那大蟲咆哮起來，在身子底下爬起兩堆黃泥，做了一個土坑。武松把大蟲嘴按到黃泥坑裡。那大蟲被武松按得沒了氣力。武松左手緊緊揪住頂花皮，騰出右手，提起鐵錘般大小拳頭，盡平生之力只顧打。打到五六十拳，那大蟲眼裡、嘴裡、鼻子裡、耳朵裡，都流出了鮮血，更加動彈不得，只剩下嘴裡喘著粗氣。

武松放了手，松樹邊找到那打折的哨棒，拿在手裡。擔心大蟲不死，用棒橛又打了一回。眼見氣都沒了，這才扔了棒，尋思：「我怎麼才能拖得這死大蟲下崗子去？」一在血泊裡雙手來提時，哪裡提得動。原來使盡了氣力，手腳都發軟了。

武松再來青石上坐了好一會兒，尋思：「天色看看黑了，如果再跳出一隻大蟲來，我怎麼能鬥得過？只有先掙扎著走下崗子去，明早再來理會。」於是在石頭邊尋找到氈笠，轉過亂樹林邊，一步步挨下崗子。走不到半里，只見枯草中又鑽出兩隻大蟲。武松說：「啊呀！我今天交代了！」只見那兩隻大蟲在黑影裡直立起來。

武松定睛看時，卻是兩個人，用虎皮縫做衣裳，緊緊地繃在身上，手裡各拿著一條五股叉，見了武松，大吃一驚，問：「你……你……你……吃了豹子膽、獅子腿，膽倒包著身軀！怎麼敢獨自一個人，昏黑將夜，又沒器械，走過崗子來！你……你……你……是人？是鬼？」

武松也問：「你們在嶺上做什麼？」

兩個人失驚，說：「你還不知道啊！這景陽崗上有一隻極大的大蟲，夜夜出來傷人！我們獵戶也死傷了七八個，過往客人更是不記其數，都被這畜生吃了！本縣知縣令當鄉里正和我們獵戶進行捕捉。那畜生勢大難近，誰敢向前！我們因此，不知挨了多少限棒，只是捉不得！今夜又該我們兩個捕獵，帶上十多個鄉夫在此，上上下下放了窩弓藥箭等待，正在這裡埋伏。你見到大蟲沒有？」

武松說：「我剛才在崗子上亂樹林邊，撞見那大蟲，被我一頓拳腳打死了。」兩個獵戶聽到，癡呆了，說：「沒有這樣的事吧？」武松說：「你們若是不信，只看我身上這些血跡。」

那陽穀縣人民聽說一個壯士打死了景陽崗上的大蟲，都出來觀看，哄動了縣治。知縣在縣廳上賜給武松幾杯酒，把上戶湊的賞賜錢一千貫給了武松。武松告稟：「小人託賴相公的福蔭，僥倖打死了這個大蟲，非小人之能，怎麼敢受賞賜。小人聽說這眾獵戶因為這個大蟲受了相公的責罰，乾脆把這一千貫散給眾人使用吧？」

知縣說：「既是如此，聽憑壯士處置。」武松就把這賞錢在廳上散給了眾獵戶。

知縣見他忠厚仁德，便抬舉他做了陽穀縣的步兵都頭。武松心想：「我本要回清河縣去看望哥哥，誰想做了陽穀縣都頭。」從此上官見愛，鄉里聞名。

又過了二三天，那一天，武松走出縣衙前閒逛，只聽得背後有一個人叫：「武都頭，你今日發跡了，怎麼不照顧我？」武松回頭一看，叫聲：「啊呀！你怎麼卻在這裡？」當下武都頭轉身看見那個人，翻身便拜。那個人不是別人，正是武松的嫡親哥哥武大郎。

原來武大和武松是一母所生的兩個兄弟。武松身長八尺，相貌堂堂，渾身上下有千百斤氣力。不是這樣，怎麼能夠打得那個猛虎？這武大郎身材不滿五尺，面目醜陋，頭腦可笑。清河縣人見他生得短矮，給他起一個外號，叫「三寸丁谷樹皮」。那清河縣，有一個大戶人家，有個使女，娘家姓潘，小名金蓮，年方二十多歲，頗有些姿色。因為那個大戶糾纏她，這使女告訴了主人婆，其意是不肯依從。那個大戶記恨在心，後來，寧願賠些房奩，不要武大一文錢，把使女白白地嫁給了他。自從武大娶得那婦人，清河縣裡有幾個奸詐的浮浪子弟，來他家裡騷擾。這婦人本愛偷漢子，那武大是一個懦弱本分的人，被這一班人時不時在門前叫：「好一塊羊肉，落在狗嘴裡！」因此，武大在清河縣住不穩當，特意搬到這陽穀縣紫石街賃房居住，每天仍舊挑賣炊餅。這一天，正在縣衙前做買賣。

武松替武大挑了擔，武大領著武松，轉彎抹角，一直望紫石街來。轉過兩個彎，來到一個茶坊隔壁，武大叫了一聲：「大嫂開門。」只見簾子掀開，一個婦人站到簾子下，答應：「大哥，怎麼這麼早就回來了？」武大說：「妳的叔叔在這裡，請先相見。」武大郎接了擔進去，然後出來，說：「二哥，到屋裡和你嫂嫂相見。」

那婦人在樓上看到武松這樣一表人物，心裡尋思：「武松和他是嫡親一母兄弟，他生得這般長大。我若嫁得這一個，也不枉為人一世！你看我那三寸丁谷樹皮，三分像人，七分似鬼，我真是倒楣！那武松，大蟲也被他打倒了，他必然有好氣力。他又沒有婚娶，還不如叫他搬到我家住。不想這段姻緣卻在這裡！」

那婦人臉上堆下笑，問武松：「叔叔，來這裡幾天了？」武松回答：「到這裡有十多天了。」婦人說：「乾脆搬來一家子住吧，好不好？早晚要吃點什麼，奴家可以親自安排給叔叔吃，叔叔即便要吃口清湯也好。」

正在樓上說話，武大買了一些酒肉果品歸來，放在廚下，走上樓來，叫：「大嫂，妳先下來安排。」那婦人說：「去叫隔壁的王乾娘安排就行了，沒有一點眼力見！」

喝酒時，那婦人喝了幾杯，一雙眼只看著武松的身上。武松被看不過，只得低了頭，不加以理會。轉日武松收拾好行李鋪蓋，來到哥哥家裡住。那婦人見了，比半夜裡拾到金元寶還歡喜，滿臉堆笑。

第二天一早起床，那婦人慌忙起來燒洗臉水，舀漱口水，叫武松洗漱了，裹了巾幘，出門去縣裡畫卯。那婦人在後面喊：「叔叔，畫了卯，早些歸來吃飯，不要到別處吃。」武松說：「一會兒就來。」到縣裡畫了卯，伺候了一個早晨，又回到家裡。

第十三回　潘金蓮有意動春心　西門慶情迷起相思

話說那個婦人洗手剔甲，齊齊整整，安排下飯食。

有話即長，無話則短。不覺過了一個多月，看看已是十二月天氣。連日北風緊起，四下裡彤雲密布，又紛紛揚揚地飛下一天大雪。當天那雪一直下到天黑仍沒有停止。第二天武松清早到縣裡畫卯，一直到日中未歸。武大被這婦人趕出去做買賣，這婦人央求隔壁王婆買了一些酒肉，在武松房裡生了一盆炭火，心想：「我今天好好挑逗挑逗他，不信他不動情。」

那婦人獨自一個冷冷清清站在簾兒下，只見武松踏雪歸來，忙揭起簾子，賠著笑臉上前迎接，問：「叔叔，寒冷？」武松說：「多謝嫂嫂憂念。」進門來，把氈笠摘下。那婦人雙手去接，武松說：「不麻煩嫂嫂。」自己把雪拂去了，掛在牆壁上。

那婦人便說：「奴家等了你一上午。叔叔，怎麼今天沒回來吃早飯？」武松說：「縣裡遇到一個相識，請吃早飯。剛才又有一個飯局，我沒有心情，一直走到家來。」

那婦人說：「叔叔，烤火。」武松說：「好。」便脫了油靴，換了一雙襪子，穿了暖鞋；取個杌子靠近火邊坐下。那婦人前門上了閂，後門也關了，搬些按酒果品菜蔬放進武松房裡，擺在桌子上。

武松問：「哥哥去哪裡了，怎麼還沒有回來？」婦人說：「你哥哥每天自己出去做買賣，今天我和叔叔自飲三杯。」武松說：「等哥哥回家一起吃。」婦人說：「哪裡能等得他來！等他不得！」話音未落，早暖了一注子酒來。

武松說：「嫂嫂請坐，等武二燙酒才是正理。」婦人說：「叔叔，你請便。」那婦人也取個杌子靠近火邊坐了。火頭邊桌子上擺著杯盤。那婦人拿盞酒，擎在手裡，看著武松，說：「叔叔，請滿飲這一杯。」武松接過，一飲而盡。那婦人又篩了一杯酒，說：「天色寒冷，叔叔，飲個成雙杯。」武松說：「嫂嫂自便。」接來又一飲而盡。

武松卻篩了一杯酒遞給那婦人。婦人接過酒來飲了，卻拿注子再斟酒來，放在武松面前。那婦人酥胸微露，臉上堆笑，說：「我聽得一個閒人說：叔叔在縣前東街上養著一個唱的。真的有這話嗎？」武松說：「嫂嫂休聽外人胡說，武二從來不是這等人。」婦人說：「我不信，只怕叔叔口頭不似心頭。」武松說：「嫂嫂不信時，只問哥哥。」那婦人說：「他曉得什麼。曉得這等事時，也就不賣炊餅了。叔叔，再飲一杯。」連篩了三四杯酒飲了。

那婦人也有三杯酒落肚，哄動春心，哪裡按得住，只管把閒話來說。武松也明白了四五分，只把頭來低了。那婦人起身去燙酒，武松自在房裡拿起火筷子捅火。

那婦人暖了一注子酒，來到房裡，一隻手拿著注子，一隻手便在武松肩胛上一捏，說：「叔叔，只穿這些衣裳，不冷？」武松已有六七分不快，也不應話。那婦人見他不應，伸手便來奪火筷子，嘴裡說：「叔叔不會捅火，我幫叔叔撥火。只要似火盆常熱便好。」武松已有八九分焦躁，只不作聲。那婦人欲心似火，不看武松焦躁，便放了火筷子，篩了一盞酒，自呷了一口，剩了大半盞，看著武松，說：「你若有心，飲了我這半盞殘酒。」

武松伸手奪過來，潑在地下，說：「嫂嫂！不要這樣不識羞恥！」把手只一推，險些把那婦人推一跤。武松睜起眼，說：「武二是個頂天立地的男子漢，不是那等敗壞風俗沒人倫的豬狗！嫂嫂不要這樣不識廉恥！若有些風吹草動，武二眼裡認得是嫂嫂，拳頭卻不認得是嫂嫂！」

那婦人通紅了臉，便拿開了杌子，嘴裡說：「我自作樂玩耍，不值得當真起來！好不識人敬重！」搬了盞碟到廚下去了。武松在房裡忿忿地待著。

過了一陣子，武大挑了擔歸來推門，那婦人慌忙開門。武大進來歇了擔，來到廚下，見老婆雙眼哭得紅紅的。武大說：「妳和誰鬧來？」那婦人說：「都是你不爭氣，讓外人來欺負我！」武大說：「哪裡的人敢來欺負妳！」婦人說：「能有誰！武二那傢伙，我見他大雪裡歸來，連忙安排酒食，請他吃喝，他見前後沒人，便用言語來調戲我！」

武大說：「我兄弟不是這等人，從來老實。不要高聲，別讓鄰舍家笑話。」武大撇了老婆，來到武松房裡，叫：「二哥，你還沒有吃點心，我和你喝些酒。」武松只不作聲，尋思了半晌，穿著了上蓋，帶上氈笠，一頭繫纏袋，一面出門。武大叫：「二哥，哪裡去？」武松也不應，一直只顧去了。一時，引了個士兵搬了行李，徑回縣衙住了。

自從武松搬到縣衙裡宿歇，武大依然每天上街，挑賣炊餅。本想要去縣裡找兄弟說話，卻被這婆娘千叮萬囑，叫不要去見他。因此，武大不敢去找武松。

歲月如流，不覺雪晴。過了十多天，卻說本縣知縣自到任以來，已經有二年半，賺得好些金銀準備使人送上東京親眷處收管使用，也為了今後謀個升轉。知縣怕路上被人劫去，須得一個有本事的心腹人才好，想起武松，「須是此人可去。有這等英雄了得！」當天便叫武松到衙內。

且說武松領下知縣言語，回到住處，取了一些銀兩，叫了一個士兵，上街買了一瓶酒以及魚肉果品之類，往紫石街來，一直走到武大家裡。武大恰好賣炊餅歸來，見武松在門前坐著，叫士兵到廚下安排。那婦人餘情不斷，見武松拿著酒食前來，心想：「是不是這傢伙想念我了，卻又回來？那傢伙一定強不過我！慢慢地相問他。」

那婦人上樓去，重勻粉面，再整雲鬢，換了一些鮮豔衣服穿了，來到門前，迎接武松。那婦人拜道：「叔叔，不知怎麼得罪了？好幾天不上門，叫奴家心裡牽掛。每天叫你哥哥到縣裡尋叔叔賠禮，歸來只說，『沒處尋』，今天且喜得叔叔歸家。沒事花錢做什麼？」

武松回答：「武二有句話，特來和哥哥嫂嫂說。」那婦人說：「既是如此，請樓上坐。」三個人來到樓上客位裡，武松讓哥嫂在上首坐了，自取個杌子，坐了。士兵搬著酒肉上樓，擺在桌子上。武松勸哥哥嫂嫂飲酒。那婦人只顧用眼來睃武松，武松只顧飲酒。

酒至五巡，武松討了一個勸杯，叫士兵篩了一杯酒，拿在手裡，看著武大，說：「大哥在上，今天武二蒙知縣相公派往東京做事，明天便要起程。多是兩個月，少是四五十日便回。有句話特來和你說：你從來為人懦弱，我不在家，恐怕被外人欺負。假如你每天賣十扇籠炊餅，你從明天始，只做五扇籠出去賣；每天遲出早歸，不要和人喝酒；歸家，便下了簾子，早閉上門，省了多少是非口舌。如果有人欺負你，不要和他爭執，等我回來和他理論。大哥依我時，請滿飲這一杯。」

武大接了酒，說：「我兄弟說得是，我都依你。」

飲過一杯酒，武松再篩第二杯酒對那婦人說：「嫂嫂是一個精細人，不須武松多說。我哥哥為人質樸，全靠嫂嫂做主看待他。常言說，『表壯不如裡壯』。嫂嫂把得家定，我哥哥煩惱做什麼？」

那婦人推開酒盞，一直跑下樓。走到半扶梯上，發話：「你既是聰明伶俐，卻不知『長嫂為母』？我當初嫁武大時，沒有聽說有什麼阿叔！哪裡走得來，『是親不是親，便要做喬家公』！是老娘晦氣了，撞著這許多事！」哭著下樓去了。那武大、武松再飲了幾杯。武松拜辭了哥哥。

話分兩頭。只說武大郎自從武松說了去，整整被那婆娘罵了三四天。武大忍氣吞聲，由她自罵，心裡只依著兄弟的話，每天只做一半炊餅出去賣，未晚便歸，歇了擔，便去除了簾子，關上大門，來家裡休息。

那婦人指著武大臉上大罵：「混沌濁物，我還從來沒見過日頭在半天裡，便關了家門的，這不是讓別人說我們家裝神弄鬼嗎?!只聽你那兄弟的話，也不怕別人笑話！」

武大搖手，說：「隨便人家怎麼想，我兄弟說得是金子言語！」

又過了二三天，冬天快過去了，天色回陽微暖。當天武大馬上就應當歸來了，那婦人習慣了，先在門前來叉那簾子。也是當有事，卻好有一個人從簾子邊走過。這婦人手裡拿叉竿不牢，失手滑倒，不端不正，正好打在那人的頭巾上。那人站住了腳，看上去要發作；回過臉來看時，卻是一個妖嬈的婦人，先自酥了半邊，那怒氣直鑽到「爪哇國」去了，變成笑吟吟的臉。這婦人見人家沒怪她，便叉手深深地道個萬福，說：「奴家一時失手。官人疼了？」那人整整頭巾，把腰曲著地還禮，說：「沒關係。娘子閃了手？」這一幕卻被這隔壁的王婆在茶局子裡水簾底下看見了，笑著說：「呵！誰讓大官人從這屋簷邊過的？打得正好！」那人笑著說：「這是小人的不是。衝撞了娘子，休怪。」那婦人也笑著說：「官人原諒奴家才好。」那人又笑著，大大地唱個肥喏，說：「小人不敢。」那一雙眼只在這婦人身上，也回了七八遍頭。

你道那人姓啥名誰？哪裡居住？原來是陽穀縣一個破落戶財主，在縣前開著一個生藥鋪。從小就是一個奸詐的人，使得些好拳棒，專在縣裡管些公事，替人放刁把濫，說事過錢，排陷官吏。因此，滿縣人都多少讓著他。那人複姓西門單諱一個慶字，排行第一，人們都叫他西門大郎。近來那人發跡有錢，人們又都稱他西門大官人。

不久，只見那西門慶一轉，拐入王婆茶坊裡，在裡邊水簾下坐了。王婆笑著說：「大官人，剛才唱得好個大肥喏！」西門慶也笑了，說：「乾娘，妳先過來，我問妳：隔壁這個雌兒是誰的老小？」

王婆說：「她是閻羅大王的妹子！問她做什麼？」西門慶說：「我和妳說正經話，休要取笑。」王婆說：「大官人怎麼能不認得，她的老公便是每天在縣前賣熟食的。」西門慶說：「是不是賣棗糕徐三的老婆？」王婆搖手，說：「不是。如果是他，正是一對兒。大官人再猜。」西門慶說：「可是銀擔子李二哥的老婆？」王婆搖頭，說：「不是！如果是他，也倒是一雙。」西門慶問：「那是花胳膊陸小乙的妻子？」王婆大笑，說：「不是！若是他的時，也又是好一對兒！大官人再猜一猜。」西門慶說：「乾娘，我其實猜不著。」

王婆哈哈大笑，說：「好讓大官人得知了笑一聲。卻是街上賣炊餅的武大郎。」西門慶跌腳笑著說：「是不是人們叫三寸丁谷樹皮的武大郎？」王婆說：「正是他。」西門慶聽了，叫起苦來，說：「好一塊羊肉，怎麼落在狗嘴裡！」王婆說：「便是這般苦事！自古說：『駿馬卻馱癡漢走，巧婦常伴拙夫眠。』月下老偏要這般配合！」

西門慶再說了幾句閒話，相謝起身去了。大約不到半個時辰，又轉到王婆店門口簾邊坐下，臉面向武大門前。王婆出來，問：「大官人，吃個『梅湯』？」西門慶說：「最好，多加些酸。」王婆做了一個梅湯，雙手遞給西門慶。

西門慶慢慢地吃了，盞托放在桌上。西門慶說：「王乾娘，妳這梅湯做得好，有多少在屋裡？」王婆笑著說：「老身做了一世媒，哪討一個在屋裡。」西門慶說：「我問妳梅湯，妳卻說做媒，差了多少？」王婆說：「老身只聽得大官人問這『媒』做得好，老身只道說做媒。」西門慶說：「乾娘，妳既然是撮合山，也給我做頭媒，說頭好親事。我自重重謝妳。」

第二天，清早，王婆剛才開門，看門外時，只見西門慶又在門前兩頭來回走著。王婆見了，心想：「這個刷子踅得緊！你看我用些甜糖抹在這傢伙鼻子上，只叫他舔不著。那傢伙會討縣裡人便宜，只叫他在老娘這裡破點財！」

王婆開了門，正在茶局子裡生炭，整理茶鍋。西門慶一直走進茶房裡，在水簾底下，望著武大門前。王婆裝做沒看見，只顧在茶局裡搧風爐子，不出來問茶。

王婆只在茶局裡偷看動靜，見西門慶又在門前拐到東邊去，邊走邊看；走到西邊又睃一睃。來回走了七八遍，這才又一直來到茶房裡。

王婆說：「大官人稀客！好幾時不見面！」

西門慶笑了起來，從身邊摸出一兩來銀子遞給王婆，說：「乾娘，暫時收了做茶錢。」婆子笑著說：「哪裡用得著這許多？」西門慶說：「只顧放著。」婆子暗暗歡喜，心想：「來了！這刷子當敗！」把銀兩藏了，便說：「老身看大官人有點渴，來個『寬煎葉兒茶』，好不好？」

西門慶問：「乾娘如何能猜著？」

婆子說：「有什麼難猜。自古道：『入門休問榮枯事，觀看容顏便得知。』老身什麼樣蹺蹊作怪的事都猜得著。」

西門慶說：「我有一件心事，乾娘猜得著時，給妳五兩銀子。」

王婆笑著說：「老娘也不需要三智五猜，只一智便猜個十分。大官人，你把耳朵湊過來。你這兩天腳步緊，來得頻繁，一定是牽掛著隔壁那個人。我猜得怎麼樣？」

西門慶笑了起來，說：「乾娘，妳真是智賽隋何，機強陸賈！不瞞乾娘說：我不知怎麼，被她那天叉簾子時，見了這一面，好似收了我三魂七魄，只是沒有因由。不知妳會弄手段嗎？」

王婆哈哈地笑起來，說：「老身不瞞大官人說。我家賣茶，叫做『鬼打更』！三年前六月初三下雪的那一天，賣了一個泡茶，一直到現在不發市。專門靠些『雜趁』糊口。」

西門慶問：「怎麼叫做『雜趁』？」

王婆笑著說：「老身為頭是做媒，又會做牙婆，也會抱腰，也會收小的，也會說風情，也會做『馬泊六』。」

西門慶說：「乾娘，真的替我說得成時，我送十兩銀子給妳做棺材本。」

第十四回　王乾娘貪賄說風情　大官人癡心誇金蓮

王婆說：「大官人，你聽我說：但凡挨光的兩個字最難，要五件事俱全，方才辦成。第一件，潘安的貌；第二件，驢兒大的行貨；第三件，要似鄧通有錢；第四件，小，就要綿裡針忍耐；第五件，要閒工夫。這五件，叫做『潘、驢、鄧、小、閒』。五件俱全，這件事便可成功。」

西門慶說：「實不瞞妳說，這五件事我都有些：第一，我的長相雖然比不得潘安，也說得過；第二，我小時也曾經養得好大龜；第三，我家裡也有一些錢財，雖然不及鄧通，也過得去；第四，我最能忍耐，便是打我四百頓，我也不會回一下；第五，我最有閒工夫，不然，如何來得這麼頻繁？乾娘，妳只要作成我！成功之後，我自然會重重地感謝妳。」

王婆說：「大官人，雖然你說的五件事都全，我知道還有一件事要打攪。」

西門慶說：「妳先說什麼事打攪？」

王婆說：「大官人，休怪老身直言：但凡挨光最難，十分光時，使錢到九分九厘，也有難成之處。我知道你從來慳吝，不肯胡亂花錢，只有這一件打攪。」西門慶說：「這個極容易醫治，我只要聽妳的話就是了。」

王婆說：「如果是大官人肯花錢，老身有一條計，能叫大官人和這雌兒會上一面。只不知官人肯不肯依我？」西門慶說：「不管怎麼樣，我都依妳。乾娘有什麼妙計？」

王婆笑著說：「今天晚了，先回去吧。過半年三個月再來商量。」西門慶便跪下，說：「乾娘！不要這樣，妳務必幫助我成了這事！」

王婆笑著說：「大官人卻又慌了。老身那條計是個上著，雖然入不得武成王廟，真的強似孫武子教女兵，十捉九著！大官人，我今天對你說：這個人原是清河縣大戶人家討來的養女，做得一手好針線。大官人，你便買一匹白綾，一匹藍繡，一匹白絹，再用十兩好棉，都拿來給老身。我到她那裡去，向她討個茶喝，卻對這雌兒說：『有個施主官人送我一套送終衣料，特來借曆頭。央求娘子給老身揀個好日子，去請個裁縫來做。』她若見我這樣說，不理睬我時，這件事便吹了。她如果說『我替妳做』，不要我叫裁縫時，這便有一分光了。我便請她到家來做，她如果說『還是放在我家做』，不肯過來，這件事也就吹了。她如果歡天喜地，說『我來做，就替妳裁』，這光便有二分了。如果是肯來我這裡做時，卻要安排一些酒食點心請她。第一天，你也不要來。第二天，她如果說不方便，一定要回家去做，這件事便休了。她如果依前肯到我家做時，這光便有三分了。這一天，你也不要來。到第三天晌午前後，你整整齊齊地打扮了前來，咳嗽為號。你在門前說：『怎麼連日不見王乾娘？』我便出來，請你到房裡。如果她見你來，起身跑了歸去，難道我拖住她？這件事便休了。她如果見你進來，不動身時，這光便有四分了。坐下時，便對雌兒說：『這個便是給我衣料的施主官人，虧殺他！』我誇大官人許多好處，你便賣弄她的針線。如果她不來同你對話，這件事便休了。她如果嘴裡答應說話時，這光便有五分了。我卻說：『難得這個娘子幫我出手做。虧殺了你們這兩個施主：一個出錢的，一個出力的。

不是老身相央，難得這個娘子在這裡，官人好做個主人，替老身給娘子請請客。』你便取出銀子來央求我去買。如果她抽身便走，不成扯住她？這件事便休了。她如果不動身時，這光便有六分了。我卻拿了銀子，臨出門，對她說：『有勞娘子相待大官人坐一坐。』她如果也起身走了，我難道也阻擋她？這件事便休了。如果她不起身走動時，這件事又好了，這光便有七分了。等我買東西回來，擺在桌上，我便說：『娘子先收拾生活，飲一杯，難得這位官人破費。』她如果不肯和你同桌吃，走了，這件事便休了。如果她只是嘴裡說要去，卻不動身，這事又好了，這光便有八分了。等她飲得酒濃時，正說得高興，我便推說沒了酒，再叫你買，你便又央求我去買。我只做去買酒，把門拽上，關你和她在裡面。她如果焦躁，跑了，這件事便休了。她如果由我拽上門，不焦躁時，這光便有九分了。只欠一分光了便成了。這一分倒難。大官人，你在房裡，用幾句甜淨的話和她說，你不可粗魯，如果去動手動腳，打攪了事，那時我不管你。你可先假做袖子把桌上一雙筷子拂落，你只做去地下拾，用手去她的腳上捏一捏。她如果鬧起來，我自來搭救，這件事也便休了，再也難得成。如果她不作聲時，這是十分光了。這時候，十分事都成了！這條計策怎麼樣？」

西門慶聽了大笑，說：「雖然上不得凌煙閣，真是好計！」王婆說：「不要忘了許我的十兩銀子！」西門慶說：「『但得一片橘皮吃，莫便忘了洞庭湖。』這條計什麼時候可行？」王婆說：「只在今晚便有回報。我如今趁著武大未歸，走過去細細地說誘她。你卻使人把綾繡絹匹和棉子拿過來。」

西門慶作別了王婆，便去市上繡絹鋪裡買了綾繡絹緞和十兩清水好棉。在家裡叫個伴當，取包袱包了，帶了五兩碎銀子，送到茶坊來。

王婆接了東西，囑咐伴當回去，開了後門，走到武大家裡來。那婦人接著，請到樓上坐。那王婆說：「娘子，怎麼不到貧家喝茶？」那婦人說：「這幾日身體不快，懶得動。」王婆說：「娘子家裡有曆日嗎？借給老身看一看，要選個裁衣日。」那婦人問：「乾娘裁什麼衣裳？」

王婆說：「老身十病九痛，只怕有些山高水低，預先要置辦一些送終衣服。難得近處一個財主見老身這樣說，布施給我一套衣料，綾繡絹緞，又給了許多好棉。放在家裡一年多了，沒有做。今年覺得身體不太好，又撞著如今閏月，趁著這兩天要做。」

那婦人聽了，笑著說：「只怕奴家做得不中乾娘意。如果不嫌棄時，奴家幫乾娘做，如何？」那婆子聽了，滿臉堆笑，說：「如果能經娘子貴手做時，老身便死後也得好處去。久聞娘子一手好針線，只是不敢相求。」

那婦人說：「這有什麼關係。許了乾娘，一定是要給乾娘做的。看曆頭叫人揀個黃道吉日，便給妳做。」王婆說：「如果娘子肯給老身做時，娘子是一點福星，何用選日？老身前天也央求人看了，說明天是個黃道吉日。」

那婦人說：「壽衣正要黃道吉日才好，不用另外選日子。」王婆說：「既然是娘子肯作成老身，那就明天最好，還麻煩娘子到寒家去做。」那婦人說：「乾娘，不必了，過來做不得嗎？」王婆說：「只是老身也要看娘子做生活，又怕家裡沒人看門。」那婦人說：「既然是乾娘這樣說時，我明天飯後便來。」那婆子千恩萬謝下樓去了，當晚回覆了西門慶，約定後天准來。

且說武大吃了早飯，出去賣炊餅。那婦人把簾子掛了，從後門到王婆家裡。那婆子歡喜，接到房裡坐下，濃濃地點道茶，撒上一些松子胡桃肉，遞給這婦人喝了。抹得桌子乾淨，便拿出那綾紬絹緞。婦人尺量了身材長短，裁得完備，縫了起來。那婦人縫到中午，王婆便安排酒食請她，快到天晚，便收拾起生活，歸去，恰好武大歸來，挑著空擔進門。那婦人拽開門，下了簾子。

王婆設計已定，賺潘金蓮來家。第二天早飯後，武大出去了，王婆便過來相請。到她房裡，取出生活，又縫了起來。王婆一邊點茶來喝了，不在話下。

看官聽說：但凡世上婦人，由你十八分精細，被小人意過，縱有十個，九個著了道！再說王婆安排了點心，請那婦人吃了酒食，又繼續縫，看看晚來，又千恩萬謝去了。話休絮繁。第三天早飯後，王婆看到武大出去了，便走過後門來，叫：「娘子，老身大膽。」那婦人從樓上下來，說：「奴家就過來。」兩個見了，來到王婆房裡坐下，取過生活來縫。那婆子隨即點盞茶，兩個喝了。

那婦人看看縫到晌午前後。卻說西門慶等到這一天，裹了頂新頭巾，穿了一套整整齊齊衣服，帶了三五兩碎銀子，到紫石街來。到得茶房門前，一邊咳嗽一邊說：「王乾娘，連日怎麼不見？」那婆子聽得明白，便應聲說：「誰叫老娘！」西門慶說：「是我。」

那婆子趕出來看了，笑著說：「我只道是誰，原來是施主大官人。你來得正好，先請你進去看一看。」把西門慶袖子一拖，拖進房裡，對著那婦人說：「這個便是那施主，給老身那衣料的官人。」

西門慶見了那婦人，便唱了個喏。那婦人慌忙放下生活，還了萬福。

王婆指著這婦人對西門慶說：「難得官人給老身衣料，放了一年，沒有做得。如今又虧了這位娘子幫助給老身做成全了。真是一手好針線！又密又好，其實難得！大官人，你先看一看。」

西門慶拿起來看了，喝采，嘴裡說：「這位娘子怎麼有這樣一手好生活！真是神仙一般的手段！」那婦人笑著說：「官人休要笑話。」西門慶問王婆：「乾娘，不敢問，這位是誰家宅上娘子？」王婆說：「大官人，你猜。」西門慶說：「小人如何猜得著。」

王婆哈哈大笑，說：「便是隔壁武大郎的娘子。想必是前幾天叉竿打得不疼，大官人便忘了。」那婦人臉便紅紅地說：「那天奴家偶然失手，官人休要放在心上。」西門慶說：「說哪裡話。」王婆便介面說：「這位大官人一生和氣，從來不會記恨，極是好人。」

西門慶說：「前幾天小人不認得，原來卻是武大郎的娘子。小人只認得大郎，一個養家經紀人。在街上做買賣，大大小小沒有得罪一個人，又會賺錢，又有好性格，真是個難得的人。」王婆說：「可知呢：娘子自從嫁得這個大郎，只要有事，百依百隨。」那婦人應聲說：「他是沒用的人，官人不要笑話。」

西門慶說：「娘子差了。古人說：『柔軟是立身之本，剛強是惹禍之胎。』似娘子的大郎如此善良，『萬丈水無涓滴漏』。」王婆打著邊鼓說：「說得是。」西門慶誇獎了一回，便坐在婦人對面。

王婆又問：「娘子，妳認識這個官人嗎？」

那婦人說：「奴家不認識。」

婆子說：「這個大官人是本縣的一個財主，知縣相公也和他來往，叫做西門慶大官人，萬萬貫錢財，開著個生藥鋪在縣前。家裡錢過北斗，米爛陳倉，赤的是金，白的是銀；圓的是珠，光的是寶。也有犀牛頭上角，亦有大象嘴中牙。」那婆子只顧誇獎西門慶，那婦人低了頭縫針線。西門慶看到潘金蓮，十分情思，恨不就做一處。王婆便去點兩盞茶，遞一盞給西門慶，一盞遞給這婦人，喝過茶，便覺有些眉目送情。王婆看著西門慶，把一隻手在臉上摸。西門慶心裡明白，已知有五分了。王婆便說：「大官人不來時，老身也不敢來宅上相請；一者緣法，二者來得恰好。常言說：『一客不煩二主。』大官人便是出錢的，這位娘子便是出力的。不是老身相煩，難得這位娘子到這裡，官人好做個主人，替老身招待招待娘子。」

西門慶說：「小人也見不到，這裡有銀子。」便取出來，和帕子遞給王婆。那婦人便說：「不必麻煩。」嘴裡說，又不動身。王婆拿著銀子要去，那婦人又不起身。婆子出門，又說：「有勞娘子相陪大官人坐一坐。」那婦人說：「乾娘，免了。」卻不動身。也是姻緣，都有意了。西門慶一雙眼只看著那婦人，這婆娘一雙眼也偷睃西門慶，見了這表人物，心中倒有五六分意了，又低著頭自做生活。

不久，王婆買了些現成的肥鵝熟肉、細巧果子歸來，用盤子盛了，果子菜蔬都裝了，搬到房裡的桌子上。看著那婦人，那婦人說：「乾娘自便，相待大官人，奴家卻不敢當。」依舊不動身。那婆子說：「正是專門為了招待娘子，怎麼卻說這樣話？」王婆把盤饌都擺在桌子上，三人坐定，拿酒來斟。

這西門慶拿起酒盞，說：「娘子，請滿飲這一杯。」那婦人笑著說：「多感官人厚意。」王婆說：「老身知道娘子洪飲，請開懷吃兩盞。」西門慶拿起筷子，說：「乾娘，請替我勸娘子吃一些。」

那婆子揀好的遞給那婦人吃。一連斟了三巡酒，那婆子便去燙酒。西門慶問：「不敢動問娘子青春多少？」那婦人應聲說：「奴家虛度二十三歲。」西門慶說：「小人比娘子大五歲。」那婦人說：「官人將天比地。」

王婆走進來，說：「好一個精細的娘子！不單做得好針線，諸子百家都通曉。」西門慶說：「卻是哪裡去討！武大郎好生有福！」王婆便說：「不是老身說是非，大官人宅裡枉有許多，哪裡討一個趕得上這娘子的！」西門慶說：「一言難盡；只是小人命薄，沒有招得一個好的。」王婆說：「大官人，先頭娘子須好。」西門慶說：「休說！如果是我先妻在時，那確實好。如今枉自有三五七口人吃飯，都不管事！」

那婦人問：「官人，這樣說，歿了大娘子有幾年了？」西門慶說：「說不得。小人先妻是微末出身，卻是百伶百俐，件件事情都替得小人。如今不幸，她歿了已有三年，家裡的事現在是七顛八倒。為何小人經常出來？如果在家裡，常要嘔氣。」

那婆子說：「大官人，休怪老身直言：你先頭娘子也沒有武大娘子這一手好針線。」西門慶說：「便是小人先妻也沒有這娘子這表人物。」

那婆子笑著說：「官人，你養的外宅在東街上，怎麼不請老身去喝茶？」西門慶說：「便是唱慢曲的張惜惜，我見她是路歧人，不喜歡。」婆子又說：「官人，你和李嬌嬌卻是長久。」西門慶說：「這個人現在娶在家裡。如果她似這位娘子，自然早就冊正了她。」王婆說：「如果有娘子這樣中官人意的，來宅上說沒關係嗎？」西門慶說：「我的爹娘都已歿了，我自己主張，誰敢說個『不』字。」王婆說：「我只是說說，哪裡就有中官人意的人出現。」西門慶說：「為什麼沒有？只恨我夫妻緣分上薄，沒有撞著！」

第十五回　王婆教唆西門慶　淫婦藥鴆武大郎

話說西門慶和這婆子一唱一和，說了一回。王婆便說：「正好飲酒，卻又沒了。官人休怪老身，再買一瓶酒。好不好？」西門慶說：「我手帕裡有五兩來碎銀子，都放在你這裡吧，要吃時只顧取來，多的乾娘拿去吧。」

那婆子謝了官人，起身瞅這粉頭時，一盅酒落肚，哄動春心，兩個言來語去，都有意了。那娘子只是低了頭，卻不起身。那婆子滿臉堆笑，說：「老身去取酒來給娘子再飲一杯，有勞娘子相待大官人坐一坐。注子裡有酒沒有？再篩兩盞和大官人喝，老身去縣前那家賣好酒的店裡買一瓶來，去的時間要長一些。」那婦人嘴裡說：「不用了。」坐著，卻不動身。婆子出房用索子縛了房門，在當路坐了。

且說西門慶在房裡，斟酒來勸那婦人；袖子卻在桌上一拂，把那雙筷拂落地下。也是緣分湊巧，那雙筷子正落在婦人腳邊。西門慶連忙蹲身下去拾，只見那婦人尖尖的一雙小腳正翹在筷子邊。西門慶先不拾筷子，在那婦人繡花鞋兒上捏了一把。那婦人便笑了起來，說：「官人，休要唆！你真想要勾搭我？」西門慶跪下，說：「只是求娘子作成小人！」那婦人便把西門慶摟抱起來。當時兩個人就在王婆房裡，脫衣解帶，無所不至。

雲雨才罷，正欲各整衣襟，只見王婆推開房門進來，大怒，說：「你們兩個做得好事！」

西門慶和那婦人，都吃了一驚。那婆子便說：「好呀！好呀！我請妳來做衣裳，沒有叫妳偷漢子！武大得知，須連累我，不如我先出去告訴！」回身便走。那婦人扯住裙兒，說：「乾娘饒了我吧！」西門慶說：「乾娘小聲！」

王婆笑著說：「如果要我饒恕你們，都要依我一件事！」那婦人說：「休說一件，便是十件奴家也依！」

王婆說：「妳從今天開始，瞞著武大，每天不要失約，不要負了大官人，我便罷休。如果一天不來，我便對武大說。」那婦人說：「只依著乾娘就是了。」

王婆又說：「西門大官人，你不用老身多說，這十分好事都完了，所許之物不可失信。你如果負心，我也要對武大說！」西門慶說：「乾娘請放心，我並不失信。」

那婦人自當天開始，每天到王婆家裡和西門慶待在一起，恩情似漆，心意如膠。自古說，「好事不出門，惡事傳千里」。不到半月之間，街坊鄰舍都知道了，只瞞著武大一個。

話分兩頭。且說本縣有個小的，年方十五六歲，本身姓喬，因為在鄆州生養的，就取名叫做鄆哥，家中只有一個老爹。那小傢伙生得機靈，只靠縣前這許多酒店裡賣些時新果品，經常賣給西門慶。這一天，正有一籃兒雪梨，提著繞街找尋西門慶。正見王婆坐在小凳上。那婆子問：「鄆哥，你來這裡做什麼？」鄆哥說：「要找大官人賺三五十錢養活老爹。」婆子說：「什麼大官人？」鄆哥說：「乾娘明明知道是哪個，就是他哪個。」鄆哥往裡面便走。

那婆子一把揪住，說：「小猴子！哪裡去？人家屋裡，各有內外！」鄆哥說：「我到房裡找他。」王婆說：「含鳥猢猻！我屋裡哪有什麼『大官人』！」鄆哥說：「不要獨自吃啊！也拿些汁水給我呷一呷！我有什麼不明白！」那婆子被他這兩句說出心病，大怒，說：「含鳥猢猻！也來老娘屋裡放屁辣臊！」鄆哥說：「我是小猢猻，你是『馬泊六』！」那婆子揪住鄆哥，鑿上兩個栗爆。鄆哥叫：「做什麼打我？」婆子罵著說：「賊猢猻！大耳刮子打你出去！」這婆子大栗爆鑿一直打到街上。

這小猴子打不過那虔婆，一邊罵，一邊哭，一邊走，一邊在街上拾梨，指著那王婆茶坊罵：「老咬蟲！我叫妳不要慌！我去告訴他！」當下鄆哥被王婆打了這幾下，奔到街上，一直來尋找武大郎。轉了兩條街，只見武大挑著炊餅擔，正從那條街走來。

鄆哥見了，站住，看著武大，說：「我前天要羅些麥稃，到處都沒羅處，人們都說你屋裡有。」武大說：「我屋裡又不養鵝鴨，哪裡有這麥稃？」

鄆哥說：「你說沒麥稃，怎麼肥㖞㖞的，便顛倒提起你來也沒關係，煮你在鍋裡也沒氣？」武大說：「含鳥猢猻，罵得我好！我的老婆又不偷漢子，我如何是鴨？」鄆哥說：「你老婆不偷『漢子』，只偷『子漢』！」武大扯住鄆哥，道：「還我主來！」鄆哥說：「我笑你只會拉扯我，卻不咬下他左邊的來！」武大說：「好兄弟，你對我說是誰，我把大個炊餅送你。」

鄆哥說：「炊餅不行。你只做個小主人，請我喝上三杯，我便說給你。」武大說：「你會喝酒？跟我來。」武大看那猴子吃了酒肉，說：「你如今卻說給我聽。」鄆哥說：「你要想得知，先用手摸我頭上這疙瘩。」

武大問：「怎麼會有這樣的疙瘩？」

鄆哥說：「我對你說：我今天拿著這一籃雪梨去找尋西門大郎，到處都沒找到。街上有人說：『他在王婆茶房裡和武大娘子勾搭上了，每天只在那裡走動。』我指望去摸三四十錢使用，可恨那王婆老豬狗不放我到房裡找他，大栗爆打我出來。我特地來尋你。我剛才用兩句話來激你，我不激你時，你一定不會來問我。」

武大一聽，說：「兄弟，我實不瞞你說，那婆娘每天去王婆家裡做衣裳，歸來時，便臉紅，我也有些疑忌。這話正是了！我如今放下擔，便去捉姦，怎麼樣？」

鄆哥說：「我被那老豬狗打了，也沒地方出氣。我教你一著。你今天晚點回去，不要發作，也不可露出異樣，只做每天回家那樣。明早你少做些炊餅出來賣，我在巷口等你。如果見到西門慶進去，我便來叫你。你可挑著擔，只在附近等我。我先去招惹那老狗。她必然來打我，我便將籃子扔到街上。你跑過來，我一頭頂住那婆子。你只顧奔到房裡去，叫起屈來。這一條計如何？」

武大說：「既是如此，虧了兄弟！我有幾貫錢，給你拿去糴米。明天早早來紫石街巷口等我！」鄆哥得了幾貫錢、幾個炊餅，去了。

當晚武大挑了擔回家，也只和每天一般，並不說起。那婦人說：「大哥，買盞酒喝？」武大說：「剛才和一般經紀人買了三碗喝了。」那婦人安排晚飯給武大吃了，當夜無話。

第二天早飯後，武大只做兩三扇炊餅放在擔上。這婦人一心想著西門慶，哪裡理會武大做多做少。當天武大挑了擔，出去做買賣。這婦人巴不得他出去，便到王婆房裡等西門慶。

且說武大挑著擔，到紫石街巷口，迎見鄆哥提著籃子在那裡張望。武大問：「怎麼樣？」鄆哥說：「還早了點。你先去賣一遭再來。他七八分來了，你只在附近伺候。」武大很快地去賣了一遭回來。鄆哥說：「你只看我籃子撇出來，你便跑過去。」武大把擔子寄下，不在話下。

卻說鄆哥提著籃子走到茶坊裡，大罵：「老豬狗，妳昨天做什麼便打我！」那婆子舊性不改，跳起身來，喝道：「你這小猢猻！老娘和你無干，你做什麼又來罵我！」鄆哥說：「就罵妳這『馬泊六』，做牽頭的老狗！」

那婆子大怒，揪住鄆哥便打。鄆哥叫了一聲「妳打我！」把籃子扔出當街上。那婆子正要揪他，被這小猴子叫聲「妳打」時，把王婆腰帶住，看著婆子小肚上一頭撞去，王婆差點跌倒，卻得牆壁擋住，所以沒有倒。

那猴子死頂在牆壁上。只見武大大踏步跑到茶坊裡來。那婆子見到武大，正要攔時，卻被這小猴子死命頂住，哪裡肯放，婆子只得叫：「武大來了！」那婆娘正在房裡，先奔來頂住了門。這西門慶鑽到床底下躲。武大搶到房裡邊，用手推那房門，哪裡推得開，嘴裡只叫得：「做得好事！」

那婦人頂住門，慌做一團，嘴裡說：「平時賣弄好拳棒！急上場時就沒用了！見個紙老虎也嚇一跤！」那婦人這幾句話分明叫西門慶來打武大，奪路逃走。西門慶在床底下聽了婦人這幾句話，提醒了他這個念頭，鑽出來，拔開門，叫聲「不要打」。武大正要揪他，被西門慶早飛起右腳，武大矮短，正踢中心窩，往後便倒了。

西門慶見踢倒了武大，打鬧裡一直走了。鄆哥見情形不妙，撇了王婆。街坊鄰舍都知道西門慶了得，誰敢多管這件事。王婆當時在地下扶起武大，見他嘴裡吐血，面皮蠟黃，便叫那婦人出來，舀碗水，救醒，兩個上下肩攙著，便從後門扶到樓上去，安排他在床上睡了，當夜無話。

第二天，西門慶打聽得沒事，依前來和這婦人待在一起，指望武大自死。武大一病五天，不能夠起床。每天叫那婦人不應，又見她濃妝豔抹了出去，歸來時便面顏紅色，武大氣得發昏，又沒人來理睬。

王婆這時問西門慶：「你們要長做夫妻，短做夫妻？」西門慶說：「乾娘，請周全我們！只要長做夫妻！」王婆說：「這條計用著一件東西，別人家裡都沒有，只有大官人家裡有！」

西門慶說：「便是要我的眼睛也剜來給你。卻是什麼東西？」

王婆說：「如今這搗子病得重，趁他狼狽時，便好下手。大官人從家裡取些砒霜來，卻讓大娘子自去贖一帖治心疼的藥，把這砒霜下在裡面，把這矮子結果了，一把火燒得乾乾淨淨，沒了蹤跡，便是武二回來，能怎麼著？自古說：『嫂叔不通問』、『初嫁從親，再嫁由身』。阿叔如何管得！暗地裡來往一年半載，等到夫孝滿日，大官人娶到家去，這個不是長遠夫妻，偕老同歡？這條計行嗎？」

西門慶說：「乾娘，只怕罪過？罷！罷！罷！一不做，二不休！」王婆說：「可知好呢。這是斬草除根，萌芽不發。如果是斬草不除根，春來萌芽再發！官人便去取些砒霜，我自會讓娘子下手。事了時，卻要重重謝我。」

西門慶說：「這個自然，不用妳說。」便去包了一包砒霜，給王婆收了。

王婆把這砒霜用手捻為細末，讓那婦人拿去藏了。那婦人到樓上看武大時，一絲沒兩氣，看看待死，那婦人坐在床邊假哭。武大問：「妳哭什麼？」

那婦人拭著眼淚，說：「是我的不是了，被那傢伙騙了，誰想卻踢了你這一腳，我討得一帖好藥，要去贖來醫你，又怕你疑忌了，不敢去取。」

武大說：「妳救活我，無事了，一筆都勾銷，並不記恨，快去贖藥來救我！」

那婦人拿了一些銅錢，直接到王婆家裡，卻叫王婆贖了藥來，拿到樓上，讓武大看了，說：「這帖心疼藥，太醫叫你半夜裡吃。吃了倒頭用一兩床被發些汗，明天便起得來。」

武大說：「卻是好啊！有勞大嫂，半夜裡調來給我吃。」

那婦人說：「你放心睡吧，我自然會來服侍你。」

看看天色黑了，那婦人在房裡點上碗燈；下面先燒了一大鍋水，拿了一片抹布煮在水裡。聽那更鼓時，卻好正打三更，正是半夜時分。那婦人先把毒藥倒在盞子裡，舀了一碗白水，拿到樓上，叫聲：「大哥，藥在哪裡？」武大說：「在我席子底下枕頭邊。妳快調來給我吃。」

那婦人揭起席子，把那藥抖在盞子裡。把那藥用白開水沖在盞裡，用頭上的銀牌一攪，調得勻了，左手扶起武大，右手灌藥。武大呷了一口，說：「大嫂，這藥好難吃！」那婦人說：「只要能治得病，管它什麼難吃。」武大再呷第二口，被這婆娘就勢一灌，一盞藥都灌到喉嚨裡去了。那婦人放倒武大，慌忙跳下床來。

武大哎了一聲，說：「大嫂，吃下這藥，肚裡倒疼起來！苦呀！苦呀！受不了了！」

這婦人到腳後扯過兩床被來，沒頭沒臉只顧蓋。武大叫：「我氣悶！」那婦人說：「太醫囑咐，叫我給你發些汗，便好得快。」武大再要說時，這婦人怕他掙扎，便跳上床來騎在武大身上，用手緊緊地按住被角，哪裡肯放鬆。那武大哎了兩聲，喘息了一回，腸胃迸斷，嗚呼哀哉，身體動不得了！

那婦人揭起被來，見武大咬牙切齒，七竅流血，怕了，跳下床，敲那牆壁。王婆聽得，走到後門咳嗽。那婦人下樓來，開了後門。王婆問：「完事了嗎？」那婦人說：「完是完了，只是我手腳軟了，安排不得！」王婆說：「有什麼難辦，我幫妳就是了。」

當時那婦人乾號了一陣，天色未曉，西門慶奔來討信。王婆說了。西門慶取出銀子給王婆，叫買棺材，就叫那婦人商議。

這婆娘過來和西門慶說：「我的武大今天已死，我只靠著你做主！」西門慶說：「這個不用你說。」王婆說：「只有一件事最要緊。地方上團頭何九叔，是個精細的人，只怕他看出破綻不肯殮。」西門慶說：「這個沒關係。我去囑咐他就是。他不會違背我的話。」

到了天明，王婆買了棺材，又買了一些香燭紙錢之類，歸來和那婦人做羹飯，點起一盞隨身燈，鄰舍坊廂都來弔問。那婦人虛掩著粉臉假哭。眾街坊問：「大郎是什麼病死的？」那婆娘回答：「害心疼病症，一天天重了，看看不能好，不幸昨天半夜死了！」說完，又哽哽咽咽地假哭起來。

王婆取了棺材，去請團頭何九叔。但是入殮的都買了，以及家裡所有的東西物件也都買了，就叫兩個和尚伴靈。何九叔這時先撥了幾個火家前來整頓。

第十六回　何九叔暗留證見　武都頭縣廳訴冤

話說何九叔慢慢地走出來，到紫石街巷口，西門慶迎見，叫：「九叔，去哪裡？」何九叔說：「小人去前面殮賣炊餅的武大郎屍首。」西門慶說：「先找個地方說話。」

何九叔跟著西門慶，來到轉角的一個小酒店裡，坐在閣內。只見西門慶從袖子裡摸出一錠十兩銀子放在桌上，說：「九叔，不要嫌少，明天另有酬謝。」

何九叔叉手，說：「小人沒有半點效力的地方，怎麼敢受大官人的銀兩？大官人有使得上小人的地方，小人也不敢受。」

西門慶說：「沒有什麼事，只是如今殮武大的屍首，無論何事都盼周全，別不多言。」

何九叔心疑，肚裡尋思：「這件事作怪！我去殮武大郎屍首，他卻為什麼給我這許多銀子？這件事一定有蹊蹺！」來到武大門前，只見那幾個火家在門前伺候。何九叔問：「這武大是得什麼病死的？」火家回答：「他家說是害心疼病死的。」

何九叔揭起簾子，只見武大老婆穿著素淡衣裳從裡面假哭出來。何九叔上上下下看了那婆娘的模樣，心想：「我從來只聽說武大娘子，沒有見過，原來武大討了這麼一個老婆。西門慶這十兩銀子有些來歷。」

何九叔要看武大屍首，揭起千秋幡，扯開白絹，定睛看時，大叫一聲，往後便倒，嘴裡噴出血來，但見指甲青，唇口紫，面皮黃，眼無光。

王婆說：「這是中了惡，快拿水來！」噴了兩口，何九叔漸漸地有些蘇醒。王婆說：「先扶九叔回家去，有什麼事情回頭再說。」

何九叔在家看到火家都不在面前了，便對老婆說：「妳不要煩惱，我沒事。我見武大面皮紫黑，七竅內出血，唇口上微露齒痕，一定是中毒身死。我本想聲張，卻怕他沒有人做主，得罪了西門慶，卻不是去撩蜂剔蠍？本想稀裡糊塗地入了棺殮，只是武大有個兄弟，就是景陽崗上打虎的武都頭，他是一個殺人不眨眼的男子，如果歸來，這件事必然要發作。火化時我務必要偷幾塊骨頭，以防萬一。」

第三日早上，眾火家前來扛抬棺材，也有幾家鄰舍街坊相送。來到城外化人場上，便叫舉火燒化。只見何九叔手裡提著一陌紙錢來到場裡。王婆和那婦人接見，說：「九叔，幸喜貴體沒事了。」

何九叔把紙錢燒了，就攛掇燒化棺材。調開這婦人和那婆子，用火夾揀了兩塊骨頭，拿到撒骨池內一浸，骨頭酥黑。

那何九叔把骨頭帶到家中，用幅紙寫了年月日期，送喪人的名字，和這銀子一起包了，用一個布袋兒盛著，放在房裡。

常言道：「樂極生悲，否極泰來。」光陰迅速，前後又早過去四十多天。卻說武松自從領了知縣言語監送車仗到東京親戚處投下了信，交割了箱籠，在街上閒逛了幾天，討了回信，領著一行人取路回到陽穀縣。前後恰好過了兩個月。走的時候是殘冬天氣，回來時已經是三月初。路上只覺神思不安，身心恍惚，趕回要見哥哥，先去縣裡交納了回信。知縣見了大喜，看了回信，已知金銀寶物交付明白，賞了武松一錠大銀，用酒食管待，不必細說。

武松往紫石街來。兩邊鄰舍看見武松回了，吃了一驚。大家捏著兩把汗，暗暗地說：「這一次蕭牆禍起了！這個太歲歸來，怎麼會干休！必然弄出事來！」

且說武松到門前揭起簾子，探身進來，見一個靈床子，寫著「亡夫武大郎之位」七個字，呆了。睜開雙眼，說：「難道是我眼花了？」叫聲：「嫂嫂，武二回來了。」

那西門慶正和這婆娘在樓上取樂，聽得武松叫，驚得屁滾尿流，一直奔後門，從王婆家走了。那婦人應聲說：「叔叔先坐一坐，奴家就來。」原來這婆娘自從藥死了武大，哪裡肯帶孝，每天只是濃妝豔抹和西門慶一處取樂，聽得武松叫，慌忙在面盆裡洗掉了脂粉，拔去了首飾釵環，這才從樓上哽哽咽咽地假哭下來。

武松問：「嫂嫂，先別哭。我哥哥什麼時候死的？得了什麼病症？吃誰的藥？」

那婦人一邊哭，一邊說：「你哥哥自從你走後一二十天，突然害急心疼起來，病了八九天，求神問卜，什麼藥沒吃過，醫治不得，死了！撇得我好苦！」

隔壁王婆聽得，生怕露出破綻，走過來幫她說話。武松又說：「我的哥哥從來沒有這樣的病，怎麼就心疼死了？」王婆說：「都頭，『天有不測風雲，人有旦夕禍福』。誰保得沒事？」那婦人說：「虧了這個乾娘。我又是一個沒腳蟹，不是這個乾娘，鄰舍家誰肯來幫我！」武松問：「如今埋在哪裡？」婦人說：「我又獨自一個，哪裡去尋墳地，沒辦法，留了三天，出去燒化了。」武松問：「哥哥死了幾天了？」婦人說：「再過兩天，便是斷七。」

當晚，武松睡夢中感覺有人在床下說話，但聽不仔細。武松心想：「哥哥這一死因不明！卻才正要報我知道，又被我的神氣沖散了他的魂魄！等天明卻再理會。」

天色漸白了，士兵起來燒水，武松洗漱了。那婦人也下樓來，看著武松，說：「叔叔，夜來煩惱？」

武松說：「嫂嫂，我哥哥到底是得什麼病死的？」那婦人說：「叔叔，怎麼忘了？夜來已對叔叔說了，害心疼病死的。」武松問：「贖誰的藥吃？」那婦人說：「這裡有藥帖。」武松問：「誰買的棺材？」那婦人說：「央求隔壁王乾娘去買的。」武松問：「誰扛抬出去的？」那婦人說：「是團頭何九叔。都是他維持出去的。」

武松說：「原來這樣。我先去縣裡畫卯。」起身帶了士兵，走到紫石街巷口，問士兵：「你認得團頭何九叔嗎？」

士兵說：「都頭怎麼忘了？前天他也曾經來給都頭作慶。他家在獅子街巷內住。」

武松說：「你帶我去。」士兵帶著武松到了何九叔門前，武松說：「你先去吧。」士兵去了。武松推開門，叫：「何九叔在家嗎？」

這何九叔才起來，聽得是武松，嚇得手忙腳亂，頭巾也沒戴，急急取了銀子和骨頭藏在身上，出來迎接，說：「都頭什麼時候回來的？」

武松說：「昨天才回。到這裡有句閒話說，請尊步同往。」何九叔說：「小人便去。都頭，先請拜茶。」武松說：「不必了，免賜。」

兩個一同到巷口酒店裡坐下，叫量酒人打了兩角酒。酒已數杯，只見武松揭起衣裳，颼地掣出把尖刀插在桌上。量酒的驚得呆了，哪裡肯近前。何九叔面色青黃，不敢吐氣。

武松捋起雙袖，握著尖刀，對何九叔說：「小子粗疏，還曉得『冤各有頭，債各有主』！你不要驚怕，只要實說！對我說知我哥哥死的緣故，便不干涉你！我如果傷了你，不是好漢！如果有半句話說差，我這口刀立定叫你身上添三四百個透明的窟窿！你只直說我哥哥死的屍首是怎麼個模樣！」

武松說完，兩隻眼睜得圓彪彪的，看著何九叔。何九叔便去袖子裡取出一個袋子，放在桌上，說：「都頭息怒。這個袋子就是一個大證見。」

武松用手打開，看那袋子裡，兩塊酥黑骨頭，一錠十兩銀子，便問：「怎麼說是老大證見？」

何九叔便將看到的說了一通。說：「這骨殖酥黑，是毒藥藥死的證見。這張紙上寫著年月日時以及送喪人的姓名，這是小人口詞了。都頭詳察。」

武松問：「姦夫是什麼人？」

何九叔說：「卻不知是誰。小人聽說，有個賣梨子的鄆哥，那小傢伙曾經和大郎去茶坊裡捉姦。這條街上，沒人不知。都頭要知詳情，可問鄆哥。」

武松說：「是。既然有這個人時，一同去走一遭。」武松收了刀，藏了骨頭銀子，算還酒錢，便同何九叔往鄆哥家裡走來。卻好走到他門前，只見那小猴子挽著個柳籠栲栳在手裡，糴米歸來。

何九叔叫：「鄆哥，你認得這位都頭嗎？」

鄆哥說：「解大蟲來時，我就認得了！你們兩個找我做什麼？」鄆哥那小傢伙也看出了八分，便說：「只是有一件：我的老爹六十歲沒人養贍，我卻難相伴你們吃官司。」

武松說：「好兄弟。」便去身邊取五兩來銀子，又說：「你拿給老爹做花銷，跟我來說話。」

鄆哥心想：「這五兩銀子能維持三五個月的生活。即便陪他吃官司也沒有關係！」於是把銀子和米給了老兒，跟著二人出巷口，來到一個飯店的樓上坐下。

武松叫過賣拿三份飯來，對鄆哥說：「兄弟，你雖然年紀幼小，卻有養家孝順的心。剛才給你這些銀子，先做生活費。我有用著你的地方，事情做完後，我再給你十四五兩銀子做本錢。你詳細說給我聽：你怎麼和我哥哥去茶坊裡捉的姦？」

鄆哥也一一道來。並說：「過得五六日，說大郎死了。我卻不知怎麼死的。」三個人下樓。何九叔說：「小人告退。」武松說：「先隨我來，正要你們給我證明一下。」把兩個人一直帶到縣廳上。

知縣見了，問：「都頭告什麼？」武松告說：「西門慶和嫂通姦，小人親兄武大被下了毒藥丟了性命。這兩個就是證人。請相公做主。」

知縣先問了何九叔以及鄆哥的口詞，當天和縣吏商議。原來縣吏都是跟西門慶有聯繫的，官人自不必說。因此，官吏計較後說：「這件事難以理問。」

知縣說：「武松，你也是個都頭，難道不知道法度？自古道：『捉姦見雙，捉賊見贓，殺人見傷。』你那哥哥的屍首又沒了，你又沒有捉得他的姦，如今只憑著這兩個人的言語便問他殺人公事，是不是太偏向了？你不可胡來，須要自己尋思，當行才行。」

武松從懷裡取出兩塊酥黑骨頭，十兩銀子，一張紙，告說：「複告相公：現有證見，這個須不是小人捏合出來的。」知縣看了，說：「你先起來，等我從長商議。可行時便給你拿問。」何九叔、鄆哥都被武松留在房裡。當天西門慶得知，叫心腹人來縣裡許官吏銀兩。第二天早晨，武松在廳上告稟，催逼知縣拿人。誰想這官人貪圖賄賂，拿出骨頭和銀子，說：「武松，你休聽外人挑撥你和西門慶做對頭。這件事不清楚，難以對理。聖人說：『經目之事，猶恐未真；背後之言，豈能全信？』不可一時胡來。」獄吏也說：「都頭，凡關係人命之事，須要屍、傷、病、物、蹤，五件都全，方才可以推問。」

武松說：「既然相公不准所告，那就再說吧。」收了銀子和骨頭，再交付給何九叔收下。下廳來到自己房內，叫士兵安排飯食給何九叔和鄆哥吃，「留在房裡等一等，我去去便來。」又帶了三兩個士兵，離了縣衙，拿了硯瓦筆墨，買了三五張紙藏在身邊，就叫兩個士兵買了個豬頭、一隻鵝、一隻雞、一擔酒，還有果品之類，安排在家裡。大約快到了中午，帶了個士兵來到家中。那婦人已知告狀不准，放下心不怕他，大著膽看他會怎麼樣。

武松叫：「嫂嫂，下來，有句話說。」

那婆娘慢慢地走下樓，問：「有什麼話說？」

武松說：「明天是亡兄斷七。妳前幾天麻煩了各位鄰舍街坊，我今天特地來把杯酒，替嫂嫂答謝眾鄰。」

那婦人滿不在乎地說：「憑什麼謝他們？」

武松說：「禮不可缺。」叫士兵先去靈床子前，明晃晃地點起兩枝蠟燭，焚起一爐香，排下一陌紙錢，把祭物去靈前擺了，堆盤滿宴，鋪下酒食果品之類，叫一個士兵在後面燙酒，兩個士兵門前安排桌凳，又有兩個前後把門。武松囑咐好了，便叫：「嫂嫂，下來待客。我去請。」先請隔壁王婆。那婆子說：「不用麻煩了，哪裡敢叫都頭作謝。」武松說：「多多相擾了乾娘，已備一杯菜酒，不要推卻。」那婆子取了招子，收拾了門戶，從後門走過來。武松說：「嫂嫂坐主位，乾娘對席。」婆子已經知道西門慶回話了，放心坐下。兩個心想：「看他能怎樣！」

武松請到四家鄰舍，連王婆和嫂嫂共是六人。武松取條凳子，坐在橫頭，叫士兵把前後門關了。那後面士兵自來篩酒。武松唱個大喏，說：「眾高鄰休怪小人粗魯，請隨便吃一點。」眾鄰舍說：「小人們都還沒有給都頭接風，如今倒來相擾。」武松笑著說：「不成敬意，眾高鄰休得笑話。」士兵只顧篩酒。眾人心懷鬼胎。

前後共飲了七杯酒，眾人卻似吃了呂太后一千個筵席！只見武松喝叫士兵：「先收拾收拾杯盤，一會兒再吃。」武松抹了桌子，眾鄰舍正要起身。武松兩隻手一攔，捲起雙袖，從衣裳底下颼地一掣，掣出那口尖刀，右手四指籠著刀靶，大拇指按住掩心，兩隻圓彪彪怪眼睜起，說：「各位高鄰在此，小人『冤各有頭，債各有主』，只要眾位做個證人！」

只見武松左手拿住嫂嫂，右手指定王婆。四家鄰舍，驚得目瞪口呆，不知所措，一個個面面相覷，不敢做聲。武松說：「高鄰休怪，不必吃驚。武松雖然是一個粗魯漢子，便死也不怕！還知道『有冤報冤，有仇報仇』，並不會傷犯眾位，只煩高鄰做個證人。如果有一位先走，武松一旦翻臉休怪！叫他先吃我五六刀，武二償他命也沒關係！」眾鄰舍目瞪口呆，再不敢動。

武松看著王婆，喝道：「老豬狗聽著！我哥哥這個性命都在妳身上！慢慢地問妳！」

回過臉來，看著婦人，罵道：「妳那淫婦聽著！妳把我哥哥的性命怎麼謀害的？從實招來，我便饒妳！」那婦人說：「叔叔，你好沒道理！你哥哥自己害心疼病死了，干我什麼事！」話音未落，武松把刀插在桌子上，用左手揪住那婦人頭髻，右手當胸提住，把桌子一腳踢倒，隔著桌子把這婦人輕輕地提起來，一腳放翻在靈床面前，兩腳踏住，右手拔出刀，指著王婆，說：「老豬狗！妳從實說！」那婆子脫身不得，只得說：「都頭不要發怒，老身說就是了。」

第十七回　母夜叉孟州道賣人肉　武都頭十字坡遇張青

卻說武松將那婦人壓在哥哥靈前，便要王婆婆供罪。

那婦人也慌忙叫：「叔叔！饒了我！妳放我起來，我說便了！」

武松一提，提起那婆娘，讓她跪在靈床子前，大喝一聲：「淫婦快說！」那婦人驚得魂魄都沒了，只得從實招說，把那天放簾子打著西門慶起，以及做衣裳通姦，以後怎麼踢了武大，設計下藥，王婆怎麼教唆撥置，從頭至尾，說了一遍。

武松叫士兵取碗酒供養在靈床子前，喝叫那老狗也跪在靈前，灑淚說：「哥哥靈魂不遠！今天兄弟替你報仇雪恨！」叫士兵把紙錢點著。那婦人見情況不好，正待要叫，被武松揪住，兩隻腳踏住她的兩隻胳膊，扯開胸脯衣裳。說時遲，那時快，尖刀在她的胸前一剜，然後嘴裡銜著刀，雙手挖開胸脯，摳出心肝五臟，供養在靈前，又一刀割下那婦人的頭，血流滿地。四家鄰舍眼都直了，只好掩了臉，又不敢勸，只得隨他。

武松叫士兵去樓上取下一床被，把婦人頭包了，揩乾淨刀子，插在鞘裡，洗了手，唱個喏，說：「有勞高鄰，請不要怪罪。先請眾位樓上稍坐，等武二回來。」四家鄰舍不敢不依他，只得上樓去坐了。武松囑咐士兵，也叫押了王婆上樓去。關了樓門，讓兩個士兵在樓下看守。

武松包了婦人那顆頭，一直奔西門慶生藥鋪前來，主管害怕說：「剛才和……和一個相識……去……去獅子橋下大酒樓上吃酒。」武松聽了，轉身便走。武松奔到獅子橋下酒樓前，便問酒保：「西門慶大郎和什麼人飲酒？」酒保說：「和一個一般的財主在樓上街邊閣子裡喝酒。」

武松一直撞到樓上，去閣子前看時，從窗眼裡見西門慶坐在主位，對面一個坐在客席，兩個唱的粉頭坐在兩邊。武松把那被包打開，一抖，那顆人頭血淋淋地滾了出來。武松左手提了人頭，右手拔出尖刀，挑開簾子，鑽了進去，把那婦人頭望西門慶臉上只一攢。西門慶認得是武松，吃了一驚，叫聲「哎呀！」跳在凳子上，一隻腳跨上窗檻，見下面是街，跳不下去，心裡正慌。

說時遲，那時快，武松用手略按一按，托地已跳在桌子上，把那些盞兒、碟兒都踢了下來。兩個唱的驚得走不動。那個財主官人慌了，也倒了。西門慶見來得凶，便把手虛指一指，早飛起右腳。武松只顧衝過去，見他腳起，略閃一閃，恰好那一腳正踢中武松右手，那口刀踢飛，一直落到街心裡去了。

西門慶見踢飛了刀，心裡便不怕他，右手虛照一照，左手一拳，照著武松心窩裡打來，卻被武松躲開，順勢從脇下鑽過去，左手帶住頭，連肩胛只一提，叫聲「下去」，那西門慶，一來冤魂纏定，二來天理難容，三來怎麼能經受武松的神力，頭朝下，腳在上，倒撞下去，落在街心裡！街上兩邊的人都吃了一驚。

武松伸手在凳子邊提了淫婦的頭，鑽出窗外，一跳，跳在當街上，先搶了那口刀在手，這西門慶已經跌得半死，直挺挺地躺在地下，只有眼能動。武松上前按住，只一刀，割下西門慶的頭，把兩顆頭結在一起，提在手裡，又拿著那口刀，一直奔回紫石街。士兵開了門，武松把兩顆人頭供養在靈前，把那碗冷酒澆奠了，灑下熱淚，說：「哥哥靈魂不遠，早升天界！兄弟給你報仇了，殺了姦夫和淫婦，今天就將燒化。」便叫士兵從樓上請高鄰下來，把那婆子押在前面，提了兩顆人頭，奔縣衙裡來。

縣官念武松是一個義氣烈漢，又想到他上京去了這一趟，一心要周全他，又尋思他的好處，便叫官吏商量：「念武松是一個有義的漢子，把這人們的招狀重新改一改，改做『武松因祭獻亡兄武大，有嫂不容祭祀，因而相爭，婦人將靈床推倒；救護亡兄神主，和嫂鬥毆，一時殺死。過後西門慶因和本婦通姦，前來強護，因而鬥毆，互相不服，扭打到獅子橋邊，以致鬥殺身死。』」讀款狀給武松聽了，寫了一道申解公文，把人犯解到本管東平府申請發落。武松把十二三兩銀子給了鄆哥的老爹。

再說府尹陳文昭聽報，哀憐武松是一個仗義的烈漢，經常派人看望他。節級和牢子都不要他一文錢，反而把酒食拿給他吃。陳府尹把這卷宗又改輕了，申去省院詳審議罪。又叫心腹人持一封緊要密信星夜投到京師替他周旋。那刑部官有和陳文昭好的，把這件事直接稟告了省院官，議下罪犯：「據王婆生情造意，哄誘通姦，唆使本婦下藥毒死親夫，又令本婦趕逐武松不容祭祀親兄，以致殺死人命，唆令男女故失人倫，擬合凌遲處死。據武松係報兄之仇，鬥殺西門慶姦夫人命，雖然自首，難以釋免，脊杖四十，刺配二千里外。姦夫淫婦雖該重罪，已死勿論。其餘人犯釋放歸家。文書到日，即便施行。」

東平府尹陳文昭看了來文，隨即安排下去，拘到何九叔、鄆哥和四家鄰舍以及西門慶妻小，一幫人都到廳前聽斷。從牢中取出武松，讀了朝廷明降，開了長枷，脊杖四十。那些公人都照顧他，只有五六下著肉。取了一面七斤半鐵葉團頭護身枷，釘了，臉上免不得刺了兩行「金印」，發送孟州牢城。其餘眾人，省諭發落，各放回家。又從大牢裡取出王婆，當廳聽命。讀了朝廷明降，寫了犯由牌，畫了服狀，便把這婆子推上木驢，四道長釘，三條綁索，東平府尹判了一個字：「剮！」帶到東平府市中心吃了那一剮。

武松自從三月初殺了人，坐了兩個月監房，如今來到孟州路上，正是六月前後，只得趕早涼而行。大約走了二十多天，來到一條大路，到了嶺上，已經是晌午時分。武松說：「你們先別休息了，趕下嶺去，找些酒肉吃。」兩個公人說：「說得是。」

三個人奔過嶺來，見遠遠地土坡下約有數間草房，溪邊柳樹上挑出個酒簾。武松見了，指著說：「那裡就有一個酒店！」三個人下了嶺，山崗邊見到一個樵夫挑著一擔柴過去。武松叫：「漢子，請問這裡叫什麼地方？」樵夫說：「這嶺是孟州道。嶺前面大樹林邊便是有名的十字坡。」

看看到了大樹邊，望見那個酒店，門前窗檻邊坐著一個婦人：露出綠紗衫兒，頭上黃烘烘的插著一頭釵環，鬢邊插著一些野花。見武松和兩個公人來到門前，那婦人起身來迎，下面繫一條鮮紅生絹裙，搽一臉胭脂鉛粉，敞開胸脯，露出桃紅紗主腰，上面一色金紐。那婦人說：「客官，在這裡歇一歇再走。本家有好酒、好肉。要點心時，好大饅頭！」

兩個公人和武松進到裡面，面前一副柏木桌凳，兩個公人倚靠了棍棒，解下纏袋，坐了。武松先把脊背上包裹解下來放在桌上，脫下布衫。兩個公人說：「這裡又沒人看見，我們擔些責任，先給你除了這枷，痛痛快快地喝上兩碗酒。」便給武松揭了封皮，除下枷來，放在桌子底下，都脫了上半截衣裳，搭在一邊窗檻上。

只見那婦人笑容可掬，問：「客官，打多少酒？」

武松說：「不要問多少，只管燙來。肉切上三五斤。一塊算錢給妳。」

那婦人說：「也有好大饅頭。」

武松說：「也拿二三十個來做點心。」

那婦人嘻嘻笑著到裡面托出一大桶酒，放下三隻大碗，三雙筷子，切出兩盤肉，一連篩了四五巡酒，又去灶上取了一籠饅頭放在桌子上。兩個公人拿起來就吃。武松取了一個，拍開看了，叫：「酒家，這饅頭是人肉的，是狗肉的？」

那婦人嘻嘻笑著說：「客官，不要取笑。清平世界，蕩蕩乾坤，哪裡有人肉的饅頭、狗肉的滋味。我家的饅頭是黃牛肉。」

武松說：「我走江湖上，多聽得人們說：大樹十字坡，客人誰敢過？肥的切做饅頭餡，瘦的卻把去填河！」

那婦人說：「客官，哪有這話？這是你自捏造出來的。」

武松說：「我見這饅頭餡裡有幾根毛，像人小便處的毛，所以疑忌。」武松又問：「娘子，妳家丈夫怎麼不見？」

那婦人說：「我的丈夫出外做客未回。」

武松說：「這麼說，妳獨自一個一定感覺冷落？」

那婦人笑著，尋思：「這個賊配軍找死！敢來戲弄老娘，正是『燈蛾撲火，惹焰燒身』，不是我來惹你，是你自找的。看看我怎麼對付那傢伙！」這婦人便說：「客官，不要取笑。再飲幾碗酒，然後到後面樹下乘涼。要休息，就在我家安歇。」

武松聽了這話，肚裡尋思：「這個婦人不懷好意了，你看我先耍她！」武松又說：「大娘子，妳家這酒淡薄無味，還有其他什麼好酒，請我們喝幾碗。」

那婦人說：「有些十分香美的好酒，只是渾些。」

武松說：「最好，越渾越好。」那婦人心裡暗笑，便到裡面托出一鏇渾色酒。武松看了，說：「這個正是好酒，熱了喝更好。」

那婦人說：「還是這位客官明白。我燙來給你嘗嘗。」婦人又心中自笑：「這個賊配軍該死！倒要熱吃！這藥發作更快了！那傢伙是我手裡的行貨！」燙得熱了，拿過來篩做三碗，笑著說：「客官，試嘗這酒。」兩個公人哪裡忍得饑渴，只顧拿起來喝了。

武松便說：「娘子，我從來喝不得寡酒，你再切些肉，我好下酒。」看看那婦人轉身進去，便把這酒潑在僻暗處，只虛把舌頭來咂，說：「好酒！還是這個酒有勁！」

那婦人哪裡去切肉，只虛轉一遭，便出來拍手叫：「倒也！倒也！」那兩個公人感覺天旋地轉，望後撲地便倒。武松也雙眼緊閉，撲地仰倒在凳邊。只聽得說：「著了，由你奸似鬼，吃了老娘的洗腳水！」便叫：「小二，小三，快出來！」只聽得跑出兩個蠢漢來。先把兩個公人扛了進去，這婦人就來桌上提起那包裹和公人的纏袋。想是捏了一捏，感覺裡面是金銀，只聽得她大笑：「今天得到這三個行貨倒有好兩天的饅頭賣，又得到這麼多東西！」聽得把包裹纏袋提進去了，隨後聽她出來，看這兩個漢子扛抬武松。哪裡扛得動，直挺挺地在地下，卻似有千百斤重。只聽得那婦人喝道：「你們這鳥男女只會吃飯喝酒，真沒一點用，還要老娘親自動手！這個鳥大漢卻也會戲弄老娘！這麼肥胖，好做黃牛肉賣。那兩個瘦蠻子只好做水牛肉賣。扛進去先剝了這傢伙！」聽她一邊說，一邊想是脫那綠紗衫，解了紅絹裙子，赤膊著，便來把武松輕輕提起。

武松順勢抱住那婦人，把兩隻手一拘攏來，當胸摟住。把兩隻腿望那婦人下半截一挾，壓在婦人身上，只見她殺豬般叫起來。那兩個漢子急待向前，被武松大喝一聲，驚得呆了。

那婦人被按在地上，只叫：「好漢饒我！」哪裡敢掙扎。只見門前有一人挑一擔柴歇在門邊。望見武松按倒那婦人，大踏步跑進來，叫：「好漢息怒！先饒恕了，小人自有話說。」那人年近三十五六，看著武松，叉著手，說：「願聞好漢大名？」

武松說：「我行不更名，坐不改姓！都頭武松就是！」

那人問：「是不是景陽崗打虎的武都頭？」

武松回答：「便是！」

那人納頭便拜，說：「聞名久矣，今日幸得拜識。」

武松說：「我看你們夫妻兩個也不是等閒的人，願求姓名。」

那人便叫婦人穿了衣裳，快到跟前來拜武松。

武松說：「剛才衝撞，嫂嫂休怪。」

那婦人便說：「有眼不識好人，是我一時不是，望伯伯恕罪。請伯伯到裡面坐。」

武松又問：「你們夫妻二位高姓大名？怎麼知道我的姓名？」

那人說：「小人姓張，名青，原來是這裡光明寺種菜園子的。因為一時發生爭執，性起，把這光明寺僧殺了，在寺中放了一把火。後來也沒對頭，官司也不來問。小人只在這大樹坡下打劫。忽然有一天，有個老兒挑著擔子經過這裡，小人欺負他年老，搶出去和他打鬥，鬥了二十多個回合，被那老兒一扁擔打翻。原來那老兒年紀小時專門進行打劫，見小人手腳活便，帶小人到了城裡，教了許多本事，又把這個女兒招贅小人做了女婿。城裡不能住得，只得依舊來這裡蓋些草屋，賣酒為生。實是只等客商過往，有那些入眼的，便拿些蒙汗藥給他吃了便死，大塊好肉切做黃牛肉賣，零碎小肉做餡子包饅頭。小人每天也挑一些到村裡賣。如此度日。小人因好結識江湖好漢，人們都叫小人菜園子張青。俺這渾家姓孫，學得她父親本事，人們都叫她母夜叉孫二娘。小人才回來，聽得渾家叫喚，誰想得遇都頭！小人多次囑咐渾家：『有三等人不可傷害他：第一是雲遊僧道，他們沒能受用過分，又是出家的人。』就是這樣，也差一點傷害一個驚天動地的人：原是延安府老種經略相公帳前提轄，姓魯，名達，因為三拳打死了一個『鎮關西』，逃到五臺山上落髮為僧。由於他的脊梁上有花繡，江湖上都呼他花和尚魯智深。那魯智深使一條渾鐵禪杖，重六十來斤，也從這裡經過。我渾家見他生得肥胖，酒裡下了一些蒙汗藥，扛到作坊裡。正要動手開剝，小人恰好歸來，見他那條禪杖不同一般，慌忙用解藥救起來，結拜為兄。打聽他近日占了二龍山寶珠寺，和一個什麼青面獸楊志在那裡落草。小人幾次收得他相招的書信，只是不能夠去。」

武松說：「這兩個人，我在江湖上也多聞大名。」

第十八回　施恩鬭愛感壯士　武松神力威眾人

話說張青又說：「只可惜了一個頭陀，長七八尺，一條大漢，也被麻壞了！小人歸得遲了些，已把他卸下四足。如今只留得一個箍頭的鐵戒尺、一領皂直裰、一張度牒在這裡。別的不打緊，有兩件東西最難得：一件是一百單八顆人頂骨做成的數珠，一件是兩把雪花鑌鐵打成的戒刀。想必這頭陀也殺人不少，一直到如今，那兩把刀仍要半夜裡嘯響。小人只恨沒有救得這個人，心裡常常憶念他。還告訴渾家：『第二是江湖上行院妓女之人，她們是衝州撞府，逢場作戲，賠了多少小心得來的錢物。如果還結果了她，人們你我相傳，會去戲臺上說我們江湖上好漢不英雄。』又囑咐渾家：『第三是各處犯罪流配的人，中間多有好漢，千萬不可以傷害他們。』沒想到渾家不聽小人的話，今天又衝撞了都頭。幸喜小人歸得早些。卻是怎麼起了這片心？」

母夜叉孫二娘說：「本來不想下手，一來見伯伯包裹沈重，二來怪伯伯說起瘋話，因此一時起意。」

武松說：「我是斬頭瀝血的人，怎麼會戲弄良人。我見嫂嫂瞧得我包裹緊，自己先疑忌了，因此，特地說些瘋話，賺妳下手。那碗酒，我已經潑掉了，假做中招。妳果然來提我。一時拿住，多有衝撞，嫂嫂休怪。」

張青大笑起來，便請武松到後面客席坐定。武松說：「兄長，你先放出那兩個公人。」張青便領著武松到人肉作坊。看時，見壁上繃著幾張人皮，梁上吊著幾條人腿。見那兩個公人，一顛一倒，挺在剝人凳上。武松說：「大哥，你先救起他們兩個。」

過後，張青問：「請問都頭，今得了什麼罪？配到哪裡去？」

武松把殺西門慶和嫂嫂的緣由說了一遍。張青夫妻兩個歡喜不盡。

第二天，武松要走，張青哪裡肯放，一連留住招待了三天。武松感激張青夫妻兩個，論年紀，張青長武松九年，因此，張青把武松結拜為弟。武松再辭，張青又置酒送路。武松灑淚告別，取路往孟州來。

當天武松來到牢城營前，看見一座牌額，上書三個大字，「平安寨」。公人帶武松到單身房裡，自去下了文書，討了收管，不必得說。

武松被帶到點視廳前。管營喝叫除了行枷，要打一百殺威棒。那軍漢拿起棍來，吆呼一聲，忽見管營相公身邊，站著一個人，六尺以上身材，二十四五年紀，白淨面皮，三綹髭髯，額頭上縛著白手帕，身上穿著一領青紗上衣，把一條白絹搭膊絡著手。那人在管營相公耳朵邊略說了幾句話。只見管營說：「新到囚徒武松，你路上曾經得了什麼病？」

武松說：「我在路上沒有害病！酒也喝得！肉也吃得！飯也吃得！路也走得！」

管營說：「這傢伙途中得病到了這裡，我看他面皮才好，先寄下他這頓殺威棒。」

三四個軍人領著武松送到單身房裡。眾囚徒都來問：「你是不是有什麼好朋友書信給管營了？」武松說：「沒有。」眾囚徒說：「如果沒有，寄下這頓棒，不是好意，晚上必然來結果你。」

武松問：「怎麼結果我？」

眾囚徒說：「到晚上把兩碗乾黃倉米飯拿來給你吃，趁飽帶你去土牢，用索子綑翻，使槁薦捲了你，塞住你的七竅，顛倒豎在壁邊，不用半個時辰便結果了你的性命，這個叫『盆吊』。」

武松又問：「還有其他辦法對付我嗎？」

眾人說：「再有一樣，也是把你綑了，用一個布袋，盛一袋黃沙，壓在你的身上，也不用一個時辰便是死的，這個叫『土布袋』。」

武松再問：「還有什麼法度害我？」

眾人說：「只是這兩件怕人些，其餘的也不打緊。」

眾人正說著，只見一個軍人托著一個盒子進來，問：「哪個是新配來的武都頭？」武松回答：「我就是！有什麼話說？」那人說：「管營叫送點心在這裡。」武松看時，一大鏇酒，一盤肉，一盤子麵，又是一大碗汁。武松尋思：「敢是把這些點心給我吃了卻來對付我？我先落得吃了，卻再理會！」武松把那鏇酒一飲而盡，把肉和麵都吃盡了。那人收拾了傢伙回去了。武松坐在房裡尋思，自己冷笑：「看他怎麼對付我！」

看看天色晚來，只見開始那個人又頂了一個盒子進來。武松問：「你又來做什麼？」那人說：「叫送晚飯在這裡。」擺下幾樣菜蔬，又是一大鏇酒，一大盤煎肉，一碗魚羹，一大碗飯。武松見了，暗暗自忖：「吃了這頓飯食，必然來結果我。由他去！就是死也做個飽鬼！落得吃了，卻再計較！」那人等武松吃了，收拾碗碟回去了。

第二天天明，起來，才開得房門，又是那個人把個盒子拿進來，取出菜蔬下飯，一大碗肉湯，一大碗飯。武松心想：「由你怎樣！我先落得吃了！」武松吃罷飯，又是一盞茶，喝完茶，只見送飯的那個人來請：「這裡不好安歇，請都頭到那邊房裡安歇，搬茶搬飯方便些。」武松說：「這一回來了！我先跟他去看看要怎麼樣！」一個來收拾行李被臥，另一個領著武松離開了單身房，來到前面一個地方，推開房門，裡面乾乾淨淨的床帳，兩邊都是新安排的桌凳。武松來到房裡，心想：「我還以為送我到土牢裡去，怎麼來到這個地方？比單身房好多了！」

武松坐到日中，那個人又把一個盒子提進來，手裡提著一注子酒。到房中，打開，排下四般果子、一隻熟雞，又有許多蒸捲。那人便把熟雞撕開，將注子裡的好酒篩下請都頭喝。武松自忖：「到底是怎麼回事啊？」到晚上又是許多下飯。

第三天，依前又是送飯送酒。武松早飯吃過，走到寨裡，只見一般的囚徒都在那裡，擔水的，劈柴的，做雜工的，在晴日頭裡曬著。正是六月炎天，哪裡去躲這個熱。

武松背叉著手，問：「你們怎麼會在這毒日頭裡做工？」眾囚徒都笑了起來，回說：「好漢，你有所不知，我們撥在這裡做事便是人間天上了，怎麼還敢指望冷熱！有那沒人情的，鎖在大牢裡，求生不得，求死不得，大鐵鏈鎖著，也要過呢！」

武松聽了，到天王堂前後轉了一遭。見紙爐邊有一個青石墩，有個關眼，是縛竿腳的，好一塊大石。武松在石上坐了一會兒，回到房裡，只見那個人又搬酒肉來了。

武松自從到了那房裡，住了數天，每天好酒好食搬來請武松吃，並不見有害他的意思。武松心裡搞不明白。當天晌午，那人又搬酒食來。武松忍耐不住，按住盒子，問那人：「你是誰家伴當？怎麼只顧拿酒食來請我？」那人回答：「小人是管營相公家裡的體己人。」武松說：「我先問你，每天送的酒食是誰讓你拿來請我的？吃過了要怎麼著？」那人說：「是管營相公家裡的小管營讓送給都頭吃。」武松說：「我是一個囚徒，犯罪的人，又沒有半點好處在管營相公處，他怎麼會送東西給我吃？」那人說：「小人怎麼知道。小管營囑咐，叫小人先送上半年三個月再說話。」武松說：「卻又作怪！難道把我養肥了，卻來結果我？這個悶葫蘆讓我如何猜得破？這酒食不明不白，我怎麼會吃得安穩？你只說給我聽，你那小管營是什麼樣人，在哪裡曾和我見過，我就吃他的酒食。」那個人說：「就是前幾天都頭初來時廳上站的那個白手帕包頭、絡著右手那位。」武松說：「是不是穿青紗上衣站在管營相公身邊的那個人？」那人說：「正是。」武松說：「我要吃殺威棒時，是他說情，救了我，是嗎？」那人回答：「正是。」武松說：「卻又奇怪！我是清河縣人，他是孟州人，從來素不相識，為什麼這麼照顧我？其中必有一個緣故。我先問你，那小管營叫什麼名字？」那人說：「姓施，名恩。使得好拳棒。人都叫他金眼彪施恩。」

武松聽了，說：「想必他是一個好男子。你先去請他，和我相見了，這酒食就吃你的；你如果不請他出來和我見時，我半點也不吃！」

過了好一會兒，只見施恩從裡面跑出來，看著武松便拜。武松慌忙答禮，說：「小人是一個治下的囚徒，從來沒拜識過尊顏，前幾天又蒙救了一頓大棒，現在又蒙每天好酒好食相待，十分不當。又沒有半點差使。正是無功受祿，寢食不安。」

施恩說：「小弟久聞兄長大名，如雷貫耳。只恨雲程阻隔，不能夠相見。今天幸得兄長到此，正要拜識威顏，只恨無物款待，因此懷羞，不敢相見。」

武松問：「剛才聽伴當說，先讓武松過半年三個月再有話說，小管營要和小人說什麼話？」

施恩說：「村僕不懂事，脫口便對兄長說，這怎麼能輕易說出來！」

武松說：「管營這樣做，倒叫武松癟破肚皮悶了，怎麼能心安理得地過？你先說要我做什麼？」

施恩說：「既是村僕說出了，小弟只得告訴：因為兄長是個大丈夫，真男子，有一件事欲要相求，只有兄長做得。只是兄長遠路到此，氣力有虧，先請休息半年三五個月，等兄長氣力完足，那時卻向兄長說知。」

武松聽了，呵呵大笑：「管營聽稟：我去年害了三個月瘧疾，景陽崗上酒醉裡打翻了一隻大蟲，也只是三拳兩腳便打死了，何況今天！」

施恩說：「現在先不用說了。先等兄長再休息一段時間，那時才敢告訴。」

武松說：「只是怕我沒氣力了？既然是如此說，我昨天看見天王堂前那塊石墩，大約有多少斤重啊？」施恩說：「敢怕有三五百斤重。」武松說：「我先和你去看看，武松不知拔得動不？」施恩說：「請飲了酒一同去。」武松說：「先去了再回來飲不遲。」

兩個來到天王堂前，眾囚徒見武松和小管營同來，都躬身唱喏。武松把石墩搖一搖，大笑：「哪裡拔得動！」

施恩說：「三五百斤石頭，如何輕視！」

武松笑著說：「小管營也信真的拿不起？你們眾人先躲開，看武松拿一拿。」

武松便把上半截衣裳脫下來，拴在腰裡。把那個石墩一抱，輕輕地抱起來，雙手把石墩只一撇，撲地打到地裡一尺來深。眾囚徒見了，駭然。武松再用右手去地裡一提，提起來，望空中一擲，擲起去離地一丈來高，武松雙手一接，輕輕地放在原處，回過身來，看著施恩及眾囚徒，面上不紅，心頭不跳，口裡不喘。施恩近前抱住武松便拜，說：「兄長非凡人！真天神啊！」眾囚徒一齊下拜：「真神人！」

武松說：「小管營現在可以說需要我去做什麼事了。」

那施恩叉著手，說出這件事來：「小弟自幼和江湖上的師父學得一些小槍棒在身，孟州一境給小弟起一個諢名，叫做金眼彪。小弟這裡東門外有一座市井，地名快活林，山東、河北客商都來這裡做買賣，有上百處人客店，二三十處賭坊、兌坊。往常，小弟一來倚仗隨身本事，二者有營裡八九十個棄命囚徒，在那裡開了一個酒肉店，都分與眾店家和賭錢兌坊裡。只要有過路妓女，到了那裡，先要來參見小弟，然後才許她去做生意。那許多地方都有閒錢進帳，月終加起來也有二三百兩銀子。如此賺錢。近來被這本營內張團練，新從東潞州來，帶了一個人到這裡。那傢伙姓蔣，名忠，有九尺長身材，江湖上給他起一個諢名，叫做蔣門神。那傢伙有一身好本事，使得好槍棒，拽拳飛腳，相撲最棒。自誇：『三年上泰嶽爭交，普天之下沒有和我一般的了！』前來奪了小弟的道路。小弟不肯讓他，被那傢伙一頓拳腳，兩個月起不得床。前幾天兄長來時，還包著頭，兜著手，一直到如今，瘡痕未消。本要招集人去和他廝打，他卻有張團練那一班正軍，如果鬧起來，也不好交代。有這一點無窮之恨不能報得，久聞兄長是個大丈夫，怎麼才能夠幫小弟出得這口怨氣，死也瞑目。只恐兄長遠路而來辛苦，氣未完，力未足，因此叫養息半年三個月，等貴體氣完力足才敢請商量。沒想到村僕脫口先說了，小弟只有實告。」

武松聽罷，呵呵一陣大笑，便一口應承，起身便要去。此時屏風背後轉出老管營來，叫：「義士，老漢聽了多時了。今天幸得相見義士一面，愚男如撥雲見日。請到後堂說說話。」老管營當天請武松飲酒。武松飲得大醉，被人扶到房裡安歇，不在話下。

到了第三天，武松吃了飯，便按計劃去找蔣門神，為施恩出氣。施恩便說：「後槽有馬，可騎馬前去。」

武松說：「我又不腳小，騎那馬做什麼？只要依我一件事。」施恩說：「哥哥儘管說，小弟都依。」武松說：「我和你出城，只要讓我『無三不過望』。」

施恩問：「兄長，怎麼叫『無三不過望』？小弟不明白其意。」

武松笑著說：「我說給你聽，要打蔣門神，我出城後只要遇著一個酒店，就飲上三碗酒，如果沒有三碗酒便不過望子去，這個叫『無三不過望』。」

施恩聽了，說：「這快活林離東門有十四五里遠，算來賣酒的人家也有十二三家，如果每個店飲上三碗，恰好有三十五六碗酒，才能到得那裡。恐怕哥哥醉了！」武松大笑，說：「你怕我醉了沒本事？我卻是沒酒沒本事！帶一分酒便有一分本事！五分酒五分本事！我如果飲上十分酒，這氣力不知從何而來！如果不是酒醉後膽大，景陽崗上如何打得那只大蟲？那時節，我必須爛醉了才好下手，有力，又有勢！」

第十九回　武松醉打蔣門神　施恩重霸孟州道

話說施恩說：「真不知哥哥是這樣。家裡有好酒，只怕哥哥醉了失事，所以，沒敢拿酒出來請哥哥深飲。既然哥哥酒後越有本事，那就先叫兩個僕人帶著家裡的好酒，以及果品肴饌，在前邊路上等候，我和哥哥慢慢地邊飲邊走。」

武松說：「這才中我的意。打蔣門神，也好叫我有些膽量。沒酒時，怎麼能使得手段出來！今天打倒那傢伙，好讓眾人大笑一場！」

施恩當時布置了，叫兩個僕人先挑著食籮酒擔，拿了一些銅錢前去。老管營又暗中挑揀了一二十個壯健大漢慢慢地隨後接應，都囑咐下了。

施恩和武松兩個人離開平安寨，出了孟州東門，走上三五百步，見官道邊上，有一座酒肆望子挑出在簷前，那兩個挑食擔的僕人已經先在那裡等候。施恩邀武松到裡面坐下，僕人已經先放好肴饌，拿酒來篩。武松說：「不要小盞兒飲，大碗篩來。只斟三碗。」僕人排下大碗，拿酒便斟。武松也不謙讓，連飲了三碗便起身。僕人慌忙收拾了器皿，奔到前面去了。武松笑著說：「這才在肚子裡發一發！我們去吧！」

兩個離開這座酒肆。這時正是七月天氣，炎暑未消，金風乍起。兩個解開衣襟，又走了不到一裡，來到一處，不村不郭，卻早又望見一個酒旗，高挑出在樹林裡。來到林木叢中看時，卻是一座賣村醪的小酒店，施恩站住了腳，問：「這裡是個村醪酒店，也算一望嗎？」

武松說：「是酒望。必須飲三碗。如果是無三，不過去就是了。」兩個進去坐下，僕人排下酒碗果品，武松連飲了三碗，起身便走。僕人又急急收了傢伙什物，趕到前面去。兩個出店，又走了不到一二里，路上又見到一個酒店。武松進來，又飲了三碗便走。武松、施恩兩個一處走著，只要遇酒店便進去飲三碗。大約經過了十多處酒肆，施恩看武松時，還不十分醉。

武松又走不到三四里，再飲了十多碗酒。這時正值中午，天色正熱，卻有些微風。武松酒湧上來，便把布衫攤開。雖然帶著五六分酒，卻裝做十分醉的樣子，東倒西歪，來到林子前，僕人用手指一指，說：「前頭丁字路口便是蔣門神酒店。」

武松說：「既然是到了，你們先去躲遠點。等我打倒了，你們再來。」那武松走到林子背後，見到一個大漢，披著一領白布衫，撒開一把交椅，拿著蠅拂子，坐在綠槐樹下乘涼。武松假醉佯顛，斜著眼看了一看，自忖：「這個大漢一定是蔣門神了。」又走了不到三四十步，早見到丁字路口有一個大酒店，簷前立著望竿，上面掛著一個酒望子，寫著四個大字：「河陽風月」。轉過來看時，門前一帶綠油欄杆，插著兩把銷金旗，每把上五個金字，寫著：「醉裡乾坤大，壺中日月長」。一邊是肉案、砧頭、操刀的家生；一邊是蒸做饅頭燒柴的廚灶。裡面一字兒擺著三隻大酒缸，半截埋在地裡，缸裡面各有大半缸酒。正中間裝列著櫃檯，裡面坐著一個年紀小的婦人，正是蔣門神初來孟州時新娶的妾，原來是西瓦子裡唱說諸般宮調的。

武松看了，睜著醉眼，奔入酒店裡來，去櫃身相對的一副座位上坐了，雙手按著桌子上，不轉眼地看那婦人。那婦人瞧見，回過頭看了別處。武松看那店裡，也有五六個酒保。武松敲著桌子，叫：「賣酒的主人家在哪裡？」一個領頭的酒保走過來，看著武松，問：「客人，要打多少酒？」武松說：「打兩角酒。先拿些來嘗嘗看。」那酒保到櫃上叫那婦人舀兩角酒下來，傾放在桶裡，燙了一碗拿過來，說：「客人，嘗酒。」

武松拿起來聞一聞，搖著頭，說：「不好！不好！換來！」酒保見他醉了，拿到櫃上，說：「娘子，隨便再給他換一換。」那婦人接過來，傾了那酒，又舀些上等酒。酒保拿去，又燙一碗過來。武松提起來咂一咂，說：「這酒也不好！快換來便饒你！」酒保忍氣吞聲，拿了酒到櫃邊，說：「娘子，還是要隨便再換些好的給他，不要和他一般見識。這客人醉了，只要找事，換些上好的給他吧。」那婦人又舀了一等上色的好酒遞給酒保。酒保把桶放在面前，又燙了一碗拿過來。

武松喝了，說：「這酒還有些意思。」問：「過賣，你那主人家姓什麼？」酒保回答：「姓蔣。」武松說：「卻怎麼不姓李？」那婦人聽了，說：「這傢伙在哪裡喝醉了，來到這裡找事！」

酒保說：「眼見得是一個外鄉蠻子，不懂事，在那裡放屁！」武松問：「你說什麼？」酒保說：「我們自己人說話，客人，你不要管，喝酒吧。」武松說：「過賣，叫你櫃上那婦人下來相伴我喝酒。」酒保大喝：「不要胡說！這是主人家的娘子！」

武松說：「便是主人家娘子，又怎麼著？相伴我喝酒也不打緊！」那婦人大怒，罵道：「殺才！該死的賊！」推開櫃身子，就要奔過來。

武松早把土色布衫脫下，上半截揣在懷裡，把那桶酒一潑，潑在地上，搶到櫃身子裡，正好接著那婦人。武松手硬，那婦人哪裡掙扎得了，被武松一手接住腰胯，一手把冠兒捏得粉碎，揪住雲髻，隔櫃身子提出來，望混酒缸裡一扔。聽得撲通一聲響，可憐這婦人被扔進大酒缸裡。

武松從櫃身前飛身出來，有幾個酒保，手腳靈活的，都奔過來要打武松。武松手到，輕輕地一提，提一個過來，兩手揪住，也往大酒缸裡一扔，又一個酒保奔過來，提著頭一掠，也扔在酒缸裡。再有兩個上來的酒保，一拳、一腳，都被武松打倒了。先頭三個人在三只酒缸裡掙扎，後面的兩個人在酒地上爬不起來。乖的只走了一個。武松心想：「那傢伙必然去報告蔣門神。我就迎過去，在大路上打倒他，讓眾人笑一笑。」

武松大踏步趕出來。那個酒保奔到蔣門神面前，說了情形。蔣門神吃了一驚，踢翻了交椅，丟掉蠅拂子，衝過來，武松正好迎著，就在大路上撞見。蔣門神雖然長大，只是因酒色所迷，淘虛了身子，先吃了那一驚。奔跑過來時，那腳步沒有停住。哪裡能想到武松虎一般的人會有心來算計他！蔣門神見了武松，心裡先欺負他醉，只顧衝上來。

說時遲，那時快，武松先把兩個拳頭在蔣門神臉上虛晃一晃，轉身便走。蔣門神大怒，搶過來，被武松飛起一腳，踢中小腹，雙手按了，蹲在地上。武松一轉身，那只右腳又早踢起，踢在蔣門神的額角上，踢著正中，望後便倒。武松追上一步，踏住胸脯，提起醋缽兒大小拳頭，望蔣門神頭上打去。看官：先把拳頭虛晃一晃便轉身，卻先飛起左腳，踢中了再轉過身來，再飛起右腳，這一撲極有名，叫「玉環步，鴛鴦腳」。這是武松平生的真才實學，非同小可！打得蔣門神在地下叫饒。

施恩趕到，帶領著二三十個悍勇軍健，都來相幫，見武松贏了蔣門神，十分歡喜，團團擁定武松。

且說蔣門神吃他一嚇，羞慚滿面，事後起身去了，離開了快活林，不在話下。

卻說施老管營聽得兒子施恩重霸快活林酒店，親自騎馬趕到酒店裡相謝武松，連日在店內飲酒作賀。快活林一境中人都知道武松了得，紛紛前來拜見武松。從此往後，重整店面，開張酒肆。老管營又回到平安寨理事。

光陰荏苒，早過了一個月。炎威漸退，玉露生涼，金風去暑，已到新秋。有話即長，無話即短。當天施恩和武松在店裡閒聊，說些拳棒槍法。只見店門前，兩三個軍漢，牽著一匹馬，來店裡尋問主人，說：「哪個是打虎的武都頭？」

施恩認得是孟州守禦兵馬都監張蒙方衙內的親隨人。施恩向前，問：「你們找武都頭有什麼事情？」那軍漢說：「奉都監相公鈞旨，得知武都頭是一個好男子，特地派我們領著馬來帶他走。相公有鈞帖在這裡。」

施恩看了，尋思：「這張都監是我父親的上司。武松是配來的囚徒，也屬他的管下，只得讓他去。」施恩便對武松說：「兄長，這幾位郎中是張都監相公那裡派來取你的。他既然派人牽著馬來了，哥哥心下如何？」

武松是一個剛直的人，便說：「他既然是取我，只得走一遭，看他有什麼話說。」隨即換了衣裳巾幘，帶了一個小伴當，上了馬，同眾人前往孟州城。

到了張都監宅，張都監對武松說：「我聽說你是一個大丈夫，男子漢，英雄無敵，敢和人同死同生。我帳前現缺這樣的一個人，不知你肯跟我做個親隨嗎？」

武松跪下稱謝，說：「小人是個牢城營內的囚徒，若蒙恩相抬舉，小人當執鞭墜鐙，服侍恩相。」武松自此便留在張都監宅裡，相公見愛，凡是人們有些公事來央求他，武松對都監相公說了，沒有不依的。

時光迅速，卻又是八月中秋。張都監在後堂深處鴛鴦樓下安排筵宴，慶賞中秋，叫武松到裡面飲酒。

當時武松痛快喝酒，酒開始湧了上來，他恐怕失了禮節，便起身拜謝了相公夫人，回到房裡，正待脫衣要睡，只聽得後堂裡一片聲地叫喊有賊。武松聽得，心想：「都監相公如此愛我，他後堂裡有賊，我如何不去救護？」便提了一條哨棒，奔後堂裡來。

武松提著哨棒，大踏步，趕到花園裡去找時，轉了一圈也不見賊，又奔出來，沒想到黑影裡撇出一條板凳，把武松一腳絆翻，走出七八個軍漢，叫一聲：「捉賊」，就在地下，把武松一條麻索綁了。武松急叫：「是我！」那眾軍漢哪裡容他分說。只見堂裡燈燭熒煌，張都監坐在廳上，一片聲叫：「拿來！」

眾軍漢把武松一步一棍打到廳前，武松叫：「我不是賊，是武松！」

張都監看了大怒，變了面皮，喝罵：「你這個賊配軍，本是一個賊眉賊眼賊心賊肝的人！我抬舉你，沒有虧待你半點兒！剛才還讓你在一處飲酒，我指望要抬舉你做個官，你如何卻做這樣的勾當？」

武松大叫：「相公，不干我事！我來捉賊，如何倒把我當賊捉了？武松是一個頂天立地的好漢，不做這樣的事！」

張都監喝道：「你這傢伙休賴！先把他押到他的房裡，搜搜有沒有贓物！」

眾軍漢把武松押著，來到他的房裡，打開他那柳藤箱子看時，上面都是一些衣服，下面卻是一些銀酒器皿，大約有一二百兩贓物。武松見了，也是目瞪口呆。武松大叫冤屈，哪裡肯容他分說。眾軍漢扛了贓物，把武松送到機密房裡收管。張都監連夜叫人去對知府說了，押司孔目，上上下下都使用了錢。

第二天天明，知府坐廳，武松屈招做「本月十五日一時見本官衙內有許多銀酒器皿，因而起意，夜裡乘勢竊取入己」。

武松下到大牢裡，尋思：「可恨張都監那傢伙安排這般圈套坑陷我！我如果能夠出去時，卻又理會！」

話說施恩已得知這件事，慌忙入城來和父親商議。老管營說：「眼見得是張團練替蔣門神報仇，買囑張都監，設出這條計策陷害武松。必然是他叫人上下都使了錢，受了人情賄賂，眾人所以不由他分說，必然要害他的性命。我如今尋思，他不該死罪。只要買求兩院押牢節級便好，可以保存他的性命。然後再別作商議。」

施恩說：「如今當牢節級姓康的，和孩兒最要好。只得去求求他。」

老管營說：「他是為你吃的官司，你不去救他，還待什麼時候？」

施恩拿著一二百兩銀子，找到康節級，把上件事一一告訴了一遍。康節級說：「不瞞兄長說，這一件事都是張都監和張團練兩個同姓結義兄弟設的計，蔣門神躲在張團練家裡，央求張團練買囑這張都監。一應上下的人都被蔣門神賄賂了。我們都接了他的錢。廳上知府一力替他做主，定要結果武松性命。只有當案一個葉孔目不肯，因此不敢害他。這人忠直仗義，不肯傷害好人，所以，武松還沒有吃虧。今聽到施兄這樣說，牢中的事我自維持，現在就去看顧他，今後不叫他吃半點苦。你卻快央求人去，只囑葉孔目，要他早斷出去，便可救得他的性命。」

第二天，施恩安排了許多酒饌，進入大牢裡看視武松，見面送飯。這時武松已經得到康節級看顧，把這刑禁都放寬了。施恩在牢裡安慰了武松，回到營中。

過得數天，施恩再準備了酒肉，做了幾件衣裳，再央求康節級維持，帶到牢裡請眾人喝酒，請求眾人看顧武松。又叫武松更換了衣服，吃了酒食。一連數天，施恩來了大牢裡三次。沒想到被張團練家心腹人見了，回去報知。施恩得知這一情形，哪裡還敢再去看望。

看看前後過了兩月，有這當案葉孔目一力主張，在知府那裡說開就裡，那知府這才知道張都監接受了蔣門神許多銀子，勾結張團練，設計排陷武松。知府心想：「你倒賺了銀兩，叫我替你害人！」因此，心也懶了，不來管這件事。挨到六十天限滿，從牢中取出武松，當廳開了枷。當案葉孔目讀了招狀，擬下罪名，脊杖二十，刺配恩州牢城，限了時日就要起身。

兩個公人領了牒文，押解武松出了孟州衙門。出城，大約走了一里多路，只見官道邊酒店裡鑽出施恩，看著武松，說：「小弟在這裡專等。」武松看施恩時，又是包著頭、絡著手。武松問：「我好一陣子不見你，你如何又成為這樣的模樣？」

第二十回　武松大鬧飛雲浦　宋江險誤清風山

話說施恩說：「實不瞞哥哥：小弟自從牢裡三番相見後，知府得知了，不時派人下到牢裡查點，那張都監又派人在牢門口附近巡看，因此小弟不能夠再進大牢裡看望兄長，只能到康節級家裡討信。半月前，小弟正在快活林店裡，只見蔣門神那傢伙又領著一夥軍漢前來廝打。小弟被他痛打一頓，被他仍奪了店面，依舊交還了傢伙什物。小弟在家療傷，今天聽得哥哥斷配恩州，特拿來兩件棉衣送給哥哥路上穿，煮了兩隻熟鵝在這裡，請哥哥吃兩塊再去。」

別了施恩，武松和兩個公人上路，走不到數里，兩個公人悄悄地商量：「怎麼不見那兩個來？」武松聽了，暗暗尋思，心中冷笑：「那傢伙還想算計老爺！」

武松右手釘在行枷上，左手卻空著。武松從枷上取下一隻熟鵝來只顧自吃，也不理睬那兩個公人，又走了四五里，再把另外一隻熟鵝用右手扯著，左手撕來只顧自吃。走不到五里路，兩隻熟鵝都吃掉了。

大約離城也有八九里，只見前面路邊有兩個人提著朴刀，身上各挎著腰刀，正在那裡等候，見了公人監押武松到來，便一路走。武松見這兩個公人和那兩個提朴刀的擠眉弄眼，打些暗號，已經瞧出了八分尷尬，只是安在肚裡，裝做沒看見。又走了幾里，只見前面濟濟蕩蕩一個魚浦，四面都是野港闊河。五個人走到浦邊一條闊板橋上，有一座牌樓，上有牌額，寫著「飛雲浦」三字。

武松見了，假意問：「這裡地名叫什麼？」

兩個公人說：「你又不眼瞎，橋邊牌額上明明寫著『飛雲浦』！」

武松站住，說：「我要淨手。」

那兩個提朴刀的此時正待走近，卻被武松叫聲「下去！」飛腳踢中其中一個，翻著跟頭落入水中。另一個急待轉身，武松右腳早起，噗通也踢到水裡去。那兩個公人慌了，往橋下便走。武松大喝一聲：「哪裡去！」把枷一扭，折做兩半，趕下橋來。那兩個先自驚倒了一個。武松奔上前去，望那一個走的後心上打了一拳，從水邊撈起朴刀，趕上去，搠上幾朴刀，死在地下。卻轉身回來，把那個驚倒的也搠上幾刀。

這兩個被踢下水去的才掙起，正要走，武松追著，又砍倒一個。趕入一步，揪住最後一個，喝道：「你這傢伙實說，我便饒你性命！」

那人說：「小人兩個是蔣門神徒弟。今天師父和張團練定計，叫小人兩個幫助防送公人，在這裡來害好漢。」

武松問：「你師父蔣門神現在什麼地方？」

那人說：「小人臨來時，師父和張團練都在張都監家裡後堂鴛鴦樓上飲酒，專等小人回報。」

武松說：「原來這樣！卻饒你不了！」手起刀落，也把這人殺了。解下他的腰刀，揀好的帶了一把，起了一個念頭，竟奔回孟州城。

黃昏時分，武松來到張都監後花園牆外。這時月光明，武松從牆頭上跳到牆裡，趁著月光一步一步接近堂裡來。又繞到鴛鴦樓扶梯邊，輕腳輕手地摸上樓。只聽得那張都監、張團練、蔣門神三個說話。

武松在扶梯口聽。只聽到蔣門神嘴裡一勁稱讚，說：「虧了相公給小人報了冤仇！還得重重地報答恩相！」

這張都監說：「不是看在我兄弟張團練面上，誰肯幹這樣的事！你雖然破費了一些錢財，卻也安排得那傢伙好！這麼早晚多是已經下手，那傢伙應當是死了。曾經囑咐在飛雲浦結果他。等那四個人明早回來，就知道了。」

張團練說：「這四個對付他一個有什麼不行的！再有幾個性命也沒了！」

蔣門神說：「小人也囑咐徒弟，只叫就在飛雲浦下手，然後快來回報。」

武松聽了，心頭無名火高達三千丈，衝破青天。當時，武松右手持刀，左手伸開五指，奔入樓中。蔣門神坐在交椅上，見是武松，吃了一驚，心肝五臟都提在九霄雲外。說時遲，那時快，蔣門神待要掙扎時，武松早已經手起刀落，剁個正著，連那交椅都砍翻了。武松轉身，那張都監才邁得腳，被武松上去一刀，齊著耳根連脖子砍著，撲地倒在樓板上。兩個在地上掙著命。

這張團練終究是一個武官出身，雖然酒醉，還有些氣力，看見剁翻了那兩個，知道跑不了了，便掄起一把交椅。武松接住，就勢一推。別說張團練酒後，就是清醒時也受不得武松那股神力！撲地倒了。武松上去，一刀割下了頭。

蔣門神有力，掙得起來，武松左腳早起，踢了一腳，然後按住也割下了頭。轉過身來，把張都監也割了頭。見桌子上有酒有肉，武松拿起酒盅子一飲而盡，連飲了三四盅，在死屍身上割下一片衣襟，蘸著血，白粉壁上寫下八字：「殺人者，打虎武松也！」把桌子上的金銀器皿踏扁了，揣了幾件在懷裡。正待下樓，只聽樓下夫人叫：「樓上官人們都醉了，快去兩個上去攙扶。」

話音未落，早有兩個人走上樓來。武松閃在扶梯邊看時，卻是兩個自家親隨人，正是前幾天捉拿武松的。武松在黑暗處讓他們過去，轉身卻攔住去路。兩個人進了樓裡，見三個屍首橫在血泊裡，驚得面面相覷，作聲不得，有如「分開八片頂陽骨，傾下半桶冰雪水」。急待回身。武松跟在背後，手起刀落，早剁翻了一個。另一個跪下討饒。武松說：「饒你不得！」揪住也是一刀。

武松心想：「一不做，二不休！殺了一百個也只是一死！」提了刀，下樓來。夫人問：「樓上怎麼大驚小怪？」武松沖到房前，夫人見到一條大漢進來，問：「是誰？」武松的刀早已經飛起，照臉上剁去，夫人倒在房前聲喚。武松按住，割頭，刀切不入。武松心疑，月光下看那刀時，已經砍缺了。

正是十月半天氣，武松提了朴刀，出了門，往東邊小路便走。天色朦朦朧朧，尚未明亮。

武松一夜辛苦，望見一座樹林裡，一個小小古廟，武松奔入裡面，把朴刀倚了，解下包裹來當做枕頭，倒身便睡。只見廟外邊探入兩把撓鈎搭住武松。武松無法掙扎脫身，被拖帶不到三五裡，早來到一所草屋，有四個男女提著那包裹，嘴裡叫：「大哥！大嫂！快起來！我們捉了一頭好行貨在這裡了！」只聽得前面應聲說：「來了！你們不要動手，讓我來開剝。」

沒一盞茶工夫，只見兩個人走到屋後來。武松看時，前面一個婦人，背後一個大漢。兩個人定睛看了武松，那婦人便說：「這個人不是叔叔嗎？」那大漢說：「果然是我兄弟！」

武松看時，那大漢不是別人，正是菜園子張青，這婦人便是母夜叉孫二娘。

武松在張青家裡休息了三五天，打聽得到處都有人在捉他，情況十分緊急，已經有做公的人出城來到各鄉村緝捕。

張青便說：「青州管下有一座二龍山寶珠寺。我哥哥魯智深和什麼青面好漢楊志在那裡打家劫舍，霸著一方。青州官軍捕盜，不敢正眼覷他。賢弟，除了到那裡去安身，才能免災；他那裡常常有信來讓我入夥，我只因為戀土難移，所以沒有去。我現在寫一封信細說二哥的本事，看我面上，一定會招你入夥的。」

母夜叉孫二娘指著張青，說：「你怎麼就這樣叫叔叔去？前面一定會被人捉了！阿叔臉上明明有兩行金印，走到前路，一定抵賴不過。」孫二娘又出主意說：「二年前，有個頭陀從這裡過，被我放翻了，做了好幾天饅頭餡。現在留得他的一個鐵戒箍，一身衣服，一領皂布直裰，一本度牒，一串一百單八顆人頂骨數珠，一個鯊魚皮鞘子插著兩把雪花鑌鐵打成的戒刀。這刀經常半夜裡鳴嘯，叔叔前一次來也曾經看見。今天既然要逃難，除非把頭髮剪了做一個行者，遮住額上的金印。加上這本度牒做護身符，年甲貌相，又和叔叔差不多，卻不是前世前緣？叔叔便應了他的名字，在路上誰敢還來盤問？」

孫二娘從房中取出包裹，打開，拿出許多衣裳，讓武松裡外都穿了。武松穿上一看，說：「好像就是給我做的一樣！合適！」又穿了皂直裰，繫了縧，把氈笠拿下來，解開頭髮，摺疊起來，用戒箍兒箍起，掛上數珠。張青、孫二娘一看，兩個喝采：「卻不是前生注定！」

看官注意：武松從此往後變成了行者模樣。

當晚武行者離開了大樹十字坡。正是十月間天氣，沿路往青州地面上來。又走了十多天，只要是遇上的村坊道店，市鎮鄉城，都有追捕武松的榜文張掛著。雖然到處都有榜文，武松做了行者，路上卻沒有人盤問他。

時遇十一月間，天氣寒冷。當天武行者見到一個酒店，門前有一道清溪，看那酒店時，是一個村落小酒肆。店家向武行者提供了酒，卻說沒有下酒的肉食。這時候，店裡來了幾個人，店家拿出了這幾個人事先放在店裡的青花甕酒和肉食。武松看見，便和店家爭吵起來，一時怒氣，為搶人家的青花甕酒和雞肉便大打出手。那幾個人中為首的被武松打傷，被另外幾個夥伴扶著走了。

武松看到人都走了，取個碗在白盆內舀那酒只顧喝。桌子上有一對雞，一盤子肉，還沒有動過，武松也不用筷子，就用雙手扯著任意吃了起來，沒半個時辰，這酒肉和雞都吃了個八分。

武松醉飽了，便走出店門，沿溪邊而走。這時候，酒慢慢湧了上來，力不能支，跌倒在溪邊，再也動彈不得。

被打傷的人找來了三四十人，到處尋找武松。後來見武松倒在溪邊，便一起上前。可憐武松醉了，掙扎不得，要爬起來，卻被眾人一齊下手，橫拖倒拽捉了，來到一所大莊院，兩下都是高牆粉壁，垂柳喬松，圍繞著牆院。眾人把武松推進去，剝了衣裳，奪了戒刀、包裹，揪過來綁在大柳樹上。

過了一會兒，有一個個子不高的人進來，看見武松，吃了一驚，說：「這不是我的兄弟嗎？」一個穿鵝黃襖子的以及那個被武松在酒店裡打傷的人都吃了一驚。連忙問：「這個行者怎麼卻是師父的兄弟？」那人便說：「他便是我經常和你們說的那景陽崗上打虎的武松。我也不知他現在怎麼會做了行者。」

那兄弟兩個聽了，慌忙解下武松，原來，那人不是別人，正是及時雨宋江。

武行者被解了下來，看到宋江，問：「哥哥當初在柴大官人莊上，卻怎麼又來到這裡了？」

宋江說：「我自從和你在柴大官人莊上分別，在那裡又住了半年。這裡孔太公屢次派人去莊上問信，後來見到宋清回家，說我在柴大官人莊上，因此特地派人到柴大官人莊上取我在這裡。這裡靠近白虎山，這個莊子便是孔太公莊上。剛才和兄弟相打的便是孔太公的小兒子，因為他性子急，喜歡和人打鬧，到處叫他『獨火星』孔亮。這個穿鵝黃襖子的便是孔太公的大兒子，人們都叫他『毛頭星』孔明。他們兩個好習槍棒，卻是我指點指點他們，所以叫我師父。兄弟怎麼做了行者？」

武松把自家的事從頭告訴了宋江。

從此，武松在孔太公莊上住下。一住十幾天，武松要走，宋江也準備去清風寨見見花榮。孔太公父子哪裡肯放，又留住了三五天，宋江堅意要走，孔太公只得安排筵席送行。

卻說宋江和武松兩個人上路，來到一個市鎮，地名叫瑞龍鎮，是一個三岔路口所在。宋江借問那裡的人，說：「小人們想往二龍山、清風鎮，不知從哪條路走？」那鎮上的人回答：「這兩處不是同一條路：要去二龍山，往西邊這條路上走；要去清風鎮，得往東邊那條路上走，過了清風山便是。」

宋江問了明白，便對武松說：「兄弟，我和你今天分手，就在這裡飲上三杯相別。」

看官牢記話頭：武行者自此來二龍山投靠魯智深、楊志，入夥去了，不在話下。

卻說宋江自從和武行者分手，又走了幾天，一天傍晚，來到了清風山腳下。正走著，忽然從林中跳出來幾個小嘍囉，把宋江捉住，帶到山上，綁在廳堂的柱子上。

這清風山，有三個好漢率著幾百個小嘍囉占山為王。為頭的綽號錦毛虎燕順，第二位綽號白面郎君鄭天壽，第三位綽號矮腳虎王英。這時候三個好漢正聚在清風山的大堂裡，準備拿宋江的心肝下酒。

宋江不禁感嘆，說：「沒想到我宋江今天在這裡不明不白地死！」燕順聽到，忙說：「慢著！你剛才說什麼？你是宋江？是山東及時雨宋江嗎？」宋江回說：「正是小人。」燕順一聽，忙和鄭天壽、王英一齊拜倒在地上。

宋江瞬間由刀下鬼變成了座上賓。

三位好漢敬著宋江，一連把宋江留在清風山上好幾天，好酒好肉地款待，死活不肯讓宋江下山。又一天，小嘍囉從山下劫了一個婦人上山。一問是清風寨劉知寨的夫人，上山去墳上燒香。矮腳虎王英是一個好色之徒，馬上把這個婦人留在了自己的房中。宋江聽說，想到自己過些日子就要去清風寨找花榮，而這劉知寨和花榮是同僚，便勸說把劉知寨的夫人放了。燕順聽了宋江的話，不理會王英的執迷。王英老大不樂意，直到宋江說將來有機會為他介紹一個夫人時，王英才沒有再理會。

又住了幾天，宋江堅持要下山去找花榮。燕順、鄭天壽、王英再擺酒席，送別了宋江。

話說這清風山離青州不遠，有百里路。清風寨位於青州三岔路口，地名清風鎮。由於這三岔路上通向三處惡山，因此，特設立這清風寨在這清風鎮上。

宋公明離開清風山，獨自一個，背著包裹，來到清風鎮上，打聽到花知寨住處。花榮見到宋江，大喜。請宋江到後堂坐，叫出渾家崔氏拜見，又叫妹子出來拜了。當日筵宴上，宋江把救了劉知寨夫人的事，對花榮說了。

宋江在花榮寨裡住了一個多月，看看臘盡春回，又離元宵節近了。

第二十一回　花榮大鬧清風寨　秦明夜走瓦礫場

且說這清風寨鎮上居民商量放燈一事，準備慶賞元宵，在土地大王廟前紮縛起一座小鼇山，上面結彩懸花，張掛五六百碗花燈。

這一天，天氣晴明。宋江對花榮說：「聽說這裡市鎮上今晚放花燈，我想去看看。」於是，花榮家親隨體己人兩三個跟隨著宋江前去。四五個人挽著手，來到大王廟前，在鼇山前看了一回，又往南走。走不過五六百步，只見前面燈燭閃亮，一夥人正圍在一個大牆院前。

宋江看時，卻是一夥舞「鮑老」戲的人。

宋江看到高興處，呵呵大笑。只見這牆院裡面，劉知寨夫妻和幾個婆娘正在裡面看戲。聽得宋江笑聲，那劉知寨的老婆認出宋江，便指給丈夫說：「看！那個笑的黑矮漢子，就是清風山上的賊頭。」劉知寨聽了，吃了一驚，便叫親隨六七人，上前捉拿，宋江聽到動靜，回身欲走，被眾軍漢趕上捉住。

劉知寨坐在廳上，眾人把宋江簇擁著來到廳前，讓宋江跪下，劉知寨大喝：「你這傢伙是清風山上打劫的強賊，如何敢擅自來這裡看燈！今天被擒獲，有什麼理說？」

宋江說：「小人是鄆城縣客人張三，和花知寨是故友，來這裡多日了，從來沒有在清風山打劫。」

劉知寨老婆從屏風背後走出來，說：「你這傢伙在山上時，坐在中間交椅上，由我叫你大王，哪裡埋睬人！」

宋江說：「夫人全不記是我一力救妳下山，現在怎麼倒把我強扭做賊？」

那婦人聽了，大怒，指著宋江大罵：「這樣的賴皮賴骨，不打如何肯招！」

劉知寨說：「說得是。」喝叫：「取過批頭來打他。」打得宋江皮開肉綻，鮮血直流。

花榮聽說這事，大驚，連忙寫信一封，派兩個能幹的親隨人去劉知寨那裡取宋江，被劉高喝令手下把送信的人推了出去。花榮聽了，拿上弓箭上馬，帶了三四十個軍漢，拖槍拽棒，直奔到劉高寨裡，從廊下耳房裡救出了宋江。

宋江對花榮說：「他被你大白天奪了人來，我想他肯定不會罷休，必然要和你動文書。今晚我不如先到清風山上去躲避，你明天卻好和他白賴，終久只是文武不和相毆的官司。我如果再被他拿出去時，你就理虧了。」

於是，宋江連夜奔去。不在話下。

劉高終是一個文官，有些算計。當下尋思：「他這一奪，必然連夜放他上清風山去，我今夜派二三十軍漢到五裡路頭等候。萬一捉著時，悄悄地關在家裡，暗地使人連夜去州裡報知軍官下來取，就和花榮一起捉去，如果能害了花榮的性命，那時我就可以獨自霸著這清風寨！」當晚派了二十多人，各拿著棒子去了。大約去了兩三個時辰，去的軍漢果然背剪綁得宋江到來。

這青州府知府正值升廳。知府複姓慕容，雙名彥達，是徽宗天子慕容貴妃的哥哥。正要回衙吃早飯，只見左右公人接到劉知寨申狀，飛報賊情。知府便叫本州兵馬都監來到廳上，囑咐他去。

那個都監，姓黃，名信。因為他本身武藝高強，威鎮青州，因此稱做「鎮三山」。那青州地面所管下有三座惡山：第一便是清風山，第二便是二龍山，第三便是桃花山。這三處都是強人草寇出沒的地方。黃信卻自誇要捉盡三山人馬，因此叫做「鎮三山」。

這兵馬都監黃信一直來到劉高寨裡。黃信和劉高共同設計，預備捉拿花榮。

第二天早飯前後，黃信上了馬，來到花榮寨前。花榮出來迎接。黃信說：「下官蒙知府呼喚，發落說：為是你清風寨內文武官僚不和，不知因為什麼原因。知府恐怕二位因私仇而影響公事，特派黃某前來給你們二位講和。現在已經安排酒席在大寨公廳上，請足下上馬同往。」

於是，黃信攙著花榮的手，一同上公廳來。喝酒間，劉高拿副臺盞，斟一盞酒勸黃信：「麻煩都監相公降臨敝地，請滿飲這一杯。」黃信接過酒來，拿在手裡，四下一看，有十多個軍漢，擁到廳上來。黃信把酒盞往地下一擲，只聽得後堂一聲喊起，兩邊帳幕裡走出三四十個壯健軍漢，把花榮拿倒在廳前。

黃信便叫劉知寨安排一百寨兵防送。黃信和劉高都上了馬，監押著兩輛囚車，帶著三四十軍士，一百寨兵，簇擁著車子，奔青州府來。

走不過三四十里，前面見到一座大林子。

只見林子四邊，走出三四百個小嘍囉，把一行人圍住。林子中跳出三個好漢，一個穿青，一個穿綠，一個穿紅，都戴著銷金萬字頭巾，各挎一口腰刀，又使一把朴刀，攔住去路。這三位好漢正是錦毛虎燕順、矮腳虎王英、白面郎君鄭天壽。

黃信怎能抵擋他們三個，一經交鋒，便敗下陣，獨自飛馬奔回清風鎮去了。眾軍漢見黃信逃了，都大喊一聲，撇了囚車，四散走了。只剩下劉高被捉住。花榮已經把自己的囚車掀開，跳了出來，救出宋江。

原來這三位元好漢由於不知宋江消息，派幾個能幹的小嘍囉下山，到清風鎮上探聽，聽人說：「都監黃信，擲盞為號，拿了花知寨和宋江，用陷車囚了，解投青州來。」因此預先截住去路。

宋江說：「先把劉高帶上來。」

花榮說：「我親自下手割這傢伙！」用刀在劉高心窩裡一剜，把那顆心獻在宋江面前。

第二天起來，大家商議打清風寨一事。

且說都監黃信騎馬奔回清風鎮大寨，寫了申狀，叫兩個教軍頭目，飛馬報告慕容知府。知府看了大驚，派人去請青州指揮司總管本州兵馬秦統制。此人是山後開州人，姓秦，諱個明字。因為他性格急躁，聲若雷霆，所以人們都呼他「霹靂火」秦明。他的祖上是軍官出身，使一條狼牙棒，有萬夫不當之勇。

秦明聽說反了花榮，便帶著一百馬軍，四百步軍，飛奔清風寨。

秦明這一來，和花榮交手，也沒占得便宜。所帶的軍士，在攻打清風山時，有的被弓箭射死，有的淹死在溪裡，有的被活捉上山。最後，秦明也落到一個陷坑裡。兩邊埋伏的五十個撓手，把秦明捉起來，押到山寨。

五位好漢坐在聚義廳上，小嘍囉縛綁秦明，帶到廳前，花榮見了，連忙離開交椅，下廳來，親自解了繩索，扶秦明上廳，納頭拜在地下。秦明慌忙答禮，燕順相留，隨即殺羊宰馬，安排筵席飲宴。

秦明飲了幾杯酒，起身說：「眾位壯士，既然是你們的好情分，不殺秦明，請還了我盔甲、馬匹、軍器，讓我回州裡去。」

燕順說：「總管差了！你既然是帶的青州五百兵馬都沒了，怎麼還能回到州裡去？慕容知府難道不見你的罪責？你不如暫時在荒山草寨上住上幾天。或者就在這裡落草才好。」秦明不肯聽從。

花榮又勸，說：「總管夜來勞神費力，人也頂不住了，那匹馬也需要餵飽了再去。」秦明聽了，肚內尋思：「也說得是。」再上廳來，坐下繼續飲酒。那五位好漢輪番把盞，賠話勸酒。秦明一來軟睏，二來被眾好漢勸不過，醉了，被扶入帳房裡睡下。這裡眾人自去做事。不在話下。

秦明一覺睡到第二天上午才醒，起來，洗漱過後，便要下山。眾人慌忙安排一些酒食管待了，取出頭盔、衣甲，秦明披掛了，相別。秦明上了馬，拿著狼牙棒，趁天色大明，離了清風山，飛奔青州來。到得十里路頭，這裡無一個人來往。秦明見了，心中有八分疑忌。到得城外看時，原來城外居住的數百人家，都被火燒做白地一片。瓦礫場上，橫七豎八，燒死的男子、婦人，不記其數。秦明看了，大驚。打那匹馬在瓦礫場上跑到城邊，大叫開門，只見城邊吊橋高高拽起，上面擺列著軍士、旌旗、擂木、炮石。

秦明勒著馬，大叫：「城上放下吊橋，讓我入城。」

城上的人看見是秦明，擂起鼓來，吶著喊。只見慕容知府站在城上女牆邊大喝：「反賊！你真不識羞恥！昨夜帶領人馬來打城子，把許多好百姓都殺了，又把許多房屋燒了，今天又來賺哄城門。朝廷沒有虧待過你，你這傢伙卻行此不仁！這裡已經派人奏聞朝廷了。早晚拿住你，把你碎屍萬段。」

秦明大叫：「公祖差了！秦明折了人馬，又被捉到山上，今天才得以逃脫，昨夜什麼時候來打過城子？」

知府喝說：「我如何不認得你的馬匹、衣甲、軍器、頭盔！城上的眾人明明見你指撥紅頭子殺人放火，你怎麼能抵賴！你輸了被擒，怎麼不見一個軍人逃回來報信？你如今指望賺開城門取老小？你的妻子，已經殺了！你如果不信，給你拿頭來看。」軍士們把秦明妻子首級挑起在上，秦明是一個性急的人，看了渾家首級，氣破胸脯，解釋不得，只叫得屈。城上弩箭如雨點般射下來。秦明只得迴避。

秦明回馬在瓦礫場上，恨不得找個死處。走了不到十多里，只見林子裡轉出一夥人馬，當先五匹馬上，五個好漢，正是：宋江、花榮、燕順、王英、鄭天壽。

宋江說：「總管休怪。昨天因為挽留總管在山上，堅意不肯，是宋江定出這條計策，叫小卒扮成總管模樣，穿了總管的衣甲頭盔，騎著那馬，橫著狼牙棒，直奔青州城下，點撥紅頭子殺人。燕順、王矮虎，帶領五十多人助戰，裝做總管去家中取老小。殺人放火，先絕了總管的歸路。今天眾人特地前來請罪。」

秦明聽說，怒氣攢心但又無可奈何，只得了這口氣，說：「你們弟兄雖然是好意要挽留秦明，只是斷送了我妻小一家人口！」

宋江說：「不這樣做，兄長如何肯死心塌地？如果是沒了嫂夫人，宋江恰知花知寨有一個令妹，十分賢惠。宋江情願主婚，賠上彩禮，給總管做室，如何？」秦明見眾人如此相敬相愛，才放心歸順。

第二天早起，秦明上馬，飛奔清風鎮來。

卻說黃信在清風鎮上，時時使人探聽，不見青州調兵策應。當天只聽得報告：「柵外有秦統制獨自一人騎著馬到來，叫開柵門。」黃信聽了，便叫開了柵門，放下吊橋，迎接秦總管。請上廳來，敘禮，黃信問：「總管為什麼單騎到這裡？」

秦明先說了損折軍馬等情，又說：「山東及時雨宋公明，專門結識天下好漢，誰不欽敬他？如今他在清風山上，我現在也在山寨裡入了夥。你又沒有老小，乾脆聽我的話，也去山寨入夥，免得受那文官的氣。」

黃信說：「既然恩官在此，黃信哪敢不從？只是沒有聽說有宋公明在山上，你說及時雨宋公明，從哪裡來？」

秦明笑著說：「就是你前天押去的鄆城張三。他怕說出真名姓，惹起自己的官司，所以只認做張三。」

黃信聽了，跌著腳說：「若是小弟知道他是宋公明，路上早就放了他。只是聽了劉高一面之詞，險些壞了他的性命。」

當下秦明和黃信來到柵門外，望見兩路來的軍馬：一路是宋江、花榮，一路是燕順、王矮虎，各帶一百五十多人前來。黃信叫寨兵放下吊橋，大開寨門，接應兩路人馬來到鎮上。

劉高一家老小，都被殺了。王矮虎先去奪了那個婦人。花榮回到家中，把應有財物裝載上車，搬取妻小、妹子。眾多好漢收拾停當，一行人馬離了清風鎮，回到山寨。王矮虎把那個婦人，藏在自己房內。

燕順問：「劉高的妻現在哪裡？」

王矮虎說：「這次須把她給小弟做個押寨夫人。」

燕順說：「給就給你。你先把她叫出來，我有話說。」

宋江便說：「我正要問她。」

王矮虎便把她叫到廳前，那婆娘哭著告饒。宋江喝道：「妳這個潑婦！我好意救妳下山，想妳是個命官的恭人，妳怎麼能反將冤報？今天擒來，還有什麼理說？」

燕順跳起，說：「這樣的淫婦，問她做什麼！」拔出腰刀，一刀把這個婦人揮做兩段。

王矮虎見砍了這婦人，心中大怒，奪過一把朴刀，便要和燕順拼命。宋江等人起身勸住。宋江說：「燕順殺了這婦人也是應當。兄弟，你看我一力救她下山，叫她夫妻團圓完聚，她卻轉過臉來，叫丈夫害我。賢弟，你留在身邊，久後有損無益。宋江今後為你娶一個好的，叫賢弟滿意。」

燕順說：「兄弟就是這樣尋思的，不殺她，久後必被她害了。」王矮虎被眾人勸住，默默無言。

宋江等眾人待在清風山上，一天，眾人商量：「這個小寨不是久戀之地，如果大軍到來，四面圍住，難以迎敵。」宋江提出投奔梁山泊。眾人聽說宋江能引路，都一口應承下來。

隨後，宋江叫分做三隊下山，扮做收捕梁山泊的官軍。旗號上明明寫著「收捕草寇官軍」，因此一路無人敢來阻擋。

宋江、花榮兩個騎馬在前頭，前面到一個地方，這裡名叫對影山，到前面半里多路，看見一隊人馬，大約有一百多人，都是紅衣紅甲，一個穿紅少年壯士，橫戟立馬在山坡前，大叫：「今天我和你比試，分個勝敗，見個輸贏！」只見對過山崗子背後，擁出一隊人馬，也有一百多人，都是白衣白甲，一個穿白少年壯士，手中也使一枝方天畫戟。這邊都是素白旗號，那邊都是絳紅旗號。兩個壯士，也不搭話，各人挺著手中戟，就在中間大路上鬥了三十多個回合，不分勝敗。花榮和宋江在馬上看了使勁喝采。

第二十二回　小李廣梁山泊射雁　宋公明揭陽嶺脫難

話說花榮一步步趲馬向前，只看那兩個壯士正鬥得難解難分，這兩枝戟上，一枝是金錢豹子尾，一枝是金錢五色幡，卻攪做一團，上面絨結住了，哪裡解得開？花榮看了，把馬帶住，左手在飛魚袋內取弓，右手從走獸壺中拔箭。搭上箭，拽滿弓，盯著豹尾絨處，颼的一箭，恰好把絨射斷。只見兩枝畫戟頓時分開，那二百多人一齊喝采。那兩個壯士馬上縱馬奔過來，一直來到宋江、花榮馬前，在馬上欠身聲喏，都說：「願求神箭將軍大名。」花榮在馬上回答：「我這個義兄，是鄆城縣押司山東及時雨宋公明。我是清風鎮知寨小李廣花榮。」

那兩壯士聽說，紮住了戟，下馬，推金山，倒玉柱，都拜：「聞名久矣！」

宋江、花榮慌忙下馬，扶起那兩位壯士，說：「先請問二位壯士，高姓大名？」

那個穿紅衣的說：「小人姓呂，名方，潭州人。平時愛學呂布為人，因此習學這枝方天畫戟，人們都叫小人小溫侯呂方。因為販賣生藥到山東，折了本錢，不能夠還鄉，暫時占住這對影山，打家劫舍。近日這個壯士前來，要奪呂方的山寨。我說和他各分一山，他又不肯，因此每天下山打鬥。沒想到原來緣法注定，今天得遇尊顏。」

宋江又問這穿白衣的壯士高姓。那人回答：「小人姓郭，名盛，四川嘉陵人。因為販賣水銀，在黃河裡遇風翻船，回鄉不得。原在嘉陵從本處兵馬張提轄處學得這方天戟，以後使得精熟，人們都稱小人賽仁貴郭盛。江湖上聽得說，對影山有一個使戟的占住了山頭，打家劫舍，因此前來比拼戟法。連連戰了十多天，不分勝敗。沒想到今天得遇二公，真是天大的幸運。」

宋江把上件事都告訴了，便說：「既然有幸相遇，就給二位勸和，好不好？」兩個壯士大喜，都答應了。宋江勸說他兩個入夥，湊隊上梁山泊去投奔晁蓋，共同聚義。兩個壯士歡天喜地，便將兩山人馬集合起一同前往。

接著，宋江和燕順騎了馬，帶領隨行十多人，先往梁山泊來。大隊人馬隨後緩行。路上，在一處酒店正遇一位好漢前來找宋江，那漢子說：「小人姓石名勇，原是大名府人。平時只靠放賭為生。本鄉給小人起了一個異名，叫做石將軍。只因為賭博時，一拳打死了一個人，逃走在柴大官人莊上。多聽得往來江湖上的人說哥哥大名，因此特去鄆城縣投奔哥哥。卻又聽得說，哥哥因為出事在外。見到四郎，聽得小人說起柴大官人來，卻說哥哥在白虎山孔太公莊上。小弟要拜識哥哥，四郎特寫下這封家信，讓小人帶到孔太公莊上，如尋見哥哥時，『可叫兄長作急回來』。」

石勇取出家信，遞給宋江。宋江接來看時，封皮封著，又沒「平安」二字。宋江心內疑惑，連忙扯開封皮，從頭讀到一半，後面寫：「父親於今年正月初頭，因病身故，現在做喪在家，專等哥哥來家遷葬。千萬千萬！一切不可誤！弟清泣血奉書。」宋江讀過，叫聲苦，把胸脯捶起來，說：「不是我寡情薄意，其實只有這個老父記掛。今已歿了，只好星夜趕去。兄弟們可自己帶隊上山去吧。」

無奈，九個好漢，只得並做一夥，帶了三四百人馬，到梁山泊來，因有宋公明的書箚，山上的好漢都前來相見，其中也有白勝（那時白日鼠白勝，數月之前，已從濟州大牢裡越獄，逃到山上入夥，這都是吳學究使人安排，救他脫身）。晁蓋把眾好漢收留在山上。

酒席上，秦明、花榮稱讚宋公明許多好處，也談到清風山報冤相殺一事，眾頭領聽了大喜。後說呂方、郭盛兩個比試戟法、花榮一箭射斷絨，分開畫戟。晁蓋聽了，意思不信，嘴裡含糊，說：「真能如此射得準？改天卻要看看比箭。」

當天酒至半酣，食供數品，眾頭領都說：「先去山前閒逛一回，再來赴席。」當下眾頭領，相謙相讓，下階閒步樂情，觀看山景。走到寨前第三關上，只聽得空中有大雁鳴叫。

花榮尋思：「晁蓋好像不信我能射斷絨。為什麼不趁現在施逞些手段，叫他們眾人看看，今後好敬服我？」四周一看，隨行人中有帶著弓箭的。花榮討過一張弓，拿在手看時，卻是一張泥金鵲畫細弓，正中花榮意。又急忙取過一枝好箭，對晁蓋說：「剛才兄長見說花榮射斷絨，眾頭領似有不信之意。現在遠遠有一行雁飛來，花榮不敢誇口，這枝箭要射雁行內第三隻雁的頭上。射不中時，眾頭領不要笑。」花榮搭上箭，拽滿弓，看得真切，望空中一箭射去，果然正中雁行內第三隻，一直墜落到山坡下，急叫軍士取來看時，那枝箭正穿在雁頭上。

晁蓋和眾頭領看了，都十分駭然，紛紛稱讚花榮「神臂將軍」。吳學究稱讚說：「不要說將軍比李廣，便是養由基也不及神手！真是山寨有幸啊！」

從此，梁山泊內無一個不欽敬花榮。

卻說宋江自從離了村店，連夜趕歸。才知道父親並沒有去世。便埋怨兄弟宋清。宋太公走出來，說：「這個不干你兄弟的事，是我每天思量見你一面，因此叫四郎只寫我歿了，你便歸來得快。我又聽人說，白虎山地面上強人眾多，又怕你一時被人攛掇，落草去了，做個不忠不孝的人。所以，急急寄信去叫你歸家。又得柴大官人那裡來的石勇，寄信去給你。這件事都是我的主意，不關四郎的事。你不要埋怨他。」宋江聽了，納頭拜了太公，憂喜相伴。

宋太公又說：「近聞朝廷冊立皇太子，已經降下一道赦書，民間犯了大罪的人都減去一等科斷，現在已經通知各地施行。就是到官，也只落個徒流之罪，不至於害了性命。」

宋江問：「朱、雷二都頭曾經來莊上嗎？」

宋清說：「我前天聽說，這兩個都差出去了：朱仝差往東京去，雷橫不知差到哪裡去了。現在縣裡新添兩個姓趙的負責公事。」

宋太公說：「我兒遠路風塵，先去房裡休息一會兒。」全家歡喜。不在話下。

到了深夜，莊上人已經睡了，卻突然聽得前後門大喊。看時，四下裡都是火把，團團圍住宋家莊，一片聲叫：「不要走了宋江！」太公聽了，連聲叫苦。

原來是姓趙的兩位都頭聽到風聲，帶人前來捉拿宋江。

宋江知道自己的罪犯今已赦宥，一定是不死，便坦然地請二位都頭進莊飲上三杯，第二天一同見了官。

知縣時文彬大喜，責令宋江供狀。然後叫收禁牢裡監候。依了宋江的供狀，縣裡疊成文案，結解上濟州聽斷。本州府尹看了申解情由，赦前恩宥之事，已經成了減罪，刺配江州牢城。

兩個公人，張千、李萬押著宋江前行，途中經過梁山泊，晁蓋派人截住，請宋江到山寨說話。三回五次，留得宋江，在山寨裡飲了一天的酒。當晚住了一夜，第二天早起，宋江堅持要上路。吳學究說：「兄長聽稟：吳用有一個至愛相識，在江州充做兩院押牢節級，姓戴名宗，本處人稱為戴院長。因為他有道術，一天能走上八百里，人們都叫他神行太保。這個人十分仗義疏財。夜裡小生寫下一封信給兄長帶去，到了那裡可做個相識。如果有什麼事情，可讓眾兄弟知道。」眾頭領挽留不住，安排宴席送行。

宋江和兩防送公人奔江州來，在路上大約走了半月，早來到一個地方，望見前面一座高嶺，上面有一個酒店。入內喝酒，卻被下了蒙汗藥，三個人都倒下了。

這時正有三個人奔上嶺來。酒店主人認得，慌忙出來迎接，那三個人中有一個大漢說：「我們特地上嶺來迎接一個人，估計是該來了，至今不見，不知在哪裡耽擱了。」

那人問：「大哥，等什麼人？」

那大漢回答：「就是濟州鄆城縣宋押司宋江。」

那人又問：「他為什麼要從這裡經過？」

那大漢說：「我本來不知道。最近有個相識從濟州來，說：『鄆城縣宋江，不知因為什麼事被發在濟州府斷配江州牢城。』我想他必從這裡過來，別處又沒有路。他在鄆城縣時，我都要去和他相會；今天正從這裡經過，怎麼能不結識他？這一段時間，你店裡的買賣如何？」

那人說：「不瞞大哥說，這幾個月裡沒有買賣可做。今天謝天謝地，捉得三個行貨，又有些東西。」

那大漢慌忙問：「三個什麼樣的人？」

那人說：「兩個公人和一個罪人。」

那漢失驚，問：「這個囚徒是不是黑矮肥胖的人？」

那人說：「真是不十分長大，面貌紫棠色。」

那大漢說：「等我進去認他一認！」

當下四個人進山邊人肉作坊裡，只見剝人凳上挺著宋江和兩個公人。那大漢看見宋江，卻不認得，看他臉上的「金印」，也看不出名堂。正在沒尋思處，猛然想起：「先取公人的包來，我看看他的公文便知。」那人說：「說得是。」便去房裡取過公人的包打開，見到一錠大銀，又有許多散碎銀兩。解開文書袋，看了差批，眾人只叫得「慚愧。」

那大漢便叫那人：「快討解藥來，先救起我哥哥。」

那人也慌了，連忙調了解藥，宋江漸漸地醒來，睜了眼，看了眾人站在面前，又不認得。

宋江問：「這裡正是哪裡？」

那大漢說：「小弟姓李，名俊。專門在揚子江中撐船為生，能識水性，人們都叫小弟混江龍李俊。這個賣酒的是這裡揭陽嶺人，只靠做私商道路，人們都叫他催命判官李立。這兩個兄弟是這裡潯陽江邊人，專販私鹽來這裡買賣，卻是投奔了李俊。他們能在大江中鳧得水，駕得船。是弟兄兩個：一個叫出洞蛟童威，一個叫翻江蜃童猛。」

李立於是安排酒食管待宋江和兩個公人。第二天相別，宋江和李俊、童威、童猛，以及兩個公人下嶺來，先到李俊家歇下，又置備酒食，李俊結拜宋江為兄，以後宋江繼續前往江州來。

宋江和兩個公人走了半天，來到一處鎮上，見那裡一夥人圍住一個使棒賣膏藥的。宋江和兩個公人看他使了一回棒，宋江喝采：「好棒拳腳！」那人卻拿起一個盤子來，開口說：「小人從遠方來，投靠貴地。雖然沒有驚人的本事，全靠恩官幫助，遠處誇稱，近方賣弄。如要筋骨藥，馬上取贖；如不用膏藥，可麻煩賜些銀兩銅錢，不要讓我空過了。」那教頭把盤子掠了一遭，沒有一個人出錢給他。宋江見他掠了兩遭，沒人出錢，便叫公人取出五兩銀子給他。

這時，只見人叢裡一條大漢分開眾人，近前來，大喝：「這傢伙從哪裡學到這些鳥棒，來俺這揭陽鎮上逞強！我已經吩咐了眾人不要理睬他，你這傢伙如何賣弄有錢，把銀子賞他，滅俺揭陽鎮的威風！」那大漢提起雙拳打來，宋江躲開。只見那個使棒的教頭，從眾人背後趕過來，一隻手揪這那大漢頭巾，一隻手提住腰胯，望那大漢肋骨上只一兜，踉蹌一跤，摔翻在地。那大漢掙扎起來，又被這教頭一腳踢翻了。

那大漢從地上再次爬起來，看了宋江和教頭，說：「使得使不得，叫你們兩個不要慌！」說完，便一直往南去了。

宋江問：「教頭高姓，何處人氏？」

教頭回答：「小人是河南洛陽人，姓薛，名永。祖父是老種經略相公帳前軍官，只因為得罪了同僚，不得升用，子孫靠使棒賣藥度日。江湖上稱小人病大蟲薛永。」

宋江說：「小人姓宋，名江。山東鄆城縣人。」

薛永問：「是不是山東及時雨宋公明啊？」

宋江說：「我便是。」

薛永聽了，便拜。宋江又把一二十兩銀子送給薛永，和兩個公人自去了。

後來，那個被摔的大漢帶著許多人，在路上把薛永抓了，又前來追趕宋江。

這時，宋江和兩個公人走了很久，望見眼前滿目蘆花，一派大江，滔滔滾滾，正是潯陽江邊。只聽得背後喊叫，火把亂明。宋江明白是那個大漢帶著人追來了，只叫得苦。正在危急之際，只見蘆葦中悄悄地搖出一隻船來。

宋江見了便叫：「梢公！擺船過來，救我們三個！俺給你幾兩銀子！」

那梢公把船攏來，三個人連忙跳上船。那梢公一邊搭上櫓，一邊聽著包裹落到艙裡時發出的響聲，心中暗喜。把櫓一搖，那只小船早蕩在江心裡。

岸上那夥趕來的人來到灘頭，有十多個火把，為頭兩個大漢各挺著一條朴刀，嘴裡叫：「你那梢公快搖船過來。」

那梢公冷笑：「老爺叫做張梢公！你不要咬我鳥！」

岸上火把叢中那個長漢說：「原來是張大哥！你見我弟兄兩個了嗎？」那梢公說：「我又不瞎，怎麼看不見你！」那長漢說：「你既然見到我，先把船搖攏來和你說話。」那梢公說：「有話明天再說，乘船的要去得緊。」那長漢說：「我弟兄兩個正要捉這乘船的三個人！」那梢公說：「乘船的三個都是我家親眷，衣食父母。請他們吃碗板刀麵！」那長漢說：「你先搖攏來，和你商量。」

那梢公說：「我的衣飯，反倒攏來給你，你倒樂意。」那梢公一邊搖櫓，一邊說：

「我好幾天才接得這個主顧，就是不搖攏來！你們兩個休怪，改天相見！」那梢公搖開船，離江岸遠了。

這時，只見那梢公放下手中的櫓，說：「你們三個是要板刀麵，還是要餛飩？」

宋江說：「家長，不要取笑。怎麼叫做板刀麵？怎麼說是餛飩？」

那梢公睜著眼，說：「老爺和你們耍什麼鳥！若還要板刀麵時，俺有一把快刀在這板底下。我不需要三刀五刀，我只一刀一個，都剁你三個人下水去！你們若要餛飩時，你們三個快脫了衣裳，都赤條條地跳下江裡自死！」

宋江聽了，扯住兩個公人，說：「卻是苦也！」

第二十三回　船火兒夜鬧潯陽江　及時雨相會戴院長

那梢公摸出那把明晃晃板刀，大喝：「你們三個快快脫了衣裳，跳下江去！跳就跳！不跳時，老爺剁你們下水去！」

宋江和那兩個公人抱做一團，望著江裡。只見江面上咿咿呀呀櫓聲響。梢公回頭看時，一隻快船，飛快地從上流急急溜下來，船上有三個人：一條大漢手裡橫著托叉，站在船頭上；梢頭兩個後生搖著兩把快櫓。星光之下，早到面前。

那船頭上橫叉的大漢喝道：「前面是什麼梢公，敢在這裡行事？船裡貨物，見者有分！」

這船公回頭看了，慌忙說：「原來是李大哥！我只道是誰來了呢！大哥，又去做買賣？只是不肯帶挈兄弟。」

大漢說：「張家兄弟，你在這裡又弄這一手！船裡有什麼行貨？有些油水嗎？」

梢公回答：「叫你們得知好笑：我這幾天又賭輸了，身沒一文；正在沙灘上悶氣，岸上一夥人趕著這三頭行貨，來我船裡，卻是兩個鳥公人，押解一個黑矮囚徒。趕來的一夥人卻是鎮上穆家哥兒兩個，一定要討這三個人。我見有些油水，沒有還他們。」

船上那大漢說：「咄！恐怕是我哥哥宋公明吧？」

宋江聽得聲音熟，在艙裡叫：「船上好漢是誰？救救宋江！」

那大漢失驚，說：「真是我哥哥！幸虧還沒有做出來！」

宋江鑽出船，上來看時，星光明亮，那船頭上站的大漢正是混江龍李俊。背後船梢上兩個搖櫓的：一個是出洞蛟童威，一個翻江蜃童猛。李俊聽得是宋公明，跳過船來，嘴裡叫：「哥哥驚恐？如果小弟來得遲一點，豈不誤了仁兄性命！今天天使李俊在家坐立不安，棹船出來在江裡販些私鹽，不想又遇著哥哥在這裡受難！」

那梢公呆了半晌，作聲不得，這才開口問：「李大哥，這黑漢就是山東及時雨宋公明嗎？」

李俊說：「可知是呢！」

那梢公便拜，說：「我那爺爺！你為什麼不早早通個大名，省得我做出歹事來，險些傷了仁兄！」

宋江問李俊：「這個好漢是誰？請問高姓？」

李俊說：「哥哥不知。這個好漢卻是小弟結義的兄弟，姓張，是小孤山下人，單名橫字，綽號船火兒，專門在這潯陽江裡做這件穩善的勾當。」

宋江和兩個公人都笑了起來。接著，兩隻船並著搖奔灘邊，纜了船，從艙裡扶著宋江和兩個公人上岸。張橫問：「義士哥哥因什麼事配來這裡？」李俊把宋江犯罪的事說了。

張橫聽了，說：「好叫哥哥得知，小弟一母所生的親弟兄兩個：長的便是小弟，我還有一個兄弟，卻又了得：渾身雪練，整個一身白肉，能遊上五十里水面，水底下伏得七天七夜，在水裡好似一根白條，更兼有一身好武藝，因此，人們給他起了一個異名，叫做浪裡白條張順。當初我弟兄兩個只在揚子江邊做這一件依本分的勾當……」

宋江說：「願聽聽是什麼樣的勾當。」

張橫說：「我弟兄兩人，賭輸了時，我便先駕著一隻船，渡在江邊安靜的地方做私渡。有那種客人，為了省一點錢，又要快，便來上我的船。等船裡都坐滿了，卻叫兄弟張順，也扮做單身客人，背著一個大包，也來乘船。我把船搖到半江裡，放下櫓，拋了錨，插一把板刀，來討船錢。本應當五百足錢一個人，我定要他三貫。卻先從兄弟這裡討起，叫他假意不肯給我。我便把一手揪住他頭，一手提定腰胯，撲通攛下江裡，排頭兒定要三貫。一個個都驚得呆了，紛紛拿出來。都給了，然後送他們到僻靜的地方上岸。我那兄弟從水底下走過對岸，等沒了人，卻和兄弟分錢去賭。那時我們兩個只靠這勾當度日。」

宋江說：「可知江邊多有主顧來找你私渡。」

李俊等人都笑起來，張橫又說：「如今我弟兄兩個都改了業。我只在這潯陽江裡做私商，兄弟張順現在到江州做了賣魚牙子。哥哥去時，小弟寄一封信給他，只是不識字，寫不得。」

李俊說：「我們去村裡央求個門館先生來寫。」留下童威、童猛看船。三個人跟了李俊、張橫，提了燈，奔村裡來。走不到半裡，看見岸上仍是火把明亮。

張橫說：「他們弟兄兩個還沒回去！」李俊問：「你說哪弟兄兩個？」張橫說：「就是鎮上那穆家哥兒兩個。」李俊說：「就叫他們兩個前來拜哥哥。」

宋江連忙說：「使不得！他們兩個趕著要捉我！」

李俊說：「仁兄放心。他們兄弟不知是哥哥。他也是我們一路人。」李俊用手一招，呼哨了一聲，只見持火把的人都飛奔來。看見李俊、張橫恭奉著宋江一起說話，那弟兄二人大驚，問：「二位大哥怎麼和這三個人相熟？」
李俊大笑，問：「你知道他是誰啊？」
那二人說：「不認得。只見他在鎮上出銀兩賞賜那使棒的，滅了俺鎮上威風，正要捉他！」
李俊說：「他就是我平常和你們說的山東及時雨鄆城宋押司公明哥哥！你們兩個還不快拜！」
那弟兄兩個當即撇了朴刀，翻身便拜，說：「聞名久矣！沒想到今天才得相會！真是冒瀆，犯傷了哥哥，望憐憫恕罪！」
宋江扶起二人，說：「壯士，願求大名？」
李俊便說：「這弟兄兩個是本地人。哥哥姓穆，名弘，綽號沒遮攔。兄弟穆春，叫做小遮攔，是揭陽鎮上的一霸。我這裡有三霸，哥哥不知，都向哥哥說知。揭陽嶺上嶺下是小弟和李立一霸；揭陽鎮上是他弟兄兩個一霸；潯陽江邊做私商的卻是張橫、張順兩個一霸。以此謂之三霸。」
宋江說：「我們怎麼能知道！既然都是自家弟兄情分，望放還薛永！」
穆弘笑著說：「就是使棒的那個？哥哥放心。」隨即便叫兄弟穆春：「去取來還哥哥。我們先請仁兄到敝莊服禮請罪。」
李俊說：「最好，最好，就到你莊上去。」
穆弘叫兩個莊客去照看船隻，就請童威、童猛一同到莊上相會，一面又派人去莊上報知，置辦酒筵，殺羊宰豬，整理筵宴。一幫人等到童威、童猛來到，一同往莊上來。到了莊裡，請出穆太公，相見了，在草堂上分賓主坐下。宋江和穆太公對坐。正說著話，天色明朗，穆春已經把病大蟲薛永帶進來，一處相會了。穆弘安排筵席，管待宋江等眾位飲宴。

臨動身時，張横在穆弘莊上央求人寫了一封家信，央宋江帶給張順。當時宋江收放在包裹裡。一幫人都送到潯陽江邊。

這一次往江州來，一帆風順，早送到江州。上了岸，正值府尹升廳。那江州知府，姓蔡，雙名得章，是當朝蔡太師蔡京的第九個兒子，因此，江州人叫他蔡九知府。那人為官貪濫，做事驕奢。這江州是錢糧浩大的地方，人廣物盈，太師特地讓他來做個知府。當時兩個公人當廳下了公文，押宋江到廳下，蔡九知府看見宋江儀表非俗，令把宋江押送到單身房裡聽候。

卻說宋江又是央求人請差撥到單身房，送了十兩銀子；管營那裡又加倍送十兩；營裡管事的人以及使喚的軍健等人都送些銀兩讓他們買茶。因此，沒有一個人不歡喜宋江。

管營於是安排他在本營抄事房做了一個抄事。

住了半月，宋江有一天和差撥在抄事房裡飲酒，那差撥對宋江說：「賢兄，我前幾天和你說的那個節級常例人情，怎麼這麼久都不使人送去給他？他明天下來時，須不好看。」

宋江說：「這個沒關係。那個人要錢不給他；如果是差撥哥哥，但要時，只顧問宋江取。那節級要時，一文也沒有！等他下來，宋江自有話說。」

正說著，只見牌頭來報：「節級到這裡來了。正在廳上發作，罵道：『新到配軍怎麼不送常例錢給我？』」

差撥說：「我說是吧！那個人自來，連我們都怪。」

宋江笑著說：「差撥哥哥休怪，不能陪侍了，改天再一起飲酒。我先去和他說話。」

宋江告別了差撥，來到點視廳，見這節級。

宋江到點視廳上看時，見那節級拿條凳子坐在廳前，開口便罵：「你這個黑矮殺才，倚仗誰的勢，不送常例錢給我？」

宋江說：「『人情人情，在人情願。』你怎麼能逼取人財？」

那人怒道：「我要結果你也不難，如同打死一個蒼蠅！」

宋江冷笑，說：「我不送常例錢便該死時，結識梁山泊吳學究卻該怎麼樣？」

那人聽了這話，慌忙扔了手中訊棍，便問：「你說什麼？」

宋江說：「我說那結識軍師吳學究的，你問我幹什麼？」

那人慌了手腳，拖住宋江，問：「你是誰？哪裡得到這話來？」

宋江笑著說：「我是山東鄆城縣宋江。」

那人聽了，大驚，連忙作揖，說：「原來兄長正是及時雨宋公明！」

宋江便和那個人離了牢城營，奔到江州城裡，在一個臨街酒肆中樓上坐下。那人問：「兄長在哪裡見過吳學究？」

宋江從懷中取出信來，遞給那人。那人拆開封皮，讀了，藏在袖內，起身望著宋江便拜。說話的，那人是誰？便是吳學究所薦的江州兩院押牢節級戴院長戴宗。湖南一路節級都稱呼做「院長」。原來這戴院長有一樣驚人的道術：飛報緊急軍情事，把兩個甲馬拴在兩隻腿上，作起神行法來，一天能走上五百里；把四個甲馬拴在腿上，便一天能走八百里，因此，人們都稱神行太保戴宗。

當下戴院長和宋公明兩個正說到心腹相愛之處，飲得兩三杯酒，只聽樓下喧鬧起來。過賣連忙走到閣子來，對戴宗說：「這個人除非是院長說他才會聽。沒辦法，麻煩院長去說說。」

戴宗問：「在樓下喧鬧的是誰？」

過賣說：「便是經常同院長一起走的那個鐵牛李大哥，在底下找主人家借錢。」

戴宗笑著說：「我只道是什麼人。兄長稍坐，我去叫了這傢伙上來。」戴宗起身下去，不久，領著一個黑凜凜大漢上了樓。

宋江看見，吃了一驚。戴宗說：「這大哥是小弟身邊牢裡的一個小牢子，姓李，名逵。是沂州沂水縣百丈村人。本身有一個異名，叫做黑旋風李逵。他在鄉中都叫他李鐵牛。因為打死了人，逃走出來，雖遇赦宥，流落在這江州，沒有還鄉。因為他酒性不好，人們多懼他。他能使兩把板斧，又會拳棍。現在在牢裡勾當。」

李逵問戴宗：「哥哥，這黑漢子是誰？」

戴宗說：「兄弟，這位仁兄就是平時你要去投奔他的義士哥哥。」

李逵問：「難道是山東及時雨黑宋江？」

戴宗喝道：「咄！你這傢伙敢如此犯上！直言叫喚，真不識高低！還不快下拜，還等幾時！」

李逵說：「如果真是宋公明，我就下拜；如果是閒人，我卻拜什麼鳥！節級哥哥，不要賺我拜了，你卻笑我！」

宋江便說：「我正是山東黑宋江。」

李逵拍手叫：「我那爺！你何不早說，也叫鐵牛歡喜！」撲翻身軀便拜。宋江連忙答禮，說：「壯士大哥請坐。」戴宗說：「兄弟，你在我身邊坐了飲酒。」李逵說：「不耐煩小盞，換個大碗來篩！」宋江便問：「剛才大哥為什麼在樓下發怒？」

李逵說：「我有一錠大銀，解了十兩小銀使用了，卻向這主人家借十兩銀子去贖那大銀出來，然後便還他。可恨這鳥主人不肯借給我！正要打得他家粉碎，卻被大哥叫了上來。」

宋江問：「共用十兩銀子去取？再要利錢嗎？」李逵說：「利錢已在這裡了，只要十兩本錢去討。」宋江聽了，便在身邊取出一個十兩銀子，交給李逵，說：「大哥，你拿去贖來用度。」戴宗要阻攔時，宋江已經拿出來了。

李逵接得銀子，便說：「卻是好啊！兩位哥哥在這裡等我一等。贖了銀子，便來送還，和宋哥哥一起去城外飲碗酒。」

宋江說：「你先坐一坐，飲幾碗了再去。」李逵說：「我去了便來。」下樓去了。戴宗說：「兄長休借這銀子給他才是。剛才小弟正想阻攔，兄長已經拿給他了。」宋江問：「卻是為什麼？」

戴宗說：「這傢伙雖然耿直，只是貪酒好賭。他幾時有一錠大銀解了！他拿著這個銀子慌忙出門，必是去賭。如果贏得時，便有得送來還給哥哥；如果輸了時，哪裡討這十兩銀子來還兄長？戴宗面上就不好看。」

宋江笑著說：「尊兄何必見外。一點銀子，何足掛齒。讓他去賭輸吧。我看這人倒是一個忠心漢子。」

戴宗說：「這傢伙本事有，只是心粗膽大不好。在江州牢裡，醉了時，一味得罪人，只要打一般強的牢子。我也被他連累得苦。專門路見不平，所以江州滿城人都怕他。」

只說李逵得了這個銀子，尋思：「難得！宋江哥哥又沒有和我深交，便借給我十兩銀子。果然仗義疏財，名不虛傳！如今來到這裡，卻恨我這幾天賭輸了，沒有一文錢請他。現在得到他這十兩銀子，先去賭一賭。如果贏得幾貫錢，請他一請，也好看。」當時李逵快跑出城，來到小張乙賭房，在場上，把這十兩銀子撇在地下，叫：「把頭錢拿過來我博！」

那小張乙知道李逵從來賭直，便說：「大哥先歇一歇。這一博下來就讓你來博。」

李逵說：「我要先賭這一博！」

小張乙說：「你先在一邊猜猜也好。」

李逵說：「我只要博這一博！五兩銀子做一注！」有那一般賭的卻待一博，被李逵伸手奪過頭錢，便叫：「我和誰博？」小張乙說：「就博我這五兩銀子。」

李逵叫聲「快！」博了一個「叉」。小張乙便把銀子拿了過來。李逵叫：「我的銀子是十兩！」小張乙說：「你再博我五兩。『快』，便還了你這錠銀子。」李逵叫聲「快！」又博個「叉」。李逵說：「我這銀子是別人的！」

小張乙說：「是誰的也不濟事了！你既然輸了，卻說什麼？」

李逵說：「沒辦法，先借給我，明天就送來還你。」

第二十四回　旋風討魚顯威風　大漢江中見高低

小張乙說：「說什麼閒話！自古說『錢場上無父子』你明明輸了，還鬧騰什麼？」

李逵把布衫拽在前面，嘴裡喝道：「你們還我不還？」

小張乙說：「李大哥，你平時最賭得直，今日怎麼沒出息了？」

李逵也不理他，在地下搶了銀子，又搶了別人賭的十多兩銀子，都摟在布衫兜裡，睜起雙眼，說：「老爺平時賭直，今天暫時不直一次！」小張乙正待向前奪時，被李逵一指，摔了一跤。十二三個賭博的人一齊上，要奪那銀子，被李逵指東打西，指南打北。李逵把這夥人打得沒地方躲，把門的問：「大哥，哪裡去？」被李逵提在一邊，一腳踢開了門，便走。那夥人隨後趕出來，都只在門前叫：「李大哥！你真沒道理，搶了我們眾人的銀子去！」只在門前叫喊，沒有一個敢到跟前來討。

李逵正走著，聽得背後有一人趕上來，扳住肩臂，喝道：「你這傢伙怎麼搶擄別人的財物？」

李逵嘴裡說：「干你鳥事！」回過臉來看時，卻是戴宗，背後站著宋江。李逵見了，惶恐滿面，便說：「哥哥休怪！鐵牛平時只是賭直；今天沒想到輸了哥哥銀子，又沒得些錢來請哥哥，一時急了，做出這些不直的事來。」

宋江聽了，大笑：「賢弟，要銀子使，只顧來向我討。今天既然明明地輸給他了，快拿來還給他們。」

李逵只得從布衫兜裡取了出來，都遞給宋江。宋江便叫小張乙前來。都交付他。小張乙接過來，說：「二位官人在上，小人只拿了自己的。這十兩原銀雖然是李大哥兩博輸給小人的，如今小人情願不要他的，免得記仇。」

宋江說：「你只顧拿去，不要把這事放在心上。」小張乙哪裡肯。宋江便說：「他沒有打傷了你們嗎？」

小張乙說：「討頭的，拾錢的，和那把間的，都被他打倒在裡面。」

宋江說：「既然是這樣，就給他們眾人做養傷的錢。兄弟一定是不敢來了，我去說服他。」小張乙收了銀子，拜謝了回去。宋江說：「我們和李大哥飲三杯去。」

戴宗說：「前面靠江邊有一座琵琶亭酒館，是唐朝白樂天故跡。我們去亭上飲上三杯，順便觀觀江景。」

宋江說：「可在城中買一些肴饌之物帶去。」

戴宗說：「不用，現在那亭上有人在裡面賣酒。」

宋江說：「這樣說，卻好。」當時三人便望琵琶亭上來。三個人坐下，叫酒保鋪下菜蔬果品海鮮按酒之類。酒保取過兩樽「玉春」酒，這是江州有名的好酒，打開泥頭。酒保斟酒，連篩了五六遍。宋江見了這兩個人，心中歡喜，忽然想起辣魚湯，便問戴宗：「這裡有鮮魚嗎？」

戴宗笑著說：「兄長，你不見滿江都是漁船？這裡正是魚米之鄉，怎麼能沒有鮮魚。」

宋江說：「有個辣魚湯醒酒最好。」戴宗便叫來酒保，叫造三份加辣點紅白魚湯來。很快湯來了。宋江看見，說：「『美食不如美器』。雖然是一個酒肆，真是好整齊的器皿！」拿起筷子，勸戴宗、李逵吃，自己也吃了一些魚，呷了幾口湯汁。

李逵不使筷子，用手去碗裡撈起魚來，連骨頭都嚼了。宋江忍笑不住，呷了兩口汁，就不再吃了。

戴宗說：「兄長，一定這魚醃了，不中仁兄的意。」

宋江說：「我酒後只愛喝口鮮魚湯，這個魚真是不太新鮮。」

戴宗說：「小弟也有些吃不得。是醃的，不中意。」

李逵嚼了自家碗裡的魚，便說：「兩位哥哥既然都不吃，我替你們吃了。」便伸手去宋江碗裡撈，又到戴宗碗裡撈，滴滴點點，淋了一桌子汁水。

宋江見李逵把三碗魚湯和骨頭都嚼了，便叫酒保，囑咐說：「我這位大哥想必是肚子餓。你可去大塊肉切二斤來給他吃，一會兒一塊算錢給你。」

酒保說：「小人這裡只賣羊肉，卻沒牛肉。」

李逵聽了，把魚汁潑過去，淋了那酒保一身。

戴宗喝道：「你又做什麼！」

李逵說：「可恨這傢伙無禮，欺負我只吃牛肉，不賣羊肉給我！」

酒保說：「小人只是問一聲，也沒多話。」

宋江說：「你去只顧切來，我給你錢。」酒保忍氣吞聲，切了三斤羊肉，做一盤拿來放在桌上。李逵見了，也不問，大把大把地抓起來吃了，不一會兒，把這三斤羊肉都吃了。宋江看了，說：「壯哉！真是一個好漢！」

李逵說：「宋大哥知我的鳥意！肉不強似魚？」

戴宗叫過酒保來，問：「剛才魚湯，家生十分整齊，魚卻醃了不中意。有什麼好的鮮魚，另外做些辣湯來，給我這位官人醒酒。」

酒保笑著說：「不瞞院長說，這魚確實是昨晚的。今天的活魚還在船內，魚牙主人不來，沒人敢賣，因此沒有好鮮魚。」

李逵跳起來，說：「我去討兩尾活魚來給哥哥！」

戴宗說：「你不要去！只央求酒保去拿回幾尾就是了。」

李逵說：「船上打魚的不敢不給我。」戴宗攔不住，李逵一直去了。

戴宗對宋江說：「兄長不要怪罪。小弟帶來這人前來相會，全沒一點體面，羞死人了！」

宋江說：「他生性如此，如何叫他改？我倒敬他真實不假。」兩個在琵琶亭上說笑取樂。

卻說李逵走到江邊，見那漁船一字排著，大約有八九十隻，都繫在綠楊樹下。船上的漁人，有斜枕著船梢睡的，有在船頭上結網的，也有在水裡洗浴的。這時正是五月半天氣，一輪紅日即將西沉，仍不見主人來開艙賣魚。李逵走到船邊，大喝一聲：「你們船上活魚，拿兩尾來給我！」

那漁人說：「我們不見漁牙主人來，不敢開艙。你看那行販都在岸上等著呢。」

李逵說：「等什麼鳥主人！先拿兩尾魚來給我！」

那漁人又說：「紙也沒有燒，如何敢開艙！哪能先拿魚給你？」李逵見他們眾人不肯拿魚，便跳上一隻船。漁人哪裡攔得住。李逵不懂得船上的事，只顧拔那竹笆篾。漁人在岸上，只叫「完了！」李逵伸手在板底下一摸，哪裡有魚在裡面。原來那大江裡的漁船，船尾開半截大孔放江水出入，養著活魚，用竹笆篾攔住，因此，江州有好鮮魚。這李逵不知道，先把竹笆篾提起了，把那一艙活魚都放走了。李逵又跳過那邊船上去拔那竹笆篾。那七八十漁人都奔上船，用竹篙打李逵。李逵大怒，焦躁起來，脫下布衫，裡面單繫著一條棋子布手巾，見那竹篙打來，兩隻手一架，早搶了五六條在手裡，一似扭蔥般扭斷了。漁人看見，吃了一驚，都去解了纜，把船撐開。李逵憤怒，赤條條的，拿了一截折竹篙，上岸來打，行販亂紛紛地挑了擔便走。正鬧著，只見一個人從小路裡走出來。

眾人看見，叫：「主人來了！這個黑大漢在這裡搶魚，趕散了漁船！」

那人問：「是什麼黑大漢，敢這樣無禮？」

李逵看那人時，六尺五六身材，三十二三歲，頭上頂著青紗萬字巾，上穿一領白布衫，腰繫一條絹搭膊，下面青白嫋腳多耳麻鞋，手裡提著一條行秤。那人正來賣魚，見了李逵在那裡橫七豎八打人，便把秤遞給行販，趕上前來，大喝：「你這傢伙要打誰？」李逵不回話，掄過竹篙，卻望那人便打。那人搶過來，奪了竹篙。李逵一把揪住那人頭髮，那人便奔他下三面，要摔李逵，怎敵得李逵的牛般氣力，不能夠攏身。那人便望肋下打了幾拳。李逵哪裡在意！那人又飛起一腳來踢，被李逵把頭按下去，提起拳頭，在那人脊梁上擂鼓般地打，那人無法掙扎。李逵正打著，一個人在背後抱住，一個人幫住手，喝道：「使不得！使不得！」等李逵回頭看時，卻是宋江、戴宗。李逵於是放了手。那人得以脫身，一道煙走了。

戴宗埋怨李逵，說：「我叫你不來討魚，你又在這裡和人打！如果一拳打死了人，你不去償命坐牢？」

李逵說：「你怕我連累你？我自己打死一個，我自己去承當！」

宋江便說：「兄弟，不要爭了，快拿了布衫，先去飲酒。」

李逵在那柳樹根頭拾起布衫，搭在胳膊上，跟了宋江、戴宗便走，走不得十多步，只聽得背後有人叫罵：「黑殺才！今天要和你見個輸贏！」李逵回頭看時，便是那人脫得赤條條，紮起一條水棍，露出一身雪練白肉，頭上除了巾幘，顯出那個穿心一點紅俏，在江邊獨自一個用竹篙撐著一隻漁船趕來，嘴裡大罵：「千刀萬剮的黑殺才！老爺怕你不算好漢！走的不是漢子！」

李逵聽了大怒，吼了一聲，撇了布衫，轉身衝了過來。那人便把船湊在岸邊，一手用竹篙點定了船，嘴裡大罵。李逵也罵：「好漢就上岸來！」那人用竹篙在李逵腿上亂打，李逵心頭火起，托地跳在船上。說時遲，那時快，那人只要引得李逵上船，便把竹篙朝岸邊一點，腳一蹬，那隻漁船，飛快地往江心裡划去了。李逵雖然也識得水，但能力有限，當時慌了手腳。那人也不叫罵，撇了竹篙，叫：「你來！今天和你一定要見個輸贏！」便把李逵胳膊拿住，嘴裡說：「先不和你打，先叫你喝些水！」兩隻腳把船一晃，船底朝天，英雄落水，兩個好漢噗通都撞下江裡去。

宋江、戴宗，急忙趕到岸邊，那只船已經翻在江裡，兩個只在岸上叫苦。江岸邊早擁上三四百人在柳樹蔭底下觀看，都說：「這黑大漢著了道兒！即便掙扎得性命，也會喝了一肚皮水！」宋江、戴宗在岸邊看時，只見江面開處，那人把李逵提起來，又淹下去；兩個正在江心裡面，清波碧浪中間。一個顯渾身黑肉，一個露遍體霜膚，兩個打做一團，絞做一塊。江岸上那三四百人沒有一個不喝采。當時宋江看見李逵被那人在水裡揪住，浸得眼白，又提起來，又淹下去，吃了老大虧，便叫戴宗央求人去救。

戴宗問眾人：「這白大漢是誰？」

有認得的，說：「這個好漢是本處賣魚主人，叫張順。」

宋江聽得，猛然反應過來，問：「是不是綽號浪裡白條的張順？」

眾人說：「正是，正是。」

宋江對戴宗說：「我有他哥哥張橫的家信在營裡。」

戴宗聽了，便在岸邊高叫：「張二哥不要動手！有你令兄張橫家信在這裡！這黑大漢是俺們兄弟，你先饒了他，上岸來說話！」張順在江心裡，見是戴宗叫他，卻認得，便放了李逵，遊至岸邊，爬上岸來，看著戴宗，唱個喏，說：「院長，休怪小人無禮。」

戴宗說：「足下可看我面，先去救了我這兄弟上來，卻叫你相會一個人。」

張順再跳下水裡，凫過去。李逵正在江裡探頭探腦，掙扎凫水。張順早到，抓住了李逵一隻手，兩條腿踏著水浪，如行平地，那水淹不過他的肚皮，擺了一隻手，一直托著李逵上了岸來。江邊的人個個喝采，宋江看得呆了半晌。張順、李逵都到岸上，李逵喘做一團，嘴裡只吐白水。

戴宗說：「先都請你們到琵琶亭上說話。」張順討了布衫穿著，李逵也穿了布衫，四個人再到琵琶亭上來。戴宗便對張順說：「二哥，你認得我嗎？」

張順說：「小人認識院長，只是無緣沒能拜會。」
戴宗指著李逵問張順：「足下日常曾經認得他嗎？今天倒衝撞了你。」
張順說：「小人如何不認得李大哥，只是沒有交過手。」
李逵說：「你也淹得我夠了！」
張順說：「你也打得我好了！」
戴宗說：「你兩個今天做個至交弟兄。常言說：『不打不成相識』。」
李逵說：「你在路上休撞著我！」
張順說：「我只在水裡等你就是了！」
四個人都笑了起來。大家唱了個無禮喏。戴宗指著宋江，對張順說：「二哥，你認得這位兄長嗎？」
張順看了，說：「小人不認得。這裡也從來沒有見過。」
李逵跳起身來，說：「這哥哥就是黑宋江！」
張順問：「難道是山東及時雨鄆城宋押司？」
戴宗說：「正是公明哥哥。」
張順納頭便拜，說：「久聞大名，不想今天得會！多聽得江湖上來往的人說起兄長清德，扶危濟困，仗義疏財。」
宋江說：「不值得這樣稱讚。前天來時，在揭陽嶺下混江龍李俊家裡住了幾天，後來在潯陽江上，和穆弘相會，得遇令兄張橫，寫了一封家信，寄來給足下，放在營內，沒有帶來。今天和戴院長、李大哥來這裡琵琶亭飲上三杯，觀賞江景。宋江酒後偶然想用鮮魚湯醒酒，怎當得他一定要來討魚。我們兩個攔他不住，只聽得江邊喊叫熱鬧，叫酒保看時，說是黑大漢和人打架。我們兩個急急走來勸解，沒想到卻和壯士相會。今天宋江得遇三位豪傑，豈非天幸！先請一同坐坐，再飲上三杯。」說完，再叫酒保重整杯盤。

張順說：「既然哥哥要好鮮魚，兄弟取幾尾來。」

宋江說：「最好。」

李逵說：「我和你一同去討。」

戴宗喝道：「又來了！你還嫌水中不快活？」

張順笑了起來，挽了李逵的手，說：「我現在和你去討魚，看別人會怎麼樣。」兩個人下琵琶亭來。到得江邊，張順一招呼，只見江上漁船都撐攏來到岸邊，張順問：「哪個船裡有金色鯉魚？」只見這個應聲說：「我船上有！」那個應聲說：「我船裡有！」片刻，湊攏十多尾金色鯉魚。張順選了四尾大的，用折柳條穿了，先叫李逵拿到亭上整理，自己點了行販，囑咐了小牙子把秤賣魚，卻來琵琶亭上陪侍宋江。

宋江答謝：「哪裡需要許多？賜一尾足夠了。」

張順說：「這一點點魚，何足掛齒。兄長吃不完，帶回行館做下飯。」四人序齒坐了。李逵說自家年長，坐了第三位，張順坐了第四位。再叫酒保取來兩樽「玉春」上色酒來。張順囑咐酒保用一尾魚做辣湯；用酒蒸一尾，叫酒保切了。四人飲酒中間，各敘胸中之事。隨後，一同來到宋江住處。

第二十五回　潯陽樓宋江吟反詩　梁山泊戴宗傳假信

宋江取出張橫的信給了張順，相別去了；宋江又取出五十兩一錠銀交給李逵，說：「兄弟，你拿去使用。」戴宗也作了別，和李逵進城去了。

只說宋江把張順帶來的一尾魚送給管營，留了一尾自用。宋江因見魚鮮，貪愛爽口，多吃了一些，到了深夜，肚裡絞腸刮肚地疼，天明時，一連瀉了二十多次，暈倒了，睡在房中。宋江為人最好，營裡眾人都來煮粥燒湯，服侍他。第二天，張順由於見宋江愛魚，又把上好的金色大鯉魚兩尾送來，一併謝宋江寄信之義。卻見宋江破腹瀉倒在床上，眾囚徒都在房裡看視。張順見了，要請醫人調治。宋江說：「自貪口腹，吃了一些鮮魚，壞了肚腹，你只要給我贖一帖止瀉六和湯，便好了。」同時，叫張順把這兩尾魚，一尾送給王管營，一尾送給趙差撥。張順送了魚，就贖了一帖六和湯藥來給宋江吃了，自回去，不在話下。

過了幾天，宋江信步出街，走到城裡，去州衙前尋問戴院長家。有人說：「他又沒有老小，只在城隍廟隔壁觀音庵裡歇。」宋江聽了，一直尋訪到那裡，已經鎖了門。卻又來尋問黑旋風李逵，許多人說：「他是一個沒頭神，又無家室，只在牢裡安身；東邊歇兩天，西邊歪幾時，正不知他哪裡是住處。」宋江又尋問賣魚牙子張順，也有人說：「他在城外村裡住。便是賣魚時，也只在城外江邊。除非討賒錢才進城裡來。」宋江聽了，只得出城，獨自一個，悶悶不已，到了城外，看見那一派江景非常，觀之不足。正經過一座酒樓，仰面看時，旁邊豎著一個望竿，懸掛著一個青布酒旆子，上面寫著：「潯陽江正庫」。雕簷外有一面牌額，上有蘇東坡大書「潯陽樓」三字。

宋江來到樓前，看時，只見門邊華表柱上兩面白粉牌，各有五個大字，寫：「世間無比酒」和「天下有名樓」。宋江上樓來，一會兒，一托盤托上樓來，一樽藍橋風月美酒，擺下菜蔬時新果品按酒。排列著幾盤肥羊、嫩雞、釀鵝、精肉，都用朱紅盤碟。宋江看了，心中暗喜，獨自一個，一杯兩盞，倚欄暢飲，不覺酒湧上來，臨風觸目，感恨傷懷。忽然作了一首《西江月》詞，便叫酒保，借得筆硯，起身觀玩，見白粉壁上多有先人題詠。宋江尋思：「何不就寫在這裡？」乘著酒興，磨得墨濃，蘸得筆飽，在那白粉壁上便寫：「自幼曾攻經史，長成亦有權謀。恰如猛虎臥荒丘，潛伏爪牙忍受。不幸刺文雙頰，哪堪配在江州！他年若得報仇，血染潯陽江口！」宋江寫下，自己看了大喜大笑。一面又飲了數杯酒，不覺歡喜，狂蕩起來，手舞足蹈，又拿起筆，在那《西江月》後再寫下四句詩，道是：「心在山東身在吳，飄蓬江海漫嗟吁。他時若遂淩雲志，敢笑黃巢不丈夫！」宋江寫完詩，又在後面大書五字：「鄆城宋江作」。寫完，擲筆在桌上，又自歌唱了一回，再飲數杯酒，不覺沉醉，力不勝酒，便叫酒保，取些銀子，多的都賞了酒保，拂袖下樓，踉踉蹌蹌，回營去了。

且說這江州對岸有一個無為軍，卻是個野去處。那裡有一個閒住的通判，姓黃，雙名文炳。這人雖然喜讀經書，卻是阿諛諂佞之徒，心地褊窄，只是嫉賢妒能，比自己強的人害之，不如自己者弄之，專在鄉里害人。聽說這蔡九知府是當朝蔡太師的兒子，便經常過江來訪知府，指望他引薦出職，再欲做官。也是宋江命中注定繼續受苦，撞了這個對頭！

當天這黃文炳在家閒坐，無可消遣，便帶了兩個僕人，買了一些禮物，乘著自家一隻快船，渡過江，到府裡探問蔡九知府，恰好撞著府裡公宴，不敢進去。卻再回船，正好那只船，僕人已經纜在潯陽樓邊上。黃文炳便進去，憑欄消遣，觀見壁上題詠很多，也有作得好的，也有歪談亂道的。黃文炳看了冷笑，看到宋江題《西江月》詞及所吟四句詩，大驚：「這個卻是反詩！是誰寫在這裡？」後面卻寫著「鄆城宋江作」五個大字。

第二天早飯後，僕人挑了盒子，黃文炳又到府前，蔡九知府出來和黃文炳聊天。黃文炳從袖中取出所抄之詩，呈給知府，蔡九知府看了，說：「這是一個反詩！」依照黃文炳的主意，知府叫從人從庫內取出牢城營裡文冊簿來看。果然見後面有五月間新配到囚徒一名，鄆城縣宋江。知府隨即升廳，叫兩院押牢節級過來。廳下戴宗聲喏，知府說：「你帶了做公的，快到牢城營裡捉潯陽樓吟反詩的犯人鄆城縣宋江，不可違誤！」

戴宗聽了，吃了一驚，馬上來到宋江那裡，告知了這件事，並讓宋江裝瘋。等戴宗率人來抓宋江時，宋江白著眼，亂打亂鬧，嘴裡亂嚷：「我是玉皇大帝的女婿！丈人叫我領十萬天兵來殺你們江州人。閻羅大王做先鋒！五道將軍做殿後！給我一顆金印，重八百多斤，殺了你們這般鳥！」

眾做公的都說：「原來是一個失心瘋的漢子！我們拿他有什麼用？」

戴宗和眾做公的在廳下回復知府，蔡九知府正待要問緣故，黃文炳從屏風背後轉出來，對知府說：「不要相信這話。本人作的詩詞，寫的筆跡，不是有瘋症的人。其中必有詐，好壞只要拿來。」

蔡九知府說：「通判說得是。」

戴宗領了鈞旨，只叫得苦，眾做公的把宋江押來見蔡九知府，宋江仍說：「你是什麼鳥，敢來問我！我是玉皇大帝的女婿！丈人叫我帶十萬天兵來殺你們江州人。閻羅大王做先鋒！五道將軍做殿後！有一顆金印，重八百多斤！你也快躲了！不然我叫你們都死！」

蔡九知府看了，不知如何處置。黃文炳對知府說：「先叫本營差撥和牌頭來，問問這人來時瘋，還是近日瘋。如果是來時瘋，便是真有病；如果是近日瘋，必是詐瘋。」

知府說：「言之極當。」便派人叫管營、差撥前來。問他兩個時，哪裡敢隱瞞，只得直說：「這人來時不見有瘋病，可能是近日舉發這個病症。」

知府聽了大怒，叫過牢子獄卒，把宋江綑翻，一連打了五十下；打得宋江一佛出竅，二佛涅盤，皮開肉綻，鮮血淋漓。戴宗看了，只叫得苦，又沒辦法救他。宋江開始時也胡言亂語，後來被拷打不過，只得招了：「一時酒後誤寫反詩，別無主意。」

蔡九知府取了招狀，把宋江用一面二十五斤死囚枷枷了，推放大牢裡收禁。

黃文炳又說：「相公在上，這件事不宜遲，可快快寫一封信，派人星夜到京師，報告尊府恩相，如果要活的，便用一輛陷車押解到京；如果不要活的，就在本地斬首號令，以除大害。」

蔡九知府寫了家信，印上圖章，又安排了兩封信籠，打點了金珠寶貝玩好之物，上面都貼了封皮。第二天早晨，叫來戴宗到後堂，囑咐：「我有這些禮物，一封家信，要送到東京太師府去，好慶賀我父親六月十五日生辰。日期將近，只有你能幹去得。專門等你回報。切不可沿途耽擱。」

戴宗聽了，不敢不依，便來到牢裡對宋江說：「哥哥放心。知府派我到京師去，只十天半月就回，每天飯食，我已經囑咐李逵，讓他安排送來，不讓有缺。」

戴宗出城，從身邊取出四個甲馬，拴在腿上，走了一天，歇過了一宿。第二天一早起來，又拴上四個甲馬，挑起信籠，放開腳步便行。真是耳邊風雨之聲，腳不點地。大約走了二三百里，正在飢渴之際，望見前面樹林邊有一座傍水臨湖酒肆。戴宗進來喝酒，正要討飯吃，只感覺天旋地轉，頭暈眼花，往一邊倒去。酒保叫：「倒了！」只見店裡走出一個人來，卻是梁山泊旱地忽律朱貴。

兩個火家在戴宗身上搜看，從便袋裡搜出一個紙包，包著一封信，取過來遞給朱頭領。朱貴拆開，卻是一封家信，見封皮上面寫著：「平安家信，百拜奉上父親大人膝下。男蔡德章謹封。」朱貴拆開，從頭看去，見上面寫著：「如今拿得題反詩的山東宋江，監收在牢，聽候施行。」朱貴看了，驚得呆了，半晌作聲不得。

朱貴叫：「火家，先給我用解藥救醒他，問個虛實緣由。」當時火家用水調了解藥，扶起來灌了下去。

不一會兒，只見戴宗舒眉展眼，坐了起來。見朱貴拆開家信，拿在手裡，戴宗便喝叫：「你是什麼人？好大的膽子，用蒙汗藥麻翻了我！如今又把太師府書信擅自拆開，該當何罪？」

朱貴笑著說：「這封鳥信，有什麼要緊！別說拆開了太師府書箚，俺這裡還要和大宋皇帝做對頭的！」

戴宗聽了大驚，問：「好漢，你是誰？願求大名。」朱貴回答：「俺是梁山泊好漢旱地忽律朱貴。」

戴宗說：「既然是梁山泊頭領時，一定認得吳學究先生？」

朱貴說：「吳學究是俺大寨裡的軍師，執掌兵權。足下如何認得他？」

戴宗說：「他和我是至愛相識。」

朱貴說：「兄長是不是軍師常說的江州神行太保戴院長？」

戴宗說：「我就是。」

朱貴又問：「前不久，宋公明斷配江州，經過山寨，吳軍師曾寄一封信給足下，現在卻為什麼倒去害宋公明的性命？」

戴宗說：「宋公明和我是至愛兄弟。他現在因為吟了反詩，救他不得。我如今正要往京師尋門路救他，如何肯害他性命！」

朱貴說：「你不信，請看蔡九知府的來信。」

戴宗看了，吃了一驚，就把收到吳學究寄信，和宋公明相會，以及宋江在潯陽樓醉後誤題反詩一事，詳細說了一遍。

朱貴說：「既然如此，戴院長親自到山寨裡和眾頭領商議良策，可救宋公明性命。」

且說吳用見報，連忙下關迎接，晁蓋便要起請眾頭領，下山去打江州，救宋公明。吳用諫說：「哥哥，不可。現在蔡九知府派院長送信到東京，討太師回報，只可在這封信上，將計就計，寫一封假回信，叫院長回去。信上只說『把犯人宋江切不可施行；便須密差得力人員，解赴東京問了詳細，定行處決示眾』。等他們押解宋公明經過這裡，我這裡白派人下山奪了就是。」

吳學究又說：「吳用已經想好了。當今天下盛行四家字體：蘇東坡、黃魯直、米元章、蔡京四家。蘇、黃、米、蔡，宋朝四絕。小生曾經和濟州城裡一個秀才相識。那人姓蕭，名讓。這個人會寫各家字體，人們都叫他聖手書生；又會使槍弄棒，吳用知他寫得蔡京筆體。不如央求戴院長到他家裡，對他說泰安州嶽廟裡要寫道碑文，先送五十兩銀子在此，做安家之資，便要他來。隨後卻派人賺了他老小上山，就叫他本人入夥！」

晁蓋說：「信有他寫就好，也須要使個圖書印記。」

吳學究又說：「小生再有一個相識，也考慮在肚裡。這人也是中原一絕，現在濟州城裡居住。本身姓金，雙名大堅，開得好石碑文，刻得好圖書玉石印記，也會使棒。因為他雕得好玉石，人們都稱他玉臂匠。也可帶著五十兩銀子去，賺他來刻碑文，到了半路上，卻也如此行事就是了。這兩個人山寨裡也需要。」

第二天早飯後，戴院長打扮成太保模樣，拿了一二百兩銀子，拴上甲馬下山。用船渡過金沙灘，上岸，拽開腳步，奔到濟州來。沒兩個時辰，早到城裡，尋問聖手書生蕭讓住處。戴宗見了蕭讓，便說：「我是泰安州嶽廟裡打供太保。今天為了本廟重修五嶽樓，本州上戶要刻道碑文，特地叫我拿著白銀五十兩做安家之資，請秀才同到廟裡作文。現已經選定了日期，不可遲滯。」

蕭讓說：「小生只會作文，如要立碑，還用刻字匠作。」

戴宗說：「我再有五十兩白銀，就要請玉臂匠金大堅刻石。選定了好日子。千萬指引，找到他同行。」

蕭讓得了五十兩銀子，便和戴宗一同來請金大堅。正走過文廟，只見蕭讓用手一指，說：「前面那個走來的正是玉臂匠金大堅。」當時蕭讓叫住金大堅，和戴宗相見了，說起泰安州岳廟裡重修五嶽樓，眾上戶要立道碑文碣石之事，說：「這太保特地拿來各五十兩銀子，請我和你同去。」戴宗給金大堅五十兩銀子，以做安家之資，說：「已揀定了日期，請二位今天即便動身。」

戴宗就這樣把金大堅、蕭讓誘到了梁山泊。

晁蓋、吳用和頭領眾人力邀兩人入夥。事已如此，兩個人只好答應。

吳學究和蕭讓商議寫蔡京字體回信去救宋公明。當時蕭讓、金大堅兩個動手完成，寫了回信，備了一個筵席，送戴宗起程。戴宗走後，吳用猛然意識到所寫書信有一處不符合當時的習慣，知道必然會露出破綻，便說出了其中的厲害。

吳用說：「現在刻的這個圖章是蔡京當翰林學士時用的，如今蔡京是太師丞相，斷斷不肯用翰林圖章。再說父親寄信給兒子，一定不會用諱字圖章。一旦被發覺，宋江、戴宗有難了。」

晁蓋說：「怎麼去救？用什麼良策？」

吳學究走到晁蓋面前，在晁蓋耳邊說：「這般這般……如此如此……主將便可暗傳下號令給眾人知道，只是如此動身，休要誤了日期。」眾多好漢得了將令，各各準備好行裝，連夜下山，往江州來，不在話下。

這裡說戴宗回到江州，當廳下了回信，蔡九知府見戴宗如期回來，好生歡喜，先取酒來賞了三盅，親自接了回信，問：「你見到我太師了嗎？」戴宗稟告：「小人只住了一夜，即便回來，沒有見到恩相。」知府拆開封皮，看見前面說：「信籠內許多東西，都收了。」中間說：「妖人宋江，今上自要他看，可令牢固陷車，差得力人員連夜押解到京師。沿途休叫走失……」

第二十六回　梁山泊好漢劫法場　白龍廟英雄小聚義

話說蔡九知府催造陷車，過得一二天，造好，正要起程，只見門子來報：「無為軍黃通判特來相訪。」

蔡九知府請到後堂相見。知府令僕人取過家信給黃文炳看。黃文炳接信在手，從頭到尾讀了一遍，捲過來看了封皮，只見印章新鮮。黃文炳搖搖頭，說：「這封信不是真的。」

知府說：「通判錯了，這是家尊親手筆跡，真正字體，怎麼不是真的？」

黃文炳說：「相公容覆：往常家信來時，曾經有這個印章嗎？」

知府說：「往常來的家信確實沒有這個印章，只是隨手寫的。想必是印章匣在手邊，就便印了這個印章在封皮上。」

黃文炳說：「相公休怪小生多嘴。這封信被人瞞過了相公！當今天下盛行蘇、黃、米、蔡四家字體，誰不學得些？只是這個印章是令尊恩相做翰林學士時使的，法帖文字上，多有人見過。現在升做太師丞相，怎麼肯把翰林圖書使用？更何況是父親寄信給兒子，不會使用諱字印章。令尊太師恩相是個高明遠見的人，安肯錯用？相公不信小生的話，可細細盤問去的人，曾經見到府裡什麼人。如果說不對，便是假信。」

蔡九知府一經訊問戴宗，立刻發現了破綻，戴宗被拷打，挨不過，只得招了。

蔡九知府便令來日把宋江和戴宗押赴市曹斬首。

第六天早晨，先派人去十字路口打掃了法場。從牢裡把宋江、戴宗兩個押到市曹十字路口，團團圍住，宋江面南背北，戴宗面北背南，兩個坐下，只等午時三刻監斬官到來開刀。

這時，只見法場東邊，有一夥弄蛇的丐者，強要挨進法場裡看，眾士兵趕打不退。正鬧著，只見法場西邊，又有一夥使棒賣藥的也強行進來。士兵大喝：「你們那夥人好不懂事！這是哪裡，還硬往裡擠！」

那夥使棒的人說：「我們衝州撞府，哪裡沒有去過！就是京師天子殺人，也讓人看，你這小地方，砍得兩個人，鬧動了世界，我們便擠進來看一看，有什麼鳥緊！」說著，和士兵嚷鬧起來。

監斬官喝道：「先趕退去，不要放過來！」正鬧著，只見法場南邊，有一夥挑擔的腳夫又要擠進來。士兵喝道：「你們挑到哪裡去！」

那夥人說：「我們挑東西送給知府相公，你們如何敢阻擋我們！」

士兵說：「就是相公衙門裡的人，也只得去別的路上過去！」那夥人就歇了擔子，都拿著扁擔，站在人叢裡觀看。

只見法場北邊，有一夥客商推著兩輛車子過來，一定要擠進法場。士兵大喝：「你們那夥人哪裡去！」

客人說：「我們要趕路，請放我們過去。」

士兵說：「這裡要斬人，怎麼能放你們過去！你們要趕路，可從別的路過去！」

那夥客人笑著說：「你倒說得好！俺們是京師來的人，不認得你這裡的鳥路，只有從這大路上走。」士兵哪裡肯放過。那夥客人齊齊地擠住不動，四周圍吵鬧不住。這蔡九知府也禁不住，又見這夥客人都盤在車上，站住了看。

沒多久，法場中間，人們分開處，有人報道一聲：「午時三刻。」監斬官便說：「斬訖報來！」兩邊劊子手就去開枷，行刑的人執定法刀在手。說時遲，一個個要見分明；那時快，鬧攘攘一起發作。只見這夥客人在車子上聽得「斬」字，有人便從懷中取出一面小鑼，一個客人站在車子上，當當敲得兩三聲，四下裡一齊動手，卻見十字路口茶坊樓上一個彪形黑大漢，脫得赤條條的，兩隻手握著兩把板斧，大吼一聲，卻似半天起個霹靂，從半空中跳下來，手起斧落，早砍翻了兩個行刑的劊子手，然後往監斬官馬前砍來。眾士兵急待上前，哪裡攔得住。眾人先簇擁蔡九知府逃命去了。只見東邊那夥弄蛇的丐者，在身邊都拿出尖刀，看著士兵便殺；西邊那夥使棒的大喊，只顧亂殺，殺倒士兵獄卒；南邊那夥挑擔的腳夫掄起扁擔，橫七豎八，打翻了士兵和那圍看的人；北邊那夥客人跳下車，推過車子，攔住了人。兩個客商鑽進來，一個背了宋江，一個背了戴宗。其餘的人，也有取出弓箭來射的，也有取出石子來打的，原來扮客商的這夥是晁蓋、花榮、黃信、呂方、郭盛；那夥扮使棒的是燕順、劉唐、杜遷、宋萬；扮挑擔的是朱貴、王矮虎、鄭天壽、石勇；那夥扮丐者的是阮小二、阮小五、阮小七、白勝。這一行梁山泊共是十七個頭領到來，帶領著小嘍囉一百多人，四下裡殺了起來。

只見那人叢裡那個黑大漢，掄著兩把板斧，一味地砍去。晁蓋等人卻不認得，只見他第一個出力，殺人最多。晁蓋猛然想起，「戴宗曾經說有一個黑旋風李逵和宋三郎最好，是個莽撞之人。」晁蓋便叫：「前面那好漢是不是黑旋風？」那大漢哪裡肯答應，火雜雜地掄著大斧只顧砍人。晁蓋便叫背著宋江、戴宗的兩個小嘍囉，只顧跟著那黑大漢走。當下去十字街口，不問軍官百姓，殺得屍橫遍地，血流成渠。

這黑大漢一直殺到江邊，身上血濺滿身，還在江邊殺人。大約離城沿江上也走了五六里路，前面盡是滔滔一派大江，沒了旱路。晁蓋看見，只叫得苦。那黑大漢方叫：「不要慌！先把哥哥背到廟裡來！」眾人都到來看時，靠江邊有一所大廟，兩扇門緊緊地閉著。黑大漢兩斧砍開，闖了進來。晁蓋眾人看時，兩邊都是老檜蒼松，林木遮映。前面牌額上，四個金書大字，寫著：「白龍神廟」。

小嘍囉把宋江、戴宗背到廟裡歇下，宋江這才敢睜開眼，見了晁蓋等眾人，哭道：「哥哥！莫不是夢中相會？」

晁蓋便勸：「恩兄不肯留在山上，以致有今天之苦。這個出力殺人的黑大漢是誰？」

宋江說：「這個就是黑旋風李逵。他幾次就要大牢裡放了我，卻是我怕走不脫，不肯依他。」

晁蓋說：「真是難得這個人！出力最多，又不怕刀斧箭矢！」

宋江對李逵說：「你先過來，和哥哥頭領相見。」李逵聽了，丟了雙斧，望著晁蓋跪了一跪，和眾人都相見了，卻認得朱貴是同鄉人，兩個歡喜。

花榮便說：「哥哥，你叫眾人只顧得跟著大哥走，如今來到這裡，前面又是大江攔截，是斷頭路了！卻又沒有一隻船接應，如果城中官軍殺出來，卻怎麼迎敵？」

正說著，只見江面上流出現了三隻棹船，飛快地搖過來，那船上各有十多個人，每個人手裡都拿著軍器。眾人奔出廟前看時，只見當頭那只船上坐著一條大漢，倒提一把明晃晃五股叉，頭上挽著一個穿心紅一點兒，下面拽起一條白絹水褌，嘴裡吹著呼哨。

宋江看時，不是別人，正是張順。宋江連忙招手，叫：「兄弟救我！」

張順等人見是宋江，大叫：「好了！」飛快地搖到岸邊。一行眾人都上岸來到廟前。宋江看見張順帶著十多個壯漢在那只船頭上；張橫和穆弘、穆春、薛永，帶著十多個莊客，在一隻船上；第三隻船上，李俊和李立、童威、童猛，也帶著十多個賣鹽火家，都各自執棒上岸。張順見了宋江，喜從天降，拜道：「自從哥哥吃了官司，兄弟坐立不安，又無路可救！近日又聽得說拿了戴院長，李大哥又不見面，我只得去找我哥哥，引到穆太公莊上，叫了許多相識；今日我們正要殺入江州，要劫牢救哥哥，不想仁兄已經有好漢們救出，來到這裡。不敢拜問這夥豪傑，便是梁山泊義士晁天王嗎？」

宋江指著上首站的人說：「這個便是晁蓋哥哥。你們眾位都來廟裡敘禮。」張順等九人，晁蓋等十七人，宋江、戴宗、李逵，共是二十九人，都進白龍廟聚會。

這個叫做「白龍廟小聚會」。

這時候，江州城裡，鳴鑼擂鼓，整頓軍馬出城追趕。

李逵聽了，大叫一聲：「殺過去！」提了雙斧，便出廟門。

晁蓋叫：「一不做，二不休！眾好漢幫助晁某，一直殺盡江州軍馬，到時再回梁山泊！」

眾英雄齊聲答應：「願依尊命！」一百四五十人一齊吶喊，殺奔江州。

那黑旋風李逵提起兩把板斧，先出廟門。眾位好漢吶聲喊，都拿了手中軍器，一齊出廟來迎敵。殺得那官軍屍橫遍野，血染江紅，一直殺到江州城下。嚇得江州官軍緊緊地關上江州各個城門，不敢再出來。

這裡，宋江和眾位頭領來到穆弘莊上，商量攻打無為軍一事。薛永去無為軍探聽黃文炳的住處，宋江和眾位頭領整頓軍器刀棒，安排弓弩箭矢，打點大小船隻。薛永去了兩天，帶來一個人，拜見宋江。薛永說：「這人姓侯，名健，洪都人。做得一手裁縫，真是飛針走線，更兼慣習槍棒，曾經拜薛永為師。人們見他黑瘦輕捷，叫他通臂猿。現在這無為軍城裡黃文炳家做事。小弟見了，就請來到這裡。」

宋江便問江州消息，無為軍裡面的情形。

侯健說：「這黃文炳有一個嫡親哥哥，叫做黃文燁，和這黃文炳是一母所生。這黃文燁平生只是行善事，修橋補路，塑佛齋僧，扶危濟困，救拔貧苦，那無為軍城中都叫他黃佛子。這黃文炳雖然是罷閒通判，心裡只要害人，慣行壞事，無為軍都叫他黃蜂刺。他兄弟兩個分開兩院住，只在一條巷內出入，靠著門裡便是他家。黃文炳貼著城住，黃文燁挨著大街。小人在那裡做事，黃通判這兩天聽得劫了法場，昨夜去江州探望蔡九知府，還沒回來。」

眾人計議，確定了攻打無為軍的策略。安排已定，這時正是七月盡天氣，快到晚上，大小船隻都到無為軍江岸邊，眾位好漢各挺著手中軍器，只留下張橫、三阮、兩童，守船接應；其餘頭領都奔進城來。軍士就在這城邊堆起沙土布袋，囑咐軍漢擔蘆葦油柴上城。宋江帶著眾位好漢直接來到黃文炳門前，一齊動手，見一個殺一個，見兩個殺一雙；把黃文炳一門內外大小四五十口都殺了，不留一人。只是不見黃文炳一個。

薛永拿著火把，便就黃文炳家裡，前後點著，亂亂雜雜地火起。

卻說江州城裡望見無為軍火起，報知本府。

這黃文炳正在府裡議事，聽得報說，慌忙來稟知府：「敝鄉失火，想趕緊回家看看！」蔡九知府聽得，忙叫開了城門，派出一隻官船相送。黃文炳下船，往無為軍前來。看見火勢猛烈，映得江面上都紅，心裡越慌。

看看搖到江心裡，只見一隻小船從江面上搖過去了。不一會兒，又是一隻小船搖過來，望著官船撞來。那小船上一條大漢，撓鈎搭住了船，跳過來。黃文炳是一個乖覺的人，早明白了八分，便奔到船梢，往江裡便跳。只見面前又有一隻船，水底下鑽出一個人，把黃文炳攔腰抱住，攔頭揪起，扯上船來。船上那個大漢早來接應，用麻索綁上。這前後兩個大漢正是李俊、張順。

拿得黃文炳，宋江不勝之喜，叫把黃文炳剝了衣服，綁在柳樹上，李逵拿起尖刀，看著黃文炳，冷笑：「你這傢伙在蔡九知府後堂會說黃道黑，無中生有！今天你要快死，老爺卻要你慢死！」說完，便拿尖刀先從腿上割起。揀好的，就當面炭火上炙來下酒。割一塊，炙一塊。沒一會兒，割了黃文炳，李逵這才用刀割開胸膛，取出心肝，給眾好漢做醒酒湯。

隨後，眾人在晁蓋、宋江的帶領下前往梁山泊。在路上走了三天，前面來到一個地方，地名叫黃門山。又遇到了四位好漢，為頭的歐鵬，是黃州人，當年守衛大江軍，只因得罪了本官，逃走在江湖上綠林中，熬出這個名字，叫做摩雲金；第二個好漢，姓蔣，名敬，是湖南潭州人，原是落科舉子出身，科舉不中，棄文就武，頗有謀略，精通書算，積萬累千，分毫不差，也能刺槍使棒，布陣排兵，因此人們都叫他神算子；第三個好漢，姓馬，名麟，是金陵建康人，原是閒漢出身，吹得雙鐵笛，使得大滾刀，上百人近他不得，因此人們都叫他鐵笛仙；第四個好漢，姓陶，名宗旺，是光州人，莊家田戶出身，能使一把鐵鍬，也會使槍掄刀，因此人們都叫他九尾龜。

那四位好漢接請眾頭領上山，排下筵宴。四位好漢最後也收拾起財帛金銀，隨著宋江前往梁山泊。

到得山寨，宋江坐了第二位交椅。幾天後，宋江起身對眾頭領說：「宋江還有一件大事，正要稟告眾弟兄。我今天想下山走一遭，乞假數日，不知眾位答應不？」

晁蓋便問：「賢弟，卻要到哪裡去？幹什麼大事？」宋江不慌不忙，說出這個地方。原來是想回家鄉接父親和兄弟上山。

眾人不便攔阻。當時宋江提出，人去多了容易被人發覺，不如一個人悄悄地取回父親。眾人只得應允。

宋江告別眾人，一人隻身下山。這天還早，已經來到宋家村，先在林子裡待著，等到天晚，才奔到莊上來。宋清見了哥哥，吃了一驚，說：「哥哥！你在江州做下事來，本縣派兩個都頭每天來這裡，管住我們，不得轉動。只等江州文書到來，便要捉我們父子二人，然後在監裡聽候拿你。這裡不分白天黑夜，有一二百士兵巡邏。你事不宜遲，快去梁山泊請下眾位頭領來救父親和兄弟！」

宋江聽了，驚得一身冷汗，不敢進門，轉身便走，奔梁山泊路上來。這一夜，月色朦朧，看不清道路。隔一二里路，看見有一簇火把明亮，只聽得叫：「宋江休走！」

第二十七回　假李逵剪徑劫單身　黑旋風沂嶺殺四虎

話說宋江取路欲回梁山泊搬兵，卻被鄆城縣都頭趙能、趙德追捕。前面一個地方，名叫還道村，宋江進村，早看見一所古廟，欲尋一個躲避的地方。只聽得外面有人說：「有可能就在這個廟裡！」宋江聽是趙能聲音，見這殿上有一所神櫥，只得揭起帳幔，朝裡面探身，鑽入神櫥裡，做一堆兒躲在櫥內。只聽得外面拿著火把照進來。趙能、趙得領著四五十人，拿著火把，各處照照，卻沒能發現宋江，只得又走出去搜索。

天色漸明，聽聽外面已經沒了動靜，宋江一步步走下殿來，然後朝著村口悄悄出去。離廟不遠，忽聽得前面遠遠地喊聲連天。只見幾個士兵急走，喘做一堆，又見背後有一條大漢追著，手裡拿著兩把夾鋼板斧，正是黑旋風李逵。那趙能正走到廟前，被松樹根一絆，一跤跌在地下。李逵把趙能一斧砍做兩半，連胸脯都砍開了，跳起來，把士兵趕得四散走了。

原來，宋江下山，晁頭領和吳軍師放心不下，便叫戴院長隨即下山探聽下落。晁頭領又叫眾人前來接應，只怕宋江有些疏失。半路裡撞見戴宗，說有兩個賊驢正追趕宋江，晁頭領大怒，便派兄弟來這裡尋覓宋江。並把宋江的令尊和宋清家眷送到山寨中。

第三天，晁蓋又備了一個筵席，慶賀宋江父子完聚。公孫勝這時也思憶老母，離開薊州家已經有很久了，於是也提出要回去探視。

黑旋風李逵看到眾人送走公孫勝，在關下放聲大哭起來。也提出回家，要取自己的娘上山來。

宋江答應了。李逵走後，宋江放心不下，便叫人去請朱貴，讓朱貴前去協助。

朱貴領了言語，先奔沂州去了。

李逵走到沂水縣西門外，和旱地忽律朱貴相遇。兩個人一同來西門外靠近村邊的一個酒店裡。這個酒店正是朱貴兄弟朱富開的。朱貴便叫兄弟朱富前來和李逵相見。

第二天，李逵獨自趁著曉星殘月，往村裡去。大約走了十多里，只見前面有五十多株大樹叢雜，從其中轉出一條大漢，大喝：「懂事的留下買路錢，免得奪了包裹！」

李逵見了，大喝一聲：「你這傢伙是什麼鳥人，敢在這裡剪徑！」

那漢子說：「如果問我名字，嚇破你的膽！老爺叫做黑旋風！你留下買路錢和包裹，便饒了你的性命，容你過去！」

李逵大笑，說：「你這傢伙是什麼人，從哪裡來的，也學老爺的名目，在這裡胡行！」李逵挺起手中朴刀奔向那個漢子。那漢子哪裡抵擋得住，正待要走，被李逵在腿股上一朴刀，搠翻在地，一腳踏住胸脯，說：「我正是江湖上的好漢黑旋風李逵！」

那漢子忙說：「孩兒雖然姓李，卻不是真的黑旋風。因為爺爺在江湖上有名目，鬼也害怕，因此孩兒以爺爺的名目在這裡胡亂剪徑，凡有孤單客人經過，聽得說了黑旋風三個字，便撇了行李逃奔。所以得到這些利息，實是不敢害人。小人自己的賤名叫李鬼，只在這前村住。」

李逵說：「可恨你這傢伙無禮，在這裡奪人的包裹行李，損壞我的名目，學我使兩把板斧！先叫你吃我一斧！」伸手奪過一把斧來便砍。

李鬼忙叫：「爺爺！殺我一個，便是殺我兩個！」

李逵聽得，住了手，問：「怎麼說殺你一個就是殺你兩個？」

李鬼說：「孩兒本不敢剪徑，只因家中有個九十歲的老母，無人養贍，因此孩兒單題爺爺大名嚇人，奪些單身的包裹，贍養老母；其實並沒有害過一個人。現在爺爺殺了孩兒，家中老母必然會餓死！」

李逵雖然是一個殺人不眨眼的魔君，聽得說了這話，肚裡尋思：「我特地回家來取娘，反倒殺了一個養娘的人，天地也不容我。罷！罷！我饒了你這傢伙性命！」

李逵拿了朴刀，一步步往山僻小路而來。走著走著，看看肚裡又餓又渴，只見遠遠地山凹裡露出兩間草屋。李逵見了，奔到那人家裡來，只見後面走出一個婦人，李逵放下朴刀，說：「嫂子，我是過路客人，肚中饑餓，找不著酒店。我給妳幾錢銀子，麻煩妳準備些酒飯。」

那婦人見了李逵這般模樣，不敢說沒有，只得回答：「酒是沒處去買，飯便做些給客人吃。」那婦人在廚中燒起火來，又去溪邊淘了米，拿回來做飯。

李逵轉過屋後山邊淨手。只見一個漢子，顛手顛腳，從山後歸來。李逵轉過屋後聽時，那婦人正要上山取菜，打開後門見了，便問：「大哥！你在哪裡閃了腿？」

那漢子說：「大嫂，我險些兒和妳見不到了！妳想我晦鳥氣嗎？指望出去等一個單身的過，整整等了半個月，沒有發市。今天才遇著一個，妳道是誰？原來正是黑旋風！我便假意說：『家中有九十歲的老母，無人贍養，定是餓死！』那驢鳥，真個信我，饒了我性命；我恐怕他醒悟過來，先離了那林子，在僻靜處睡了一會兒，然後從山後走回家來。」

那婦人說：「不要高聲！一個黑大漢來家中，叫我做飯，會不會正是他？現在在門前坐著。你去看一看，如果真是他，你去找些麻藥來，放在菜內，麻翻在地，我和你對付了他，謀得他一些金銀，然後搬到縣裡去住，做些買賣，卻不比在這裡剪徑強？」

李逵已經聽得了，便說：「可恨這傢伙！我饒了他的性命，他倒又要害我！正是天地不容！」一轉身來到後門邊。這李鬼正待出門，被李逵揪住，按翻在地，拿出腰刀，早割下頭來。拿著刀，奔前門找那婦人時，已經不知走到哪裡去了。

李逵奔到家中，背了娘，提了朴刀，出門往小路裡便走。看看天色晚了，李逵背到嶺下。娘雙眼不明，不知早晚，李逵認得這條嶺叫沂嶺，過那邊去，才有人家。娘在背上說：「我兒，到哪裡討口水來給我喝也好。」

李逵看看挨得到嶺上，在松樹邊一塊大青石上把娘放下，插了朴刀在側邊，囑咐娘：「耐心坐一坐，我去找水來給你喝。」李逵聽得溪澗裡水響，聞聲前去，轉過兩三處山腳，來到溪邊，捧起水來喝了幾口，尋思：「怎麼才能夠把這水給娘拿去？」遠遠地山頂看見一座廟。李逵來到廟前，把那香爐磕下來，拿了，再到溪邊，拔起亂草，把這香爐洗得乾淨，盛了半香爐水，雙手捧著，再找回舊路。到得松樹邊石頭上，卻不見了娘，只見朴刀還插在那裡。李逵叫娘，杳無蹤跡。李逵心慌，扔了香爐，定住眼，四下裡看時，並不見娘。走了不到三十多步，只見草地上有團團血跡。李逵見了，渾身發抖，尋著那血跡找去。

李逵尋到一個大洞口，只見兩隻小虎在那裡咬著一條人腿。李逵把不住抖，心頭火起，赤黃鬚早豎了起來，手中朴刀挺起，來搠那兩隻小虎。這小大蟲被搠得慌，也張牙舞爪，鑽向前來，被李逵手起，先搠死了一隻，那一隻往洞裡鑽去。李逵趕到洞裡，也搠死了。李逵卻鑽到那大蟲洞裡，伏在裡面，看外面時，只見那母大蟲張牙舞爪地望窩裡來了。李逵說：「正是妳這孽畜害了我娘！」放下朴刀，拿出腰刀。那母大蟲到了洞口，先把尾去窩裡一剪，便把後半截身軀坐進來。李逵在窩裡看得仔細，把刀朝母大蟲尾巴底下，盡平生氣力，捨命一戳，正中那母大蟲糞門。李逵使得力重，那刀把也直送到肚裡去了。那母大蟲吼了一聲，帶著刀，跳過澗邊去了。李逵拿了朴刀，從洞裡趕出來。那大蟲負疼，一直跑到山下去了。李逵恰待要趕，只見樹林邊捲起一陣狂風，吹得敗葉樹木如雨一般打下來。自古說：「雲生從龍，風生從虎。」那一陣風過後，星月光輝之下，大吼了一聲，跳出一隻吊睛白額虎。那大蟲往李逵一撲，李逵不慌不忙，手起一刀，正中那大蟲頷下。那大蟲沒有再掀再剪：一來護那疼痛，二來傷著了牠那氣管。那大蟲退了不到五六步，只聽得一聲響，如同倒下半壁山，立刻死了。那李逵一時殺了母子四虎，又到虎窩邊，只怕還有大蟲，拿著刀看了一遍，已經沒有虎蹤。李逵也困乏了，走到泗州大聖廟裡，睡到天明。第二天早晨李逵又來收拾了親娘的腿及剩下骨頭，用布衫包了，在泗州大聖廟後掘土坑葬了。李逵大哭了一場，慢慢走過嶺來。

只見五六個獵戶在那裡收窩弓弩箭，見到李逵一身血汙，問起緣故，就邀李逵一同去請賞。又使人報知里正上戶，然後一同來到曹太公莊上。

李逵在沂嶺殺了四隻大蟲，抬到曹太公家，驚動了村坊道店，前村後村，山僻人家，大男幼女，成群拽隊，都來看虎，看見曹太公正相待著打虎的壯士在廳上喝酒。當中有那李鬼的老婆，逃在前村爹娘家裡，隨著眾人也來看虎，認得李逵，連忙報知里正。裡正暗中派人請得曹太公到來商量。

里正和眾人商量後，曹太公回家來款住李逵，叫繼續上肉上酒，眾多大戶和里正獵戶，輪番把盞，大碗大盅只顧勸李逵。一杯冷，一杯熱。李逵不知是計，只顧開懷暢飲，不到兩個時辰，被灌得酩酊大醉，站不住腳。

眾人扶李逵到後堂空屋下，放翻在一條板凳上，取了兩條繩子，連同板凳綁住，叫里正帶人飛速到縣裡報知。知縣隨即叫本縣都頭李雲帶人前來押解。

這時街市已經傳開了，說：「拿著了鬧江州的黑旋風，李都頭正前去押解。」

朱貴在東莊門外朱富家，聽得這個消息，忙來後面對兄弟朱富說：「這黑傢伙又做出事來了！怎麼解救？宋公明特地為了他，派我來打聽消息。現在他被拿了，我如果不救他時，怎麼回寨去見哥哥？這可怎麼是好！」

朱富說：「大哥，先不要慌。這李都頭一身好本事，有三四十人近他不得。我和你只有兩個同心合意，怎麼能挨近他？只可智取，不可力敵。李雲平常時最是愛我，常常教我使些器械。我卻有個道理對他，只是在這裡安不得身了。今晚煮上二三十斤肉，準備十多瓶酒，把肉大塊切了，用些蒙汗藥拌在裡面，我們兩個淩晨時帶著數個火家，挑著在半路僻靜的地方等候，他解押前來，只做給他喝酒賀喜，把眾人都麻翻了，放了李逵，好不好？」

朱貴說：「這條計策大妙。事不宜遲，趕快準備，盡早前去！」

朱富又說：「只是李雲不會喝酒，即便麻翻了，終久醒得快。還有一件事，如果日後得知，在這裡肯定安身不得。」

朱貴說：「兄弟，你在這裡賣酒也沒有什麼意思了，不如帶領老小，跟我上山，一同入了夥，論秤分金銀，卻不快活？今夜便叫兩個火家，找輛車子，先送妻子和細軟行李起身，在十里牌等候，都去上山。我現在包裹裡帶得一包蒙汗藥，李雲不會喝酒時，肉裡多摻些，逼著他多吃點，也麻倒了。救得李逵，一同上山去，有什麼不可以？」

朱富說：「哥哥說得是。」

朱貴、朱富當夜煮熟了肉，切做大塊，用藥拌了，連酒裝做兩擔，帶了二三十個空碗，又有許多菜蔬，也用藥拌了。恐怕有不吃肉的，也叫他中招。兩擔酒肉，由兩個火家各挑一擔。弟兄兩個提了一些果盒之類。後半夜，直接到僻靜山路口坐等。到了天明，遠遠地聽得鑼響。那三十多個士兵在村裡喝了半夜酒，正把李逵背剪綁了解押前來。後面李都頭坐在馬上。

看看來到前面，朱富向前攔住，叫：「師父恭喜，小弟特來接力。」在桶內舀了酒，斟上一大盅，上來勸李雲喝下。朱貴托著肉，火家捧過果盒。

李雲見了，慌忙下馬，跳向前來，說：「賢弟，何勞如此遠接！」

朱富說：「聊表徒弟孝順之心。」

李雲接過酒，到嘴不喝。朱富跪下，說：「小弟知道師父不飲酒，今天這個喜酒也請飲上半盞。」李雲推卻不過，呷了兩口。朱富便說：「師父不飲酒請吃些肉。」

李雲說：「夜間已飽，吃不得了。」

朱富說：「師父走了許多路，肚裡也餓了。雖然不中意，胡亂吃些，以免小弟之羞。」揀了兩塊好的遞過來。李雲見他如此，只得勉意吃了兩塊。朱富把酒來勸上戶里正和眾獵戶，都勸了三盅。朱貴便叫士兵莊客眾人都來喝酒。

李逵光著眼，看了朱貴兄弟兩個，已知用計，故意說：「你們也請我吃些！」朱貴喝住：「你是壞人，哪有酒肉給你！快閉了嘴！」

吃完酒肉，李雲看著士兵，喝叫快走，只見一個個都面面相覷，走動不得，口顫腳麻，都跌倒了。李雲急叫：「中計了！」恰待向前，不覺自家也頭重腳輕，暈倒在地，軟做一堆，睡在地下。

李逵大叫一聲，把那綁縛的麻繩都掙斷了，奪過一條朴刀便來殺李雲。朱富慌忙攔住，叫：「不要無禮！他是我的師父，為人最好。你只顧先走。」

李逵說：「不殺得曹太公那老驢，如何出得這口氣！」李逵趕上，手起一朴刀，先搠死曹太公和李鬼的老婆，然後把里正也殺了。一時性起，把獵戶排頭兒搠去。那三十多個士兵都被搠死了。這看的人和眾莊客只恨爹娘少生了兩隻腳，都往野地逃命去了。李逵還只顧尋人要殺。

隨後，三個人提著朴刀，便要從小路裡走。朱富說：「不好，是我送了師父性命！他醒來時，怎麼能見得知縣？必然趕來。你兩個先走，我等等他。我想他日前教我的恩義，且是為人忠直，等他趕來，就請他一起上山入夥，也是我的恩義，免得叫他回到縣去吃苦。」

第二十八回　錦豹子小徑逢戴宗　病關索長街遇石秀

朱貴說：「兄弟，你也說得是。我先去跟了車子走，留下李逵在路邊等他。如果他不趕來，你們兩個也不要執意等他。」

朱富說：「這是自然了。」當時朱貴往前走了。朱富和李逵坐在路邊等候。果然不到一個時辰，李雲挺著一條朴刀，飛快趕來，大叫：「強賊不要走！」李逵見他來得凶，跳起身，挺著朴刀來鬥李雲，恐怕傷了朱富。

當時李逵挺著朴刀來鬥李雲。兩個就在官路邊鬥了五六個回合，不分勝敗。朱富便用朴刀在中間隔開，叫：「先不要鬥。都聽我說。」二人都住了手。朱富說：「師父聽說：小弟多蒙錯愛，指教槍棒，非不感恩；只是我哥哥朱貴現在梁山泊做了頭領，今奉著及時雨宋公明的將令，叫他前來照管李大哥。剛才被你拿了解官，叫我哥哥怎麼回去見得宋公明？因此做下這場手段。李大哥乘勢要傷害師父，是小弟不容他下手，只殺了這些士兵。我們本待走遠，又猜師父回去不得，必來追趕前來。小弟又想師父日常恩情，特地在這裡等候。師父，你是一個精細人，有什麼不懂得？現在殺害了這麼多人的生命，又走了黑旋風，你怎麼回去見得知縣？你如果回去，吃定官司，又沒有人來救。不如今天和我們一同上山，投奔宋公明入了夥。不知尊意如何？」

李雲聽了，嘆了口氣，說：「閃得我有家難奔，有國難投！只喜得我並沒妻小，不怕官司拿了。只得隨你們去！」

到梁山泊大寨聚義廳，朱貴向前先帶著李雲拜見了晁、宋二位頭領，又見了眾好漢，說：「這個人是沂水縣都頭，姓李，名雲，綽號青眼虎。」接著，朱貴又領著朱富參拜眾位，說：「這是舍弟朱富，綽號笑面虎。」都相見了。

梁山泊從此無事，每天只是操練人馬，教演武藝。

忽然有一天，宋江和晁蓋、吳學究及眾人說：「我們弟兄眾位今日共聚大義，只有公孫一清不見回來。我想他回薊州探母、參師，約定百日便回；今天已經日久，不知資訊，難道昧信不來？可麻煩戴宗兄弟替我走一遭，探聽他的虛實下落，看看為什麼不來。」

當天戴宗告別了眾人，離開梁山泊，往薊州來。在路上走了三天，來到沂水縣界。當天正在路上走著，只見遠遠地轉過一個人來，手裡提著一根渾鐵筆管。那人看見戴宗走得快，便站住了腳，叫：「神行太保！」

戴宗聽得，轉過臉來，定眼看時，見山坡下小徑邊站著一個大漢，戴宗連忙轉過身，問：「壯士，素不拜識，如何呼喚賤名？」

那漢忙說：「足下真是神行太保？」說完，拜倒在地。

戴宗連忙扶住，問：「足下高姓大名？」

那漢子說：「小弟姓楊，名林，彰德府人。多在綠林叢中安身，江湖上都叫小弟錦豹子楊林。幾個月前，在路上酒肆裡遇見公孫勝先生，一同在店中喝酒相會，說起梁山泊晁、宋二公招賢納士，如此義氣，寫下一封信，叫小弟自來投靠大寨入夥。只是不敢輕易擅進。公孫先生又說：『山寨中也有一個招賢飛報頭領，叫神行太保戴院長，能日行八百里。』今見兄長走路飛快，因此喚一聲看，沒想到果然是仁兄。正是天幸，無心得遇！」

戴宗說：「我特為公孫勝先生前來，公孫勝先生回薊州後杳無音信，今天奉著晁、宋二公將令，差遣來到薊州探聽消息，尋取公孫勝還寨。」

楊林說：「小弟雖然是彰德府人，這薊州管下地方州郡都走遍了；如蒙不棄，就隨帶兄長一同去走一遭。」

戴宗說：「如果能得足下作伴，實是萬幸。尋得公孫勝先生，一同回梁山泊不遲。」

楊林問：「兄長使神行法走路，小弟怎麼趕得上？只怕同行不得。」

戴宗笑著說：「我的神行法也帶得人同行。我把兩個甲馬拴在你腿上，作起法來，也和我走得一般快，要行便行，要住便住。不然，你怎麼能趕得我走！」當時取了兩個甲馬替楊林縛在腿上，戴宗也只縛了兩個。做起神行法，吹口氣在上面，兩個人輕輕地走去，要緊要慢，都隨著戴宗。兩個人在路間說一些江湖上的事，雖然只是緩緩而走，已正不知走了多少路。

兩個來到前面一個地方：四圍都是高山，中間有一條驛路，地名叫飲馬川。兩個來到山邊，只聽得一聲鑼響，戰鼓亂鳴，走出一二百小嘍囉，攔住去路。當先擁著兩位好漢，各挺一條朴刀，大喝：「來的人站住！你們兩個是什麼鳥人？到哪裡去的？懂事的快把買路錢送過來，饒你兩個性命！」

楊林笑著說：「哥哥，你看我去結果那個呆鳥！」捻著筆管，奔了過去。

那兩個好漢見他來得凶，走近前來看了，前邊的那個便叫：「先不要動手！」又說：「來的人不是楊林哥哥嗎？」

楊林站住了，認得，前邊那個大漢提著軍器向前行了禮，便叫後邊這個大漢都前來施禮。楊林請過戴宗，說：「兄長先來和這兩個弟兄相見。」

戴宗問：「這兩個壯士是誰？怎麼認得賢弟？」

楊林便說：「這個認得小弟的好漢，他原來是蓋天軍襄陽府人，姓鄧，名飛，因為他的雙睛紅赤，江湖上人們都叫他火眼狻猊，能使一條鐵鏈，近他不得。以前合過夥。一別五年，沒能見面，誰想今天在這裡相遇。」

鄧飛便問：「楊林哥哥，這位兄長是誰？一定不是等閒人。」

楊林說：「我這仁兄是梁山泊好漢神行太保戴宗。」

那兩個頭領慌忙行禮，說：「平時只聽得說起大名，沒想到今天能在此拜識尊顏。」

戴宗便問：「這位好漢貴姓大名？」

鄧飛說：「我這兄弟姓孟，名康，是真州人，善造大小船隻。因押送花石綱，要造大船，嗔怪這提調官催並責罰，他把本官一時殺了，棄家逃走在江湖上綠林中安身，已經年久。因他長大白淨，人們見他一身好肉體，給他起了一個綽號，叫他玉幡竿孟康。」

戴宗見說大喜。好漢說話間，楊林問：「二位兄弟在這裡聚義多久了？」

鄧飛說：「不瞞兄長說，也有一年多了。半年前，在這裡遇著一個哥哥，姓裴，名宣，是京兆府人。原來是本府六案孔目，極好刀筆。為人忠直聰明，分毫不肯苟且，本地人都稱他鐵面孔目。也會拈槍使棒，舞劍掄刀，智勇足備。只因為朝廷派出一員貪濫知府，找他的過錯，刺配沙門島，正從我這裡經過，被我們殺了防送公人，救了他，所以在這裡安身，聚集得一二百人。這裴宣使得雙劍，他年長，現在山寨中為寨主，還煩請二位義士同往小寨相會。」便叫小嘍囉牽過馬來。戴宗、楊林卸下甲馬，騎上馬，往山寨來。來到山上，戴宗說得裴宣、鄧飛、孟康都要投奔梁山泊。大家約定找到公孫勝後一同前去。

且說戴宗和楊林離開飲馬川山寨，在路上曉行夜住，終於來到薊州城外，找個客店安歇了。問起公孫勝，沒人知道。

一天，戴宗、楊林站在街上看時，前面兩個小牢子，一個拿著許多禮物花紅，一個捧著若干緞子彩繒之物，後面青羅傘下罩著一個押獄劊子手。那人生得一表人物，露出藍靛般一身花繡，兩眉入鬢，鳳眼朝天，淡黃面皮，細細有幾根髭髯。此人是河南人，姓楊名雄。因為跟著一個叔伯哥哥來薊州做知府，所以流落在這裡。以後一個新任知府認得他，就參他做了兩院押獄兼充市曹行刑劊子手。因為他有一身好武藝，面貌微黃，人們都稱他病關索楊雄。

當時楊雄在中間走著，背後有一個小牢子舉著鬼頭把法刀。原來剛從市中心決刑回來，眾相識給他掛紅賀喜，送回家去，正從戴宗、楊林面前迎上來。一群人在路口攔住把盞。只見一邊小路裡又撞出七八個軍漢，為頭的一個叫做踢殺羊張保。這漢子是薊州守禦城池的軍漢，帶著這幾個人都是城裡城外時常討閒錢使的破落戶漢子，官司多次奈何不了他們。他們見楊雄原是外鄉人，當天正見他被賞賜了許多緞匹，於是帶了這幾個沒頭神，喝得半醉，趕來要招惹他，又見眾人攔住他在路口把盞，那張保便撥開眾人，鑽到面前，叫：「節級拜揖。」

楊雄說：「大哥，喝酒。」

張保說：「我不要喝酒，我特地問你借上百十貫錢使用。」

楊雄說：「雖然是我認得大哥，從來沒有過錢財往來，你怎麼向我借錢？」

張保說：「你今天詐得百姓這許多財物，如何不借給我一些？」

楊雄說：「這都是別人給我的，怎麼是詐百姓的？你來放刁！我和你軍各有司，各無統屬！」張保不應，便叫眾人向前一哄，先把花紅緞子搶了去。楊雄叫：「不得無禮！」說完，向前打那搶東西的人，卻被張保帶住，背後又是兩個人上來拖住了手。那幾個人動起手來，小牢子們各自迴避了。楊雄被張保和兩個軍漢逼住，施展不得，只得忍氣，解拆不開。

正鬧著，只見有一條大漢挑著一擔柴前來，看見眾人逼住楊雄動不得。那大漢看了，路見不平，便放下了擔子，分開眾人，上前來勸：「你們為什麼要打這節級？」

那張保瞪起眼來，大喝：「你這打脊餓不死凍不殺的乞丐，敢來多管！」那大漢大怒，性起，把張保一提，一腳顛翻在地。那幾個破落戶見了，要來動手，早被那大漢一拳一個，都打得東倒西歪。楊雄這才脫得身，使出本事來，一對拳頭把那幾個破落戶打翻在地。張保見不是頭，爬起來，走了。楊雄憤怒，大踏步趕去。張保跟著搶包袱人的走，楊雄在後面追著，趕過一條巷去了。那大漢還不歇手，在路口尋人要打。

戴宗、楊林看了，暗暗喝采，說：「真是好漢！『路見不平，拔刀相助！』」便向前邀住，說：「好漢，看我二人薄面，先罷休了。」兩個人把他扶勸到一個巷內。楊林替他挑了柴擔，戴宗挽住那漢子，邀入酒店裡來。楊林放下柴擔，也來到閣子裡面。

那大漢叉手，說：「感蒙二位大哥解救小人之禍。」

戴宗說：「我兄弟兩個也是外鄉人，見到壯士這樣仗義，只怕一時拳手太重，誤傷人命，特地勸解。請壯士飲上三杯，到此相會。」

那大漢說：「多得二位仁兄解圍，又蒙賜酒相待，實是不敢當。」

楊林便說：「四海之內，都是兄弟，怎能這樣說？先請坐。」戴宗相讓，那漢子哪裡肯僭上。戴宗、楊林先坐了，那漢子坐在對席。叫過酒保，楊林從身邊取出一兩銀子，給了酒保，說：「不必來問。只顧買來給我們吃，一起算帳。」酒保接了銀子，鋪下菜蔬果品按酒之類。

三人飲過數杯，戴宗問：「壯士高姓大名？貴鄉在什麼地方？」

那漢子說：「小人姓石，名秀，是金陵建康府人，自小學得一些槍棒在身，一生執意，路見不平，便要相助，人們都叫小弟拚命三郎。因為跟隨叔父來外鄉販賣羊馬，不想叔父半途亡故，折了本錢，還鄉不得，流落在薊州，賣柴度日。既蒙拜識，當以實告。」

戴宗說：「我兩個來這裡做事，得遇壯士如此豪傑。壯士流落在這裡賣柴，怎能發跡？不如挺身江湖上去做個下半世快樂也好。」

石秀說：「小人只會使些槍棒，別無本事，如何能發達快活！」

戴宗說：「機會是有的！一來朝廷不明，二來奸臣閉塞。我有一個薄識，因為一口氣，投奔了梁山泊宋公明，如今論秤分金銀，換套穿衣服，等朝廷招安了，早晚都做個官人。」

石秀嘆了口氣，說：「小人就是要去也無門路可進！」

戴宗說：「壯士如果肯去，我當以相薦。」

石秀說：「小人不敢拜問二位官人貴姓？」

戴宗說：「我姓戴，名宗；兄弟姓楊，名林。」

石秀說：「江湖上聽得說江州神行太保，莫不正是足下？」

戴宗說：「我就是。「叫楊林在身邊包袱內取出一錠十兩銀子，送給石秀做本錢。石秀不敢接受，再三謙讓，這才收了，知道他是梁山泊神行太保，正欲訴說一些心腹話，投托入夥，忽聽得外面有人尋問進來。三個人看時，是做公的趕到酒店裡。戴宗、楊林見到人多，吃了一驚，乘著鬧哄，兩個人慌忙走了。石秀起身迎住，問：「節級，到哪裡去？」

楊雄便說：「大哥，到處找不到你，原來在這裡飲酒。我一時被那傢伙封住了手，施展不得，多蒙足下救了我這場便宜。一時只顧趕過去，奪那包袱，所以撇了足下。這夥兄弟聽說，都來相助，奪得搶去的花紅緞匹回來，找足下不見。有人說：『兩個客人勸他去酒店裡喝酒。』因此前來。」

石秀說：「是兩個外鄉客人邀在這裡飲上三杯，說些閒話，不知節級呼喚。」

楊雄大喜，便問：「足下高姓大名？貴鄉在哪裡？因為什麼原因在此？」

石秀說：「小人姓石，名秀，是金陵建康府人。平生執性，路見不平，便要去捨命相護，所以人們都叫小人拚命三郎。因為跟隨叔父來這裡販賣羊馬，沒想到叔父半途亡故，折了本錢，流落在這薊州，賣柴度日。」

楊雄又問：「和足下一處飲酒的客人到哪裡去了？」

石秀說：「他們兩個見節級帶人進來，只道相鬧，所以去了。」

楊雄說：「叫酒保取酒來，大碗叫眾人飲上三碗，飲了先去，明天再相會。」眾人都飲了酒，各自散了。楊雄便說：「石家三郎，你不要見外。想必你在這裡必無親眷，今天就結義你做個弟兄，好不好？」

石秀見說，大喜，便說：「不敢動問節級貴庚？」楊雄說：「我今年二十九歲。」石秀說：「小弟今年二十八歲；就請節級坐下，受小弟拜為哥哥。」

第二十九回　石秀相助潘公開肉店　姦夫引誘淫婦去還願

卻說楊雄、石秀結拜了，正在飲酒，只見楊雄的丈人潘公，帶領五六個人，一直找到酒店裡來。

楊雄見了，起身問：「泰山來這裡做什麼？」

潘公說：「我聽說你和人打架，特地前來幫你。」

楊雄說：「多虧這個兄弟救護了我，打得張保那傢伙見影子也怕。我現在就認了石家兄弟做我兄弟。」楊雄叫潘公中間坐了，楊雄對席上首，石秀下首。三個人坐下，飲起酒來。

潘公見了石秀十分英雄長大，心中大喜，問：「叔叔懂得宰牲口的勾當嗎？」

石秀笑著說：「自小吃屠家飯，怎麼能不懂得宰殺牲口。」

潘公說：「老漢原是屠戶出身，只因年老做不得了。只有這個女婿，他又受官府差遣，因此撇下了這一行。」

三個人回到家中。楊雄進門，便叫：「大嫂，快來和這叔叔相見。」只見布簾裡面答應：「大哥，你有什麼叔叔？」楊雄說：「你先別問，請出來相見。」布簾起處，走出一個婦人來。原來那婦人是七月七日生的，因此，小名叫做巧雲。先嫁了一個吏員，是薊州人，叫做王押司。兩年前身故了，以後又嫁給楊雄。當時，石秀推金山，倒玉柱，拜了四拜。那婦人還了兩禮，請到裡面坐了，收拾了一間空房，叫叔叔安歇。

且說戴宗、楊林自從在酒店裡看見那夥做公的人來尋訪石秀，兩個乘亂走了，回到城外客店中歇了。第二天又去尋找公孫勝。兩天裡絕無人認得，又不知他的住處。兩個人商量，不如先回去再說。當天收拾了行李，起身離了薊州，奔向飲馬川，和裴宣、鄧飛、孟康一行人馬扮做官軍，星夜往梁山泊來。戴宗要見他的功勞，糾合得這許多人馬上山，山上自做慶賀筵席，不在話下。

再說這楊雄的丈人潘公和石秀商量要開屠宰作坊。潘公說：「我家後門頭是一條斷路小巷。有一間空房在後面。那裡有井水，可做作坊，就請叔叔照管。」石秀見了，也十分欣喜。潘公再找來一個過去熟識的副手，只央求叔叔掌管帳目。石秀應承了，叫了副手，便起了肉案子、水盆、砧頭，打磨了許多刀杖，又起了豬圈。趕上十多隻肥豬，選個吉日，肉店便開張了。眾鄰舍親戚都來掛紅賀喜，喝了一兩天的酒。楊雄一家有石秀幫助開店，大家歡喜，從此無話。潘公、石秀自做買賣。

不覺光陰迅速，又早過了兩個多月，時值秋殘冬到。石秀身上裡裡外外都換了新衣。石秀一天出外縣買豬，三天後才回到家中，只見肉店沒有開。到了家裡看時，肉店砧頭也都收了，刀杖傢伙也藏過了。石秀是一個精細的人，看在肚裡，便明白了，心裡自忖：「常言說『人無千日好，花無百日紅』。哥哥出外去當官，不管家事，一定是嫂嫂見我做了這身衣裳，背地裡說了我的壞話。又見我兩天不回，必然有人搬嘴弄舌。想必是疑心，所以不做買賣了。我不要等他說出話來，我先辭了，回鄉去吧。自古說：『哪得長遠心的人？』」石秀於是把豬趕在圈裡，在房中洗了手，收拾了包裹、行李，細細地寫了一本清帳，從後面進來。潘公早已經安排下一些酒食，請石秀喝酒。

潘公說：「叔叔，遠出勞心，趕豬來辛苦。」

石秀說：「丈人，禮當如此。先收過了這本明白帳目。如果上面有半點私心，天誅地滅！」

潘公說：「叔叔，為什麼說這樣的話？這裡沒有事。」

石秀說：「我離開家鄉有五六年了，現在想回家去看看，特地交還帳目。今天晚上辭了哥哥，明早就走。」

潘公聽了，大笑起來，說：「叔叔，差矣。你先打住，聽老漢說。不瞞叔叔說，我這個小女先嫁得本府一個王押司，不幸歿了，至今二周年，準備做些功果給他，因此歇了這兩天的買賣。明天請到報恩寺僧人來做功德，還要央求叔叔招待招待。老漢年紀高大，熬不得夜，特意和叔叔說知。」當時飲了幾杯酒，吃了一些素食，收過不提。第二天一早，果然見到道人挑著經擔前來鋪設壇場，擺放佛像供器、香花燈燭。廚下安排了齋食。

石秀在門前照管。這時天才剛剛透亮，只見一個年紀小的和尚揭起簾子，走了進來，深深地向石秀打了一個問訊。石秀答禮，說：「師父請坐。」接著，背後有一個道人挑著兩個盒子進來。石秀便叫：「丈人，有個師父在這裡。」

潘公聽得，從裡面出來。那小和尚便說：「乾爺，怎麼這麼久沒到敝寺去了？」

老子說：「開了這間店面，沒工夫出來了。」

那和尚便說：「押司周年，沒有什麼禮物送上，這裡有幾件東西，還有幾包京棗。」

老子說：「啊也！什麼道理叫師父花錢？」叫：「叔叔，收過了。」石秀把盒子搬到裡邊去，叫茶出來。

只見那婦人從樓上下來，不敢十分穿重孝，只是淡妝輕抹，便問：「叔叔，誰送東西來？」

石秀說：「是一個和尚，管丈人叫做乾爺的，送來。」

那婦人便笑著說：「原來是師兄海闍黎裴如海。一個老實和尚。他是裴家絨線鋪裡的小官人，出家在報恩寺。因為他的師父是家裡門徒，所以結拜我父做乾爺，比奴家大兩歲，所以，我叫他師兄。他的法名叫做海公，叔叔，晚上你聽他請佛念經，聲音很好聽。」

石秀說：「原來如此。」肚裡已經看出了一分。

那婦人下樓來見和尚。石秀背叉著手，隨後跟出來，在布簾裡往外看。只見那婦人到了外面，那和尚起身向前，合掌，深深地打個問訊。那婦人便說：「是什麼道理叫師兄花錢？」

和尚說：「賢妹，一點小意思，不足掛齒。」

那婦人說：「師兄如何這樣說？出家人的東西，怎麼消受得起！」

和尚說：「敝寺新造了水陸堂了，要來請賢妹前去隨喜，只怕節級見怪。」

那婦人說：「家下拙夫也不會計較。我娘死時，也曾經許下血盆願心，早晚也要麻煩你到寺裡還了願。」

和尚說：「這是自家的事，不必客氣。只要是囑咐如海的事，小僧便去辦來。」

那婦人說：「師兄多給我娘念上幾經就好。」這時，裡面丫鬟捧茶出來。那婦人拿起一盞茶，用袖子在茶盅口邊抹了一抹，雙手遞給和尚。那和尚連忙接茶，兩隻眼卻只顧看著那婦人的眼。這婦人一雙眼也笑咪咪地只顧看這和尚的眼。

人常說「色膽如天」。石秀在布簾裡一眼看見，早又看出了二分，心想：「『莫信直中直，須防仁不仁！』我幾次見那婆娘常常只顧和我說些瘋話，我只以親嫂嫂一般相待。原來這婆娘不是一個良人！不要撞在石秀手裡，若撞在手裡，敢替楊雄做個出場也不見得！」石秀到此已經看出三分，便揭起布簾，走了出來。

那賊禿連忙放下茶盅，便說：「大郎請坐。」

這淫婦插嘴：「這個叔叔是拙夫新結義的兄弟。」

那賊禿吸口冷氣，連忙問：「大郎，貴鄉在哪裡？高姓大名？」

石秀說：「我嗎？姓石，名秀！金陵人！平時喜歡管閒事，替人出力，又叫拼命三郎！我是個粗魯漢子，禮數不到，和尚別怪！」

賊禿連忙說：「不敢，不敢。小僧去接眾僧來赴道場。」連忙出門去了。

那淫婦說：「師兄，早點來。」那賊禿連忙走，也不答應。淫婦送了賊禿出門，走到裡面去了。石秀在門前低了頭只顧尋思，其實心中已看出四分。

過了較長時間，才見行者來點燭燒香，接著，這賊禿領著眾僧來赴道場。潘公央求石秀接待。隨後，眾僧打動鼓鈸，歌詠讚揚。只見這海闍黎和一個一般年紀小和尚，搖動鈴杵，發牒請佛，獻齋贊，供諸天護法，監壇主盟，追薦亡夫王押司早升天界。只見那淫婦來到法壇上，手捉香爐拈香禮佛。那賊禿越發逞起精神，搖著鈴杵，唱動真言。那一堂和尚見他們兩個並肩摩椅，這般模樣，也都七顛八倒。證盟結束，請眾和尚到裡面吃齋。那賊禿跟在眾僧背後，轉過頭來看著那淫婦笑。這淫婦也掩著嘴笑。兩個眉來眼去，以目送情。石秀都看見了，足有五分不快意。

眾僧坐了吃齋。先飲了幾杯素酒，搬出齋來，都下了襯錢。潘公致了不安，先進去睡了。一會兒，眾僧吃過齋，都起身去了。轉過一遭，再入道場。石秀不快，這時真到了六分，只好推說肚疼，離開了，睡在板壁後面。

那淫婦一點情動，哪裡顧得防備人，便自去支援眾僧，又打了一回鼓。那賊禿叫眾僧用心看經，請天王拜懺，設浴召亡，參禮三寶。追薦到後半夜，眾僧困倦，那賊禿越逞精神，高聲念誦。那淫婦在布簾下久站，欲火熾盛，不覺情動，便叫丫鬟請海師兄說話。那賊一邊念經，一頭來到淫婦前面。

這淫婦扯住賊禿袖子，說：「師兄，明天來取功德錢時對爹爹說血盆願心一事，不要忘了。」

賊禿說：「做哥哥的記得。只說『要還願也還了好』。」賊禿又說：「你家這個叔叔真是利害！」

淫婦頭一搖，說：「這個理睬他做什麼！並不是親骨肉！」

賊禿說：「若是這樣，小僧放心了。」一邊說，一邊在袖子裡捏那淫婦的手。淫婦假意用布簾來隔。那賊禿笑了一聲，出去判斛送亡去了。沒想到石秀在板壁後面假睡，正看見這一幕，已經看到七分了。

快到天亮時，道場才滿散，送佛化紙結束，眾僧作謝回去。那淫婦上樓去睡了。石秀尋思：「哥哥如此豪傑，只恨遇到這麼一個淫婦！」忍了一肚子氣，也去作坊裡睡了。第二天，楊雄回家。飯後，楊雄又出去了，只見那賊禿又換了一套整整齊齊的僧衣，到潘公家來。那淫婦聽得是和尚來了，慌忙下樓，出來迎接，邀入裡面坐下，便叫點茶。

淫婦感謝，說：「夜間多叫師兄勞神，功德錢還沒有拜納。」

賊禿說：「不足掛齒。小僧夜來所說還願一事，特來稟知賢妹：要還時，小僧寺裡現在正念經，只要寫疏一道就是了。」

淫婦便說：「好，好。」忙叫丫鬟請父親出來商量。

潘公便出來感謝，說：「老漢打熬不得，夜裡有失陪侍。沒想到石叔叔又肚子疼，無人管待。休怪。」

賊禿說：「乾爺正當自在。」

淫婦便說：「我要替娘還了血儭舊願。師兄說：明天寺裡做好事，就附搭還了。先叫師兄去寺裡念經，我和你明天飯後去寺裡，只要證盟懺疏，也是了一件事。」

潘公說：「也好。明天只怕買賣緊，櫃上無人。」

淫婦說：「放著石叔叔在家照管，怕什麼？」

潘公說：「我兒既然還願，明天只得一同去。」

淫婦取些銀子做功果錢給了賊禿，「有勞師兄，莫嫌輕微。明天一準來上剎討素麵吃。」

賊禿說：「謹候拈香。」收了銀子，起身謝道：「多承布施，小僧拿去分送眾僧。來日專門等賢妹前來證盟。」

那婦人一直送和尚到門外。石秀在作坊裡安歇，起來宰豬趕趁。這一天，楊雄到晚才回，婦人等他吃了晚飯，洗了手，叫潘公對楊雄說：「我的阿婆臨死時，孩兒許下血盆經懺願心在這報恩寺中。我明天和孩兒去那裡證盟了便回，說給你知道。」

楊雄說：「大嫂，妳就自己說給我，有什麼關係？」

那婦人說：「我對你說，怕你嗔怪，因此不敢跟你說。」當晚無話，各自歇了。

第二天早上，楊雄起來，自去畫卯，承應官府。石秀起來去理會做買賣。只見淫婦起來梳頭，丫鬟迎兒起來尋香盒，催促快上早飯，潘公起來買紙燭，討轎子。石秀一早晨只顧買賣，也不來管她。飯後，迎兒也打扮了。

這時候，潘公換了一身衣裳，前來對石秀說：「麻煩叔叔照管門前。老漢和拙女一同去還些願心便回。」

石秀笑著說：「小人自當照管。丈人照管好嫂嫂，多燒一些好香，早早回來。」石秀已經看出了八分。

且說潘公和迎兒跟著轎子，望報恩寺來。海黎這賊禿單為了這個婦人，結拜潘公做了乾爺，只怕楊雄，所以不能夠上手，自從和這婦人結拜，也只是眉來眼去送情，沒發生什麼事。因這一夜道場裡，見她十分有意。約定好日期，那賊禿整頓精神。已經先在山門下伺候。看見轎子到來，喜不自禁，向前迎接。

潘公說：「有勞和尚。」

那婦人下轎，說：「多多有勞師兄。」

賊禿說：「不敢，不敢。小僧已經和眾僧都在水陸堂上。從清早起來誦經，到如今沒有停歇，只等賢妹來證盟。」把這婦人和老子帶到水陸堂上，已經事先安排好香花燈燭之類，有十多個僧人在那裡看經。那淫婦道了萬福，參禮了三寶。賊禿帶她到地藏菩薩面前，證盟懺悔。然後，請眾僧自去吃齋，叫徒弟陪侍。那賊禿說：「幹爺和賢妹請到小僧房裡拜茶。」把這淫婦帶到僧房深處，預先都準備下了，叫聲：「師哥，拿茶來。」只見兩個侍者捧茶出來，白雪錠器盞內，朱紅托子，絕細好茶。喝過，放下盞子，「請賢妹到裡面坐一坐。」又帶到一個小小閣子裡。琴光黑漆春臺，掛著幾幅名人書畫，小桌上焚一爐妙香。潘公和女兒坐下，賊禿對席，迎兒站在側邊。

那淫婦說：「師兄，真是一個好的出家人去處，清、幽、靜、樂。」

賊禿說：「妹子不要笑話。怎麼比得上貴宅！」

潘公說：「麻煩了師兄一天，我們回去吧。」

那賊禿哪裡肯放，便說：「難得乾爺來到這裡，又不是外人。今天齋食已經是賢妹做施主，如何不吃箸麵去？師哥，快搬來！」話音未落，卻早托出兩盤進來，都是日常裡藏下的稀奇果子、異樣菜蔬以及各種素饌之物，排了一春臺。

淫婦便說：「師兄，何必治酒？反來打攪。」

賊禿笑著說：「不成禮教，微表薄情而已。」侍者取酒來斟在杯中。賊禿便說：「乾爺多時不來，請試嘗嘗這個酒。」

老兒飲了，說：「好酒！有勁！」

賊禿說：「前幾天有一個施主家傳得此法，做了三四石米的酒，明天送幾瓶拿給令婿。」

老兒說：「沒有這個道理！」

賊禿又勸：「無物相酬，賢妹娘子，胡亂飲上一杯。」兩個小侍者輪番篩酒。迎兒也被勸飲了幾杯。

那淫婦說：「酒就不要飲了。」

賊禿說：「難得娘子到這裡，請再飲上一杯。」

第三十回　楊雄醉罵潘巧雲　石秀智殺裴如海

潘公便要叫轎夫進來，好讓每個人都飲上一杯酒。賊禿說：「乾爺不必費心，小僧都囑咐了，已安排道人在外面相邀喝酒。乾爺放心，請再開懷多飲幾杯。」原來這賊禿為了這個婦人，特地準備下這樣有力氣的好酒。潘公被央求不過，多喝了兩杯，承受不住，醉了。

和尚說：「先扶乾爺到上邊休息休息。」和尚叫上兩個小僧，把這老兒攙在一個淨房裡去睡了。這裡和尚勸說：「娘子，開懷再飲一杯。」

那淫婦一來有心，二來酒入情懷，不覺有些矇矇矓矓，嘴裡說：「師兄，你只顧央求我喝酒做什麼？」

賊禿低低相告：「只是敬重娘子。」

淫婦便說：「我不能再飲酒了。」

賊禿說：「請娘子到小僧房裡去看佛牙。」

淫婦便說：「我正要看佛牙。」這賊禿把那淫婦一領，來到一處樓上，正是那賊禿的臥房，擺設得十分整齊。淫婦看了先有五分歡喜，便說：「你真有好一個臥房，乾乾淨淨！」

賊禿笑著說：「只是少了一個娘子。」

那淫婦也笑著說：「你就討一個不得？」

賊禿說：「哪裡有這樣的施主？」

淫婦說：「你先讓我看看佛牙。」

賊禿說：「妳叫迎兒下去，我就取出來。」

淫婦便說：「迎兒，妳先下去，看看老爺醒了沒醒。」迎兒下樓，去看潘公。

賊禿把樓門關上，淫婦笑著說：「師兄，你把我關在這裡做什麼？」

這賊禿淫心蕩漾，向前摟住那淫婦，說：「我對娘子十分愛慕，我為妳許下了兩年的心願，今天難得娘子到了這裡，這個機會作成小僧！」

淫婦說：「我的老公不是好惹的，如果他得知了，不會饒你！」

賊禿跪下，說：「只求娘子可憐可憐小僧！」

那淫婦張著手，說：「和尚家，倒會纏人！我老大耳刮子打你！」

賊禿嘻嘻笑著，說：「任從娘子打，只怕娘子閃了手。」

那淫婦淫心飛動，便摟起賊禿，說：「我當真不成打你？」

賊禿便抱住這淫婦，向前卸衣解帶，了其心願。那賊禿摟住這淫婦，說：「妳既然有心於我，我身死無怨。只是今天雖然虧妳作成了我，只得一時的恩愛快活，不能夠終夜歡娛，久後必然讓小僧十分想念。」

那淫婦便說：「你先不要慌。我已經尋思一條計了。我家的老公每個月有二十多天當牢上宿。我買通迎兒，叫她每天在後門裡伺候，如果是夜晚，他不在家時，便拿出一個香桌，燒夜香為號，你便進來。只怕天亮前睡著了，最好去尋得一個報曉的頭陀來，買得他來後門頭大敲木魚，高聲叫佛，便好出去。如果能有這樣的頭陀，一來靠他在外面張望，二來又不叫你睡過了。」

賊禿聽了這話，大喜：「妙哉！就依妳說的辦。我這裡有個頭陀胡道。我就囑咐他來張望就是了。」

那淫婦作別了，上轎自和潘公、迎兒回家，不在話下。

這賊禿來找報曉的頭陀。本房原有一個胡道，現在寺後退居裡小庵中過活，人們都叫他胡頭陀。他每天只是一大早起來敲木魚報曉，勸人念佛，天明時收拾齋飯。賊禿叫他進來，安排三杯好酒，相待了他，又取了一些銀子送給胡道。胡道便說：「師父但有事用得著小道處，就請講。」

賊禿說：「胡道，你既然這樣好心說時，我不瞞你：現有潘公的女兒和我來往，約定後門首但有香桌在外面時，便是叫我去。我難以去那裡看望。如果你能先去查看有無，我便可去。還要麻煩你一清早，叫人念佛時，就來那裡後門頭，把木魚大敲報曉，高聲叫佛，我便出來。」胡道當時應允了。

這一天，先來潘公後門討齋飯。只見迎兒出來，說：「你這道人怎麼不來前門討齋飯，卻從後門裡來？」

那胡道便念起佛。裡面這淫婦聽得了，出來，問：「你這人是不是大清早報曉的頭陀？」

胡道說：「小道便是報曉的頭陀，叫人早起，晚間燒些香，佛天歡喜。」

那淫婦聽了大喜，便叫迎兒從樓上取下一串銅錢來施與他。

這頭陀看到迎兒轉身去了，便對淫婦說：「小道是海師父心腹人，特地使我先來探路。」

淫婦說：「我已經知道了。今天夜晚你可來看，如有香桌兒在外，你可給他報個信。」

胡道點點頭。迎兒取出銅錢來給胡道，胡道接過來，去了。那淫婦到了樓上，把心腹事對迎兒說了。奴才得些小便宜，如何不答應！

且說楊雄這一天正該當牢，未到天晚，先來取了鋪蓋去監裡上宿。迎兒得了一些小便宜，巴不到晚，早去安排了香桌，黃昏時拿在後門外。那婦人閃在旁邊伺候。天黑後，只見一個人，戴頂頭巾，閃了進來。迎兒吃了一驚，問：「誰？」那人也不答應。這淫婦在側邊伸手扯去他的頭巾，露出光頭，輕輕地罵了一聲：「賊禿！倒有見識！」兩個人摟抱著上樓去了。迎兒又拿開香桌，關上了後門，也去睡了。他們兩個當夜如膠似漆，快活了一夜。

正睡呢，只聽得咯咯地木魚響，高聲念佛，賊禿和淫婦一齊驚覺。那賊禿披衣起來，說：「我去了。今晚再相會。」

淫婦說：「今後只要有香桌在後門外，你便不可負約。如無香桌在後門，你千萬不要來。」賊禿下樓，淫婦替他戴上了頭巾。迎兒關了後門，去了。以後，只要是楊雄出去當牢上宿，那賊禿便來。家中只有這個老兒，天沒晚先就睡下了。迎兒這個丫頭已經自做了一處。只要瞞著石秀一個。那淫婦淫興起來，哪裡管得那麼多。這賊禿又知了婦人的滋味，好像被攝了魂魄一般，只待頭陀報了，便前來。那淫婦在這裡專心等待，放他出入。

因此快活往來戲耍，也有一個多月光景。

且說石秀每天收拾了店面，自在作坊裡歇宿，有這件事掛心，每天委決不下，又沒有見到這賊禿往來。每天淩晨，時不時揣度這件事。只聽得報曉頭陀來到巷裡敲著木魚，高聲叫佛。

石秀是個乖覺的人，早已經看出了九分，冷地裡，思量：「這條巷是一條死巷。怎麼這個頭陀，連日來到這裡敲木魚叫佛？」

十一月中旬一天，天快亮了，石秀睡不著，只聽得木魚敲響，頭陀又入巷裡來，到了後門口，高聲叫：「普度眾生救苦救難諸佛菩薩！」石秀一聽，便跳起來從門縫裡張望，只見有一個人，戴著一頂頭巾，從黑影裡閃了出來，和頭陀去了。隨後便是迎兒關門。

石秀已經心中完全明白，恨恨地想：「哥哥這樣豪傑，卻討了這麼一個淫婦！被這婆娘瞞過了，做成這樣的勾當！」等到天明，把豬拿出去，在門前掛了，賣個早市。飯後，討了一回賒錢。快到晌午前後，來到州衙前找楊雄。

在州橋邊，正迎見楊雄。楊雄便問：「兄弟，去哪裡？」

石秀說：「去討賒錢，然後就來找哥哥說話。」

楊雄說：「我經常為官事忙，沒有和兄弟快活飲上三杯，咱們先來這裡坐一坐。」楊雄把石秀帶到州橋下一個酒樓上，揀了一個僻靜閣子坐下，石秀說：「哥哥每天出來，只顧承當官府，不知背後的事。這嫂嫂不是良人，兄弟已經看在眼裡多次了，只是沒敢對哥哥說。今天見得仔細，忍不住來找哥哥，直言休怪。」石秀便把看到的情形說了一番。

楊雄聽了大怒。

兩個人再飲了幾杯，算還了酒錢，一同下樓。出得酒肆，只見四五個虞候，叫楊雄：「原來節級卻在這裡！知府相公在後花園裡等著，叫找節級來和我們使棒。快走！快走！」

楊雄便囑咐石秀，說：「知府叫我，只得前去。兄弟，你先回家。」

且說楊雄被知府叫去，到後花園中使了幾回棒。知府看了大喜，取酒來，一連賞了十大盅。以後，眾人又請楊雄去飲酒。一直到晚上，喝得大醉，被扶了回來。那淫婦看見丈夫醉了，謝了眾人，自和迎兒攙上樓梯去，明晃晃地點著燈盞。楊雄坐下，迎兒前去脫靴鞋，淫婦給他除了頭巾，解了巾幘。楊雄見她來除巾幘，一時驀上心來，自古說：「醉發醒時言」。指著那淫婦，罵：「妳這賤人！這賊妮子！好歹我要結果了妳！」那淫婦吃了一驚，不敢回話，服侍楊雄睡了。看看天快亮了，楊雄酒醒，討水喝。那淫婦起來舀碗水遞給楊雄，桌上殘燈尚明。

楊雄喝了水，便問：「大嫂，妳夜來沒有脫衣裳睡？」

那淫婦說：「你喝得爛醉，只怕你要吐，哪裡敢脫衣裳？」

楊雄問：「我沒有說什麼話吧？」

淫婦說：「你往常酒性好，醉了便睡。我夜來只是有些事放不下。」

楊雄又說：「石秀兄弟這幾天沒和我快活地飲得三杯了。妳在家裡也安排安排請請他。」

那淫婦便不應，在一邊眼淚汪汪，口裡嘆氣。

楊雄又說：「大嫂，我夜來醉了，又沒有惹惱妳，妳做什麼煩惱？」

那淫婦掩著淚眼，只是不應。楊雄連問了幾聲，那淫婦掩著臉假哭。楊雄把她扯到床上，一定要問她為什麼煩惱。

那淫婦一邊哭，一邊嘴裡說：「我爹娘當初把我嫁給王押司，只指望『一竹竿打到底』。誰想半路相拋！如今看你十分豪傑，以為嫁得一個好漢，誰想你卻不給我做主！」

楊雄說：「卻又作怪！誰敢欺負妳，我不做主？」

那淫婦說：「我本來不想說，又怕你著他道兒。想說出來，又怕你生氣。」

楊雄聽了，便說：「妳先說是什麼事情？」

那淫婦說：「我說給你，你不要生氣。自從你結義了這個石秀，來家時開始還好，以後看看就放出刺來，見你不回家，時常看了我，說：『哥哥今天又不回來，嫂嫂自己睡，也好冷落。』我只不理睬他，不是一天了。這個先不說。昨天早晨，我在廚房裡洗頭，這傢伙從後邊走出來，看見沒人，從背後伸只手，摸在我的胸前，說：『嫂嫂，你有孕沒有？』被我打脫了手。本想聲張起來，又怕鄰舍得知，笑話你。巴得你歸來，你又爛泥般醉了，又不敢說，我恨死他了！你還來關心什麼石秀兄弟！」

楊雄聽了，心中火起，便罵：「『畫虎畫皮難畫骨，知人知面不知心。』這傢伙倒來到我面前，說了那些話。眼見得那傢伙心發慌了，便先來說破，使個小聰明！」嘴裡恨恨地說：「他又不是我的親兄弟！趕了出去就是了！」楊雄到了天明，下樓來對潘公說：「把圈裡的牲口閹了吧，從今天起不要做買賣了！」

石秀看看天明，正拿了肉出來，到門前開店，只見肉案和櫃子都拆了。石秀是一個乖覺的人，心想：「是了。這是因為楊雄醉後走透了消息，倒吃這婆娘使了一個見識攛掇，一定反說我無禮，叫她丈夫收了這肉店。我如果和她分辯起來，定會叫楊雄出醜。我先退後一步，別作計較。」這石秀於是只在附近巷內找了一個客店安歇，租賃了一間房住下。石秀尋思：「楊雄和我結義，我如果不明不白地錯過這件事，將來枉送了他的性命。他雖然一時聽信了這個婦人的話，心中恨我，我也不必和他計較，一定要給他明明白白地了這件事。我如今先去探聽他什麼時候當牢上宿，早一點起床，便見分曉。」於是，在店裡住了兩天，去楊雄門前探聽，當晚只見小牢子取了鋪蓋出去。石秀心想：「今晚必然當牢，我先做些工夫就是。」當晚回到店裡，離天亮還有一段時間，石秀就挎了防身解腕尖刀，悄悄地開了店門，來到楊雄後門巷內，伏在黑影裡張望，正好見到那個頭陀挾著木魚，來到巷口，探頭探腦。

石秀閃在頭陀背後，一隻手扯住頭陀，一隻手用刀在頸子上擱著，低聲喝道：「你不要掙扎！如果高聲，就殺了你！你好好實說，海和尚叫你來這裡做什麼？」

那頭陀說：「好漢！你饒了我便說！」

石秀說：「你快說！我不殺你！」

頭陀說：「海黎和潘公女兒有染，每夜來往，叫我只看後門頭香桌為號，叫他『入』。天快亮時，我來敲木魚叫佛，叫他『出』。」

石秀說：「他如今在哪裡？」

頭陀說：「他還在她家裡睡覺。我如今敲得木魚響，他便出來。」

石秀說：「你先借你的衣服木魚給我。」從頭陀手裡先奪了木魚。頭陀把衣服脫下來，被石秀用刀在頸下一勒，殺倒在地，死了。石秀穿上直裰護膝，一邊插了尖刀，敲著木魚來到巷裡。那賊禿正好聽得木魚咯咯地響，連忙起來披衣下樓。迎兒先來開門，賊禿隨後從門裡閃了出來。

石秀還在把木魚敲響。那和尚悄悄地喝道：「只顧敲什麼！」石秀也不理他，讓他走到巷口，一腳放翻，按住，喝道：「不要高聲！高聲便殺了你！只等我剝了衣服才好！」那賊禿知道是石秀，哪裡敢掙扎作聲，被石秀剝了衣裳，赤條條地不著一絲。石秀悄悄從屈膝邊拔出刀來，三四下搠死了，用刀來放在頭陀身邊。把兩個衣服，捲做一綑包了，再回到客房裡，輕輕地開了門進去，悄悄地關上，自去睡了，不在話下。

本處城中有一個賣糕粥的王公，這時候，正挑著擔糕粥，點著一個燈籠，有一個小猴子跟著，出來趕早市。正從死人邊過，被絆了一跤，把那老子一擔糕粥傾潑在地下。只見小猴子叫：「苦啊！一個和尚醉倒在這裡！」老子摸起來，摸了兩手腥血，叫了一聲苦，不知高低。幾家鄰舍聽得，開了門出來，點火照時，只見遍地都是血粥，兩個屍首躺在地上。眾鄰舍一把拖住老子，來到薊州府裡首告。

GOBOOKS
& SITAK
GROUP©